柏室 所關心的是

科技、藝術、娛樂、商業 這四位一體的「複合人」

怎麼 在 社會上走動

再來 是 慢跑

最終
像 空氣 般 存在_____

Both Techart is interested in individuals who are able to combine the four
areas of: technology, art, entertainment, and business.
How do they start to walk amongst society.
And then how to begin to run.
Finally they exist in a translucent state.

President and Publisher
總經理暨發行人

目錄

金、元、明、清時代的風月場

目錄

目錄

目錄

前　言

何為風月場？就是妓院在大門外高掛紅燈籠以作標牌，所以人們就把風月場所也叫作「紅燈區」。這兒所說的老北京的風月場，是指1949年之前，金代以後，八百餘年的時間推移中，幾個風月場集中的地方。像磚塔胡同、演樂胡同及八大胡同。目前因為金、元、明時期的風月場規模小，時間遠而且遺蹟無存，已少有人提及，在多數人的印象中就是八大胡同這片區域，在這兒與風月場相關的有三十條胡同之多。作為老北京的一部分我們不得不將人們忘記的那些地方一併提及。

歷史上最初的風月場，起源於何時已不可考，但我們可以界定為：也許是伴隨物質交換，也許起源於某種宗教信仰，但它一定是與人類文明進程相伴的產物。在中國相當長的時間內這種風月場其實就在皇宮之中。在我國歷史上最先有妓女記載的是春秋時期的大政治家管仲創設的「置女閭七百」。這時的風月場應是由國家承建與管理的專用建築區。
以後各朝大都市都有著名的風月場，如北宋東京城的潘樓一帶、相國寺外一帶、東雀門外，妓院林立；明代的北京東城，清代北京城更有著名的八大胡同。

對於風月場，人們一方面從道德上譴責它的存在，一方面也有人認為此舉保證了良家婦女的安全，使她們在大街上免遭一些青年男子的追逐。也有文人將此作為一種生活情調的調節。野史上有乾隆、同治等人的風流傳說。另外支持古代中國人在道德上獲得心理平衡的還有採陰補陽的說法，所以有人就經常光顧這種場所，以期長壽與康健。

風月場的存在是有「原罪」的。自春秋、戰國、秦、漢、三國、魏晉南北朝、隋、唐到五代十國，在一個相當長的時期內，社會動盪不安，這

一點特別突顯在與戰亂並無直接關係的女人身上，妓女的來源之一就是一些被征服了的民戶被定為「雜戶」、「營戶」，並世代相襲，即使換了朝代，仍然要做奴隸，永無出頭之日。這些「雜戶」和「營戶」的女兒可以被任意集中起來，作為各種形式的妓女，供男子蹂躪。這種野蠻的制度直到清雍正年才被廢除。還有罰良為娼的制度。在中國古代，一向是「一人犯法，罪及妻孥」的，「誅九族」、「滿門抄斬」都是如此；其中還有一種是一人犯罪當誅外，其子孫輩中男的發配邊疆為奴，女的送入娼門為妓女。妓女的第三個來源則是賣良為娼。這種現象在唐代以前不多，到了宋、明就越來越氾濫了。如《五雜俎》和《陶庵夢憶》中說到的「揚州瘦馬」，多是良家女子，父母迫於生計，把她們賣給別人為妾為婢，或賣入妓院為娼。有人專事收買女童，他們先將童女購進，集中訓練後再加以打扮，然後用她們發財。此外，在妓女中還有因「家難」（如父母重病，家庭負債，父母死後無依無靠等）而自賣青樓的，也就是為生活所迫。其他還有被人引誘或掠賣而墮入風塵，或因婚姻不幸而被迫為妓。這些妓女的命運十分悲慘，她們往往被多次販賣，最後流落街頭者頗多。

總之，老北京的風月場代表了中國古代妓院所有形式中的典型形式，對它的回顧也是對中國古代娼妓史的簡單回顧與整理。

選擇這一題目作為我的老北京圖像志記錄工程之一還是基於這些妓院、菸館、會館、名人故居、商舖等正在消亡這個事實。

我總是對別人說：在中國沒有一個城市像現在的北京那樣的傳承有序，脈絡清晰，當你走進一個個老胡同遇到老北京人的時候真的會使你產生不知今昔是何年的感慨。老北京就活在今天的北京之中，活在它的一舉一動之中，不管你在北京生活了多少年，只要是真正的老北京一眼就可

以看出你不是北京人，你可能沒有老北京人的氣質，而這種氣質就是在胡同中長期培養浸潤的結果。

在胡同之中我感受到了歷史走動的聲音，人們就在這兒變老，像天色暗淡下來的過程一樣，之後就是一聲笛音飄然而逝，我們只知道它發生過，如此而已。

有人打聽八大胡同在哪兒，我說沒了。它真的要沒了。
有人說這就是八大胡同，我靜靜地聽，儘管他們說錯了。
無論是古代還是當今，無論是國外還是國內，對於興此還是廢此就爭論不休。
但我要說的是那個年代在這個圈子中真的充滿了罪惡。

考古學有一個認知原則，一個新的人類活動所形成的文化層總是在另一個舊的文化層之上，常常是在一個地方幾個年代相疊壓，這就需要我們一層層的揭開，動作要輕輕地，不要傷害他們，我的一個朋友說：在「靈魂」死去之後，血液還要流動許多年。在血液凝固之後，「靈魂」還會飄動許多年。

張金起

2005年3月16日

金、元、明、清時代的風月場所

第一章

金代的風月場所

王國維說：「漢卿有《閨怨佳人拜月亭》一劇，實甫亦有《才子佳人拜月亭》劇，其所譜乃金南遷時事，在《蔡蕭閑醉寫石州慢》記述金初的蔡松年，時為金尚書左丞，出使時有侍妓陪伴，使還，松年眷戀不已，寫《石州慢》詞，纏綿淒豔。」

一、金代

1.金代的「教坊樂伎」

　　北京作為金代首都只有幾十年的時間，在這幾十年間金建成了金中都，在這個大都之中也設有教坊，就是宮中府中設有官妓。因為年代與戰火我們今天已看不到地面之上的有關風月場的任何遺蹟。

　　西元1140年，金宋議和，金熙宗到燕京巡視，他在燕京居住了將近一年，金中都這時就在他的心中建成了。

　　西元1151年金帝完顏亮下令遷都並擴建燕京城，同時修建皇城、宮城。其後世宗、章宗時再次擴建。

　　西元1153年，金正式遷都燕京，從此燕京開始了850多年的政治中

大覺寺，金代時為金章宗西山八大水院之一。

成吉思汗像

心的旅程；所以，金中都在北京東城的歷史上居於承上啟下的地位。

西元1211年成吉思汗的大軍突破了居庸關包圍了金中都，金中都燃起了大火，一片火海宣布了改朝換代的號角。

1214年金派出使者向蒙古軍隊求和，獻出皇室眾女、金帛，蒙古軍退去。金宣宗為了避開蒙古軍隊的劍鋒，於是遷都到河南的開封。

1215年蒙古軍再次到來，金降。

金中都的中心約在今天廣安門以東這一帶，其東邊在今天的虎坊橋一帶，（也就是前門外八大胡同的西邊沿）。金皇城則在今天的牛街以西南櫻桃園附近。金代將街道分為坊，各坊有圍牆、坊門，門上有坊名。每個坊內有一條主街，即乾路，主街兩旁分列各小巷。金中都雖被元大火所毀，但老城牆或部分老居民還住在其中，後來的大都人稱中都為南城或舊城。因為大都人住在今天的二環路以內，從今天的前門一帶到菜市口一帶要走直路，所以才有了八大胡同以北的鐵樹斜街等斜的街道，這些斜街在元、明兩朝時應為田間阡陌。

北京作為金朝的首都，貴族官宦集居，商賈四至。少不了挾娼、勾欄瓦舍等歌唱演出。今天的廣安門內外，菜市口一帶曾是繁華的商業中心，在這兒也應常有各種形式的演出活動。由於金中都絕大部分處在今天的宣武區範圍內，所以金、元兩代的戲曲也應是在宣武區發展起來的。

金代的侍妓大多是直接從宋人手中搶來的。據徐夢莘《三朝北盟會編》：「金初打破開封，搶掠教坊演員北來的有雜劇、說話、傀儡、彈箏瑟、琵琶等一百五十餘家。這些被擄的藝人，在金代權貴府第和市井瓦舍中演出不輟，這些院本除了雜耍、滑稽、戲謔、猜謎等之外，院本名目還有莊周夢、杜甫游春、張生煮海、藍橋、牆頭馬、打樊噲、說狄青、蔡伯喈、范蠡......」顯然是有故事演唱的戲曲了，這些劇碼後來成為元雜劇的基礎。

《金史·世宗紀》二十一年二月：「以元妃李氏之喪，致祭興德宮，過市肆不聞樂聲，謂宰臣曰：『豈以妃故禁之耶？』」世宗要到城東北興德宮弔喪不聞樂聲。可見中都東、北市肆充斥演出。

《金史·章宗紀》明昌二年十一月：「禁伶人不得以歷代帝王為戲，及稱萬歲。」由此可見金代在國喪時禁止娛樂及在戲曲中不得以歷代皇帝為劇中人物。

2.金代的「戲曲」與「侍妓」

馬可 · 波羅像
世祖忽必烈即位後，拓展驛道，健全驛站，使交通進一步得到保障。歐洲各國的傳教士、商人和旅行家陸續來到東方。這時義大利旅行家馬可 · 波羅也經絲綢之路來到中國，在中國留居達17年之久。

關漢卿是跨越金代與元代兩朝的戲曲家，他所創作的戲曲故事，多以風塵女子為原型。藉由他的戲，使我們對金、元社會有了更多的了解。

王國維在《金元戲曲史》中把元曲

忽必烈，成吉思汗之孫。在位35年。元至元八年（1271）改國號元。

分為三個時期。他認為第一期應稱為早期或蒙古時期1234年至1271年。可見元曲孕育於金元之際的中都。元代戲曲的主要代表人物也是關漢卿。

在1958年舉行的關漢卿戲曲創作700周年紀念會上，大家一致認為1258年是關漢卿一生中創作的旺盛時期。這一時期也正是「金」與「元」相持相戰的關鍵時期。說元曲產生於金曲，這在元代的戲曲中有很多以金代為背景的故事中也可以看出。

王國維說：「漢卿有《閨怨佳人拜月亭》一劇，實甫亦有《才子佳人拜月亭》劇，其所譜乃金南遷時事，在《蔡蕭閑醉寫石州慢》記述金初的蔡松年，時為金尚書左丞，出使時有侍妓陪伴，使還，松年眷戀不已，寫《石州慢》詞，纏綿淒豔。」

上世紀90年代在北京石景山區發掘出的一座圓形金代墓穴中發現了較為完整的五幅金代壁畫，內容包括侍寢、備茶、備宴、散樂、侍洗，墓主夫婦坐在中間環顧左右。這是我們所見到的金人在中都生活場景的最直接的見證。

金代的各級地方官府中也應有歌伎的存在，在《青樓小名錄》中講

述了：在大定年間，一個叫王寂的人路過通州，通州的官員迎接他時，請出了漂亮的樂人青梅兒在宴席上助興，王寂為此還寫了長短句。由此可以看出在地方官員中也存在著將「侍妓」運用於社交活動中的時尚。

金代的「教坊」與民間的「民妓」又在何地呢？根據我們對中都的地理位置與其「教坊」與戲曲的演出地的了解應在今天的廣安門到菜市口一帶。

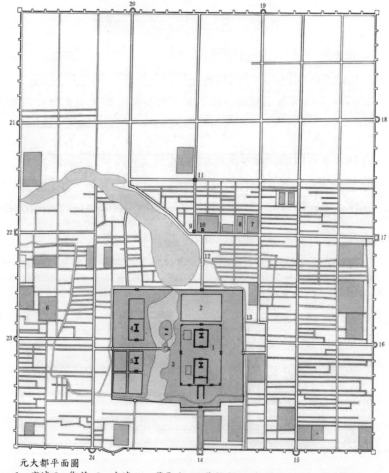

元大都平面圖

1、宮城 2、御苑 3、皇城 4、興聖宮 5、隆福宮 6、社稷 7、文迪 8、國子監 9、鼓樓 10、中心閣 11、鐘樓 12、萬寧橋 13、通惠河 14、麗正門 15、文明門 16、齊化門 17、崇仁門 18、光熙門 19、安貞門 20、健德門 21、肅清門 22、和義門 23、平則門

金、元、明、清時代的風月場所

第二章

元代的風月場所

元大都對妓女也實行半軍事化管理，而督察大員則相當於百夫長或千夫長，行之有效地統率著天子腳下的紅粉軍團。妓女甚至進入了這個歐亞大帝國的外事（外交）領域：「每當外國專使來到大都，如果他們負有與大汗利益相關的任務，則他們照例是由皇家招待的。為了用最優等的禮貌款待他們，大汗特令總管給每位使者每夜送去一個高等妓女，並且每夜一換。

二、元代

1.忽必烈與「大都」

　　說到北京城就不能不說忽必烈。1267年，忽必烈開始在燕京營建新都城棄元大都。1271年，忽必烈將國號「蒙古」改為「大元」，忽必烈由蒙古大汗成為大元皇帝，即元世祖。

這是清人所繪通惠河漕運圖卷（局部），通惠河又稱大都運糧河、大通河，開鑿於元年至元二十八年（1291）。

元朝所建大都「今北京」，圖為元大都遺址「薊門煙樹」，位於今天的薊門橋北側。

1272年，忽必烈將新都城由「中都」改稱為「大都」。

1274年，大都的宮殿建成。這年正月初一，忽必烈在新宮殿中舉辦了大典，接受百官朝賀。整個大都的基本框架到1276年才基本建成。跟隨忽必烈十幾年的馬可‧波羅稱忽必烈是「諸君主之大君主或皇帝」；是「人類遠祖阿丹（Adam）以來迄於今日世上從未見廣有人民、土地、財貨之強大君主」，並且認為「彼實有權被此名」，也就是說他是名副其實的大君王。薩囊徹辰也在他的《蒙古源流》中說忽必烈是：「治理大國之眾，平定四方之邦，四隅無苦，八方無撓，致天下井然，俾眾庶均安康矣。」《元史》對忽必烈的評價是：「其度量宏廣，知人善任使，信用儒術，用能以夏變夷，立經陳紀，所以為一代之制者，規模巨集遠矣。」

這樣一個時代，這樣一個人物必然對北京城的建造、風俗、道德觀產生重大影響。可以說當時的北京遠勝於當時世界上任何一個首都，因

為它是小半個世界的首都。而現在北京城還到處留有元代的氣息。

元代將大都街道分為五十坊：其中福田坊，在今北京白塔寺一帶。
阜財坊，在今北京民族文化宮以北；金城坊在今北京阜成門內大街以南
之大水車胡同一帶；玉鉉坊在今北京故宮午門以東等等。

元大都的街道，是世界
上絕無僅有的，它規劃
整齊，經緯分明，就像
一個中國象棋的棋盤，
相對的城門之間都有大
道相連接，就像今天的
建國門與復興門之間
的長安大道。元大都街
道分布的基本形式是：
在南北方向的主幹大道
的東西兩側，分別等距
離地平列東西方向的胡
同。

那時就規定了大
街寬約25米，胡同寬約
9.24米，這個距離既可通
馬車，又利於採光。元

元代女俑的塑像，現存故宮博物院。

大都街道的佈局，基本上奠定了今日北京城市街道的大結構。之後的明
清時代都是在此基礎上重疊建造的，所以更動不大，如東四一帶、西四
一帶、府右街一帶都保留了元大都時期的格局。

元朝統治的疆域十分廣闊，元大都作為這樣一個大國的政治中心與文化中心，所以人菸眾多，經濟繁榮。

據《析津志》所載，元大都城內外的商業行市即達30餘種。其中，米市、麵市、緞子市、皮帽市、帽子市、窮漢市、鵝鴨市、珠子市、沙剌市（即珍寶市）、柴炭市、鐵器市，皆在今北京積水潭以北的鐘鼓樓一帶，這是因為南方來的漕運船隻皆停泊在積水潭上的緣故。

《析津志》描述其地盛況云：「鐘樓之東南轉角街市俱是針舖。西斜街（今北京積水潭東北）臨海子，率多歌台酒館，有望湖亭，昔日皆貴官遊賞之地。樓之左右俱有果木餅麵柴炭器用之屬。」有意思的是今天這一帶仍是「歌台酒館」林立，只是改叫酒吧了。

從忽必烈營造元大都算起，已有700多年。儘管上述市場分布於各個街巷，但現在元代在地面上的建築已很難見到，可是元大都並沒有消失掉，當你走進西四、東四一帶的胡同之中時，你其實就走在元人所走過的腳印上。所以我們可以說它就活在北京的胡同中。

「胡同」是一個出現在元代的名字，它的原意是「帳篷與帳篷之間的通道」。「胡同」被忽必烈營造元大都時廣泛地應用。

「人菸眾多，經濟繁榮」的同時也引來了風月場的繁盛。較早介紹

北京地區風月場狀況的是《馬可·波羅遊記》。

馬可·波羅在中國住了17年，所以他的說法應該是可靠的，他說：「新都城內和舊都（金中都）近郊操皮肉生意的娼妓約二萬五千人，不包括未正式註冊登記的暗娼。每百名和每千名妓女各有一個特設的官吏監督，而這些官吏又服從總管的指揮。」給人的感覺是，元大都對妓女也實行半軍事化管理，而督察大員則相當於百夫長或千夫長，行之有效地統率著天子腳下的紅粉軍團。妓女甚至進入了這個歐亞大帝國的外事（外交）領域：「每當外國專使來到大都，如果他們負有與大汗利益相關的任務，則他們照例是由皇家招待的。為了用最優等的禮貌款待他們，大汗特令總管給每位使者每夜送去一個高等妓女，並且每夜一換。

唐代散樂圖浮雕（局部），這是當時奢侈宴樂生活的真實寫照。

2.元代的「勾欄」與官妓

元代繁榮的社會為「教坊」、「元曲」、「勾欄」、「梨園」也奠定了基礎。為了使我們能瞭解元代勾欄與上幾代的傳承關係，我們有必要簡單介紹一下唐、宋、金各代。

唐玄宗開元年間，就設立了國家級的「教坊」以提供聲色之樂。唐玄宗還在教坊女中選優進入宮裡，設立了樂舞機構「梨園」。梨園規模之大，難以想像，除長安的宮中，還在洛陽（唐代為東京）設立分支機

構，總數達到幾千人。

這些梨園中的女子和教坊女藝人，都屬於宮妓或者說是官妓。當時的教坊應是可以與民間交往的，雖然她們都過一種集體生活。大詩人白居易的《琵琶行》，描繪的就是他對教坊女的生活感受：

「自言本是京城女，家在蝦蟆陵下住。

十三學得琵琶成，名屬教坊第一部。

曲罷曾教善才伏， 妝成每被秋娘妒。

五陵年少爭纏頭＊， 一曲紅綃不知數。

鈿頭雲篦擊節碎，血色羅裙翻酒汙。

今年歡笑復明年，秋月春風等閒度。」

八大胡同中有很多暗娼，多居住於這樣的民居之中，
1999年攝於鐵樹斜街。

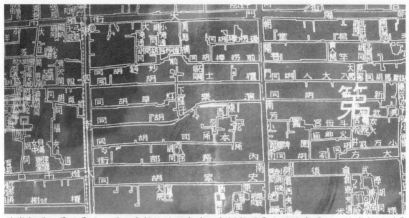

演樂胡同一帶就是元、明兩代教坊的所在地。勾欄胡同是它的演出場所,演樂胡同則是排節目的地方(民國晚期的北京地圖)。

元時的教坊在今天北京城的東部,而民間演出則在西部的磚塔胡同。這是攝於1999年的磚塔胡同。

　　北宋的宮廷樂舞制度多襲唐制。但宮妓的數量有所減少,宮妓表演的內容則有了新的發展,她們主要表演「隊舞」,在一個節目中同場演

西四磚塔胡同的標誌性象徵，八角形、七級密檐式青灰色磚塔。

出的女妓多達153人。宮廷的這種盛大的「隊舞」往往是在皇帝生日或其他喜慶日子，在宴會上與百戲、雜劇等技藝連台演出。太宗、仁宗甚至還親自製曲，以賜教坊。

南宋建炎初年，國庫空虛，國勢衰弱，宮中無力維持龐大的樂舞機構，曾一度廢除了教坊。但遇有典禮又無法進行，在紹興十四年（1144年）又恢復了教坊，樂工有460人，以內侍充鈐轄。紹興末年又廢教坊，其藝人「旨隸左右軍而散居，每次大饗宴，宣徽激院按籍召之」。從孝宗隆興到乾道年間，逢朝賀大典，或「北使每歲面聖」，就臨時去雇請民間藝人來演出百戲。雖國勢衰落，但宮中還要舉行豪華的筵宴和百戲演出。

在《武林舊事·聖節》中，就記載了南宋理宗趙昀筵時的「排當樂次」，即壽筵上演的節目單。節目單只分若干盞。皇帝趙昀的生日是五月五日，這天他先在垂拱殿接受百官僚臣的朝賀，然後又到紫宸殿與百官飲宴，先飲上壽酒十三盞，每飲一盞，都要奏樂曲或演出百戲節目，飲第幾盞酒演什麼節目，都有嚴格的規定，不能稍亂。當時「倡優傀儡，屢入宮中演出，奉帝遊宴」。

元代的教坊就是管理宮廷演出排練的機構。當時教坊設在東皇華坊，它也是明朝黃華坊的地方。今天的演樂胡同一帶就是元、明兩代教坊的所在地。勾欄胡同則是它的演出場所，演樂胡同則是排練節目的地方。

歲月流逝，當年的教坊、妓院都已成為歷史遺蹟，但演樂胡同等三條胡同

清光緒庚子以前的磚塔胡同內多是三教九流混雜之地，商舖與妓院眾多，這兒到處是清以前遺留的石碾、石磨，可見當時人口繁盛。

自然保留下來，成為了民居。現在的內務部街原名就叫勾欄胡同，顧名思義，就知其特色。而東四牌樓南勾欄胡同，為元時御勾欄處。

元代北京戲曲的商業演出達到空前繁盛的境地。

據《青樓集》記載：「內而京師，外而郡邑，皆有所謂勾欄者，辟優萃而隸樂，觀者揮金與之。」說明元代都市，勾欄大量存在，已是都市居民揮金娛樂的場所。

中國戲曲史上有作者可考的劇本始於元雜劇。據現存資料不完備的統計，在不到100年的元代，有姓名可考的雜劇作家大約有200人左右，有記載可查的雜劇劇本約有730~~740種。這還不包括那些佚名的作家和失載的劇本，現在我們能看到的元雜劇劇本只有208種，連殘曲29種，總計不過237種。

這麼多的雜劇在北方的演出地又在什麼地方呢？

現在的磚塔胡同一帶，可以說就是民間戲曲活動的中心地區，即所

謂「勾欄」、「瓦舍」地帶。

　　磚塔胡同位於北京西四南大街丁字路口的西南側，是北京現存最古老的胡同之一。磚塔胡同的東口，有一座八角形、七級密簷式青灰色磚塔，在山門的石額上刻有「元萬松老人塔」六個字。萬松老人，名行秀（1166？246年），是金、元兩朝極富盛名的佛學大師，他曾為金章宗說講佛法，得到金章宗極高的稱讚。元代著名的政治家耶律楚材就出自他的門下。萬松老人圓寂後，人們為他修建了這座磚塔。現在這個塔成了這條胡同的標誌性建築，只要你到達西四一帶遠遠地就可以看到這個塔，胡同很長，有一些金柱大門或廣亮大門，當然更多的是小門樓。胡同中到處可見石磨、石碾、石礎等，從它們風化的程度看應是清代以前的居多。

　　這條胡同所屬的街區，元、明兩代叫咸宜坊。其南有粉子胡同，今天還叫這個名字，2004年我來這兒時胡同的西端已拆改為居民樓。「粉子」，亦妓女的名稱，《水滸傳》中叫「粉頭」。元雜劇中就出現對磚塔胡同的文字記載。

　　元人李好古的《張生煮海》雜劇第一折，劇中張生與龍女定情後，家童湊趣，與龍女的侍女梅香調情，家

元代著名戲曲家關漢卿。

25

《竇娥冤》插圖

表現竇娥冤被冤殺時的情景。竇娥發了三個誓願：死後血濺白綾、六月飛雪、大旱三年，用以證明自己是被冤枉的。這些誓願後來都一一應驗。

童云：「梅香姐，你與我些兒什麼信物！」侍女云：「我與你把破蒲扇，拿去家裡扇煤火去！」家童云：「我到哪裡尋你？」侍女云：「你去那羊市角頭磚塔胡同總舖門前來尋我。」

足證元大都城裡，已有磚塔胡同。這條胡同的北面有一條叫羊肉胡同，即古之羊市。

說起舊京的妓院，人們往往和北京南城聯繫在一起，無論是珠市口大街以北八大胡同的高級小班，抑或是珠市口大街以南的低級下處，都在北京的南城。

其實在清末光緒庚子以前，內城磚塔胡同以西的幾條小巷，才是地道的「北國花叢，鶯嬌燕媚，鬢影釵光」，假如萬松老人地下有知，怎能不有汙我佛門淨地之感。

有一個叫姚君素（靈犀）的人在30年代末印行了一本《未到珍品叢傳》，收有三個稿本，其中一本為《塔西隨記》，就是對

《西廂記》畫
《西廂記》是王實甫的代表作，畫中右為紅娘，左為張君瑞。

這是磚塔胡同正在拆損的一面高牆。2004年攝。

磚塔胡同84號院。誰能想到魯迅當年就住在這兒，內部已看不出當年的模樣。2004年12月攝。

這一帶妓院情況的隨筆記錄。

「隨記」記載了磚塔胡同之西的口袋底、城隍庵、錢串胡同、三道柵欄、小院胡同、玉帶胡同等處的20多家妓院。

「清代北京內城多系八旗仕宦之家，磚塔胡同位於要衝之地，貴家子弟趨之若鶩。後為禦史參動，以為內城首善之地不應容此藏汙納垢之所，乃驅之外城。塔西妓院之房多為江西巡撫德曉峰（馨）私產，德氏漢姓博，住在官門口內苦水井路西，屋宇甚多，上世紀三四十年代時其後人尚居於此。苦水井後改福綏境，口袋底，《燕都叢考》作口袋胡同，所謂底者，是說這條胡同的盡頭像個口袋底，老北京仍以『口袋底兒』稱之。」

這裡勾欄內有戲台、戲房（後台）、神樓和腰棚（看台）。大的勾欄可容數千人，經常是台上鳴鑼敲鼓，表演著人間的喜怒哀樂，台下歡

元代墓壁畫的少女形象。

磚塔胡同不但西部已拆除，中部也被拆得面目全非。

29

呼喝采，據說經常是曲終人不散，每當散場後，歌舞伎就倚著欄杆向台下拋繡球，拋媚眼。

關漢卿先生則肯定在磚塔胡同經常走過，他也會帶領女伎珠簾秀、順時秀、天然秀、賽簾秀、燕山秀在這兒謝幕。以答謝人們對他創作的戲曲的熱愛。那時這裡真的像清人震鈞在《天咫偶聞》中描述的盛況：「闐闐撲地，歌吹沸天，金張少年，聯騎結駟，揮金如土，殆不下汴京之瓦子勾欄也。」

清代的磚塔胡同一度成為曲家聚集的地方，這裡不僅有演唱京劇的坤班，也有所謂「清吟小班」的樂戶。當初只有三五家，多是京畿地方的人，很快便「曲家鱗比，約二十戶」，一半是天津人，有天喜、三喜、雙順等班。我們在磚塔胡同附近的鮮明胡同等處仍可以找到清代戲人的住宅。

1900年，八國聯軍侵入北京，這裡的戲班樂戶紛紛逃往他鄉，從

由西直門向北就是土城，這兒有元大都城牆遺跡。

此，磚塔胡同逐漸成為民居。

　　1923年8月2日，魯迅先生由於和周作人在政治與生活上的分道揚鑣，憤而離開原在八道灣的住所，搬到磚塔胡同61號（現為84號）。在這兒撰寫了《祝福》、《在酒樓上》、《幸福的家庭》和《肥皂》，及其《中國小說史略》等許多作品。

抗戰勝利後，1946年2月，張恨水從南京飛抵北平，籌備北平《新民報》，買下一所有四進院落、三十多間房的大宅，門牌為北溝沿甲二十三號，後門即在磚塔胡同西口。

　　1945年5月，張恨水患腦溢血症，陡然病倒，不能寫作。他家人口

這是元代墓壁畫中樂妓在繩上邊走邊唱的情景。原載《世界文化史大系》。

多，開銷大，不得不賣掉北溝沿的大房子，遷到磚塔胡同43號一所小四合院居住。作家後來在這裡病逝。今天從門口看，這房子已很破舊，甚至有點破落了。

　　說起魯迅與張恨水在這條胡同的生活經歷就更使我們聯想起這條胡

同中綿長的「文脈」。

在通稱的元曲四大家中，關漢卿、王實甫和馬致遠都是北京人。

關漢卿的《竇娥冤》、《救風塵》、《單刀會》，王實甫的《西廂記》都是元雜劇的代表作。活躍在大都劇壇的著名女樂伎有珠簾秀、順時秀、天然秀、賽簾秀和燕山秀，「五秀」對於促進雜劇的發展，想來也發揮了重要作用。

這是元代英宗皇后像，頭上所戴稱姑姑冠。

關漢卿是元代的「驅梨園領袖，總編修師首，撚雜劇班頭」。關漢卿應當是經常流連於市井和青樓之間，在他的筆下，寫得最為出色的是一些普通婦女形象，像竇娥、妓女趙盼兒、杜蕊娘、少女王瑞蘭、寡婦譚記兒、婢女燕燕等，各具性格特色。她們大多出身微賤，不是寡婦就是童養媳，要麼就是歌妓，但她們都性格剛烈。我們看他寫的《救風塵》中的唱詞。

《救風塵》由三個性格鮮明的人物，恰好地配合成一場喜劇：同是風塵女子的宋引章和趙盼兒，前者天真輕信、貪慕虛榮，後者飽經風霜、世情練達；而另一角色周舍，則是個輕薄浮浪又狡詐兇狠的惡棍。宋引章被周舍所騙，趙盼兒利用周舍好色的習性，以身相誘，將她救出火坑。

元代的樂戶世襲制和買良為娼都一如宋代，尤其是元初滅南宋後，

許多官兵掠娶江南良家女子，玩厭以後再賣入娼家，到至元十五年（1278年）才開始下令禁止。逼良為娼者也有，但不很多。挑選民女入宮的事例一直不斷，如忽必烈每隔兩年或不到兩年，就要派使臣到弘吉剌省挑選一百名或一百名以上的美貌妙齡女子入宮。

元代統治者崇信佛教和道教，許多宮廷生活都與宗教有關。例如元順帝時以宮妓三聖奴、妙樂奴、文殊奴等十六人所表演的著名的《十六天魔舞》，表演的就是佛教（密宗一派）的思想內容。

據《元史·哈麻傳》載，西蕃僧人伽嶙真善演撲兒法（即房中術），禿魯帖木兒將伽嶙真推薦給元順帝，帝習而喜之，「於是帝日從事於其法，廣取女婦，惟淫戲是樂。又選采女為十六天魔舞。八郎者，帝諸弟，與其所謂倚納者，皆在帝前，相與褻狎，甚至男女裸處，君臣宣淫，而群僧出入禁中，無所禁止，醜聲穢行，著聞於外」。可見，當時的宮妓，不僅要表演歌舞，侍奉統治者，還要充作君臣和僧徒們施行房中術的工具。

元代實行民族歧視政策，漢人的社會地位本來就低，而樂人、娼妓又多為漢人充當，因而他們備受賤視。

漢樂胡同某號，元代的樂妓多居此地，現為民宅。攝於2004年3月。

首先，他們的社會身分賤同奴婢，如至元五年智真殺死娼女海棠，刑部就是比照殺他人奴婢量刑。其次，元代更強調樂人、妓女當色為婚，至元十五年

（1287年），忽必烈曾下旨，規定了「樂人嫁女體例」。至大四年（1311年）八月，武宗又下旨：「今後樂人只教嫁樂人。」

當然，妓女如在落籍從良之後嫁人，則又當別論。但元代對這類女性也開始賤視， 宋代官員娶從良妓女為妻妾尚可受封， 而元代則規定：「應封妻者，止封正妻一人……或系再醮、倡優、婢妾，並不許申請。」這種賤視甚至反映在所規定的服裝上。

元代的娼妓地位之低、命之不保在明代俞弁所著的《逸老堂詩話》有所反映：「至正壬辰冬，倡婦徐氏，徽人。寇常一日召婦佐觴，徐憤罵不從，寇持劍往殺之。」

徐婦可謂風塵女中的義氣之人。但是僅僅因為寇請徐氏做一下「三陪」，而徐氏不願意，寇就「持劍往殺之」，原因就在於徐氏是「平原巷裡堂中身」，是出身「菸花柳巷」的同意詞，也就是下等的歌妓的出身地。

有一個故事說，有一個樂工，得罪了當時的洛陽縣令，這個洛陽縣令，就跑到皇帝面前去告狀了，實際上皇帝非常寵愛這個樂工，他的技藝水準非常高，皇帝覺得平常離不開他，但是洛陽縣令來了，沒辦法，皇帝說，把他拉出去亂棍打死，但是命令發出去以後，心裡不忍，偷偷跟底下人說：「別打死。」執行的人出去的時候，樂工已經被打死了。

有人稱他們是：「戲子王八吹鼓手。」在一些地區的民間曾流傳一段順口溜：

> 頭戴七折八扣，（指帽子緌）
>
> 身穿有領無袖，
>
> 腳踏五福捧壽，
>
> 手拿一尺不夠，（指嗩吶一類的樂器）

走在街上排成兩溜，

鍋圪拉夥棚匠侍候。

這首順口溜生動表現了當時樂戶的穿著和打扮。

元代還有一個怪現象是和尚公開地蓄妓納妾。如《元史‧星吉傳》載：曾有一個和尚恃寵橫甚，有妻女十八個人。又元世祖曾命楊璉真加為江南釋教總，他竟然接受人們獻給他的美女。更有甚者，當時的西番和尚竟敢公開入民宅姦污婦女，這當是元代統治者崇信宗教，縱容番僧的結果。

3.娼妓的特別服裝「皂衫」

元代樂人地位之低還可以在服裝上展現出來。元代的貴族穿織金錦袍，也就是説元代貴族服裝面料中加入大量金絲，使織物加金，以顯華貴。元代一般身分較高的婦女，都戴姑姑冠。普通婦女則戴皮帽。身上所穿的服裝都是寬鬆肥大，長度大多垂足，衣邊掃地，以致在行走時，不得不由奴僕在後跟著托起，在敦煌壁畫中的元代供養人就是這種形象。

同時元代對於服飾則有了明確的規定，以服色來區分社會地位的高低。《元典章》説：「娼妓穿皂衫，戴角巾兒。娼妓家長並親屬男子，裹青頭巾。」明代仍依舊制，洪武三年下詔曰：「教坊習樂藝，青字頂巾，系紅線褡膊。樂妓，明角冠，皂褙子，不許與民妻同。」還限定：「教坊司伶人常服綠色巾，以別士庶之服。」這種歧視在今天看來是不

可思議的。

《元工部律令》還曾這樣規定：「樂人、娼妓、賣酒的不得穿著帶飾物的服裝。」

延祐元年（1314年），仁宗定服色等第：「娼家出入，止服皂褙子，不得乘車坐馬。」至元五年（1339年），元順帝又下令：「禁倡優盛服，許男子裹青巾，婦女服紫衣，不許戴笠乘馬。」

據《中國娼妓史》記載，元以後，「人以龜頭為綠色，遂曰著綠頭巾為龜頭。樂戶妻女大半為妓，故又叫開設妓院以妻女賣淫的人為戴綠頭巾」。現代人形容某男人的妻子有了外遇時，被稱為戴了「綠帽子」。

金、元、明、清時代的風月場所

第三章

明代的風月場所

在京城歡場中玉堂春名聲大震，慕豔名而來到葫蘆巷的人絡繹不絕，可玉堂春並不是來者不拒，鴇母一秤金也視她為奇貨可居，通常只讓玉堂春接待一些達官富賈、名門公子，對其他客人則以玉堂春正忙著或身體不適來搪塞，而叫來其他姑娘做陪，嫖客們越見不到玉堂春，玉堂春就越神祕；越神祕玉堂春的吸引力就越大。玉堂春接客，也是清談為主，或彈一曲琵琶，或唱一首小調，或調茶酒款待，輕易不肯以身相許，在歡場裡被人稱為「清倌」。直到有一天遇到客人王景隆，玉堂春一改初衷，不但以身相許，而且以心相傾。

三、明代

1.明代「紅燈區」的興—衰—興

明代從西元1368年至1628年跨越260年。北京的「紅燈區」也經歷了興——衰——興。

明代洪武、永樂年間,順延了宋、元以來的官妓制度。明代中期朝廷宣布取締官妓,這是我國娼妓史上的一個重大變革時期。同時,明政府嚴禁官員出入妓院狎妓宿娼,情節嚴重的「罷職不敘」也就是永遠開除公職(見《餘園雜記》)。儘管有此禁令,但當時的地方官吏以及以宰相之尊而挾妓的大有人在。自此以後,娼妓業完全由私人經營。

到了嘉靖、萬曆以後,皇帝倦於勤政,官員士大夫們則陶情於花柳之間,前期的禁令已形同虛設,享樂靡爛的生活風氣興盛一時。在這種風氣影響下,以南京、北京為中心,娼妓大量發展起來,致使娼妓遍布天下。大都會之地,動以數千百計,其他地區,往往也有之。

明洪武時期,北京的教坊暫時的處於低潮,因為那時南京城是當時全國最繁華的城市。明太祖朱元璋對罪臣除本人服刑外,還將其妻、妾、侍女、丫環等女流,一概打入教坊。因此明代教坊中的歌妓有不少是出自宦門,一些名妓工詩詞、知音律、善歌舞、長書法。教坊司在

武寧橋設「富樂院」是為官妓院，供當時官僚們做酒宴中的陪侍。

明成祖朱棣——永樂皇帝。

成祖之後，北京作為明朝的首都，加之幾個皇帝都喜歡雜劇，演劇之風就一直很盛。宮廷裡蓄養著各色戲班。地方上則有官家教坊與民間戲班應付需要。

明成祖把反對他的建文帝的忠臣齊泰、黃子澄、鐵鉉等人的妻女發配到教坊司充當軍妓，供軍人輪番踐躪。如鐵鉉死守濟南，予朱棣的軍隊以重創，最後城破被害。方孝孺拒絕為朱棣寫詔書以示天下，在宮廷上痛斥朱棣，最後也被殘酷地殺害。鐵鉉之妻在妓院中被踐躪至死，朱棣居然還下聖旨命人將屍體抬出去餵狗，這就有些野蠻了。古代中國的女子在政治鬥爭中做犧牲品是常有的事。

明成祖在宮廷裡蓄養戲班的行為使得當時的一部分地方教坊具有了妓院的性質，宮廷裡蓄養的戲班教坊仍是排練演出的機構，明成祖親自聽取齊亞秀的演唱，就說明了教坊的性質。

明成祖建成新的大內——紫禁城，在今天的北海公園當時叫西苑的地方成祖、宣宗都經常去遊玩。宣宗一再向臣下講元代的至順帝宴遊導致衰亡的教訓，還寫了《廣寒殿記》，說廣寒殿「軼雲霞，納日月，天

下之偉觀莫加於此矣」。

明代在這裡沒有很大改進。以荒唐著稱的武宗還在太液池西南用黑琉璃瓦建了一個「騰禧殿」，把他在宣化晉王府看中的一個樂伎劉良女帶來放在裡邊淫樂，因為見不得人，人們暗地裡稱之為「黑老婆殿」。

嘉靖年間，在太液池北岸建五龍亭，一直留存到現在。

明代的「風月場」所在，據《析津日記》載：「京師黃華坊，有東院，有本司胡同，又有勾欄胡同、演樂胡同，其相近複有馬姑娘胡同、宋姑娘胡同、粉子胡同，皆舊日之北裡也」。

明代畫家仇英所繪的春宮畫。

《燕京訪古錄》還記載：胡同中「一巨室廢第，花園內一小廟，廟內有一銅鑄女像，坐式，高四尺八寸，方面含笑，美姿容，頭向左偏，頂盤一髻，插花二枝，身著短襖，盤右腿，露鉤蓮，右臂直舒做點手式，揚左腿，左手握蓮鉤，情態妖冶，楚楚動人，此像當為妓女崇奉之神矣。」

為妓女做像，或做妓女崇奉之像，且為銅鑄，也稱得上罕見了，這條胡同當時應是北京城內主要的一個聲色場所。

十六世紀阿拉伯旅行家阿里·阿克巴爾也在《中國紀行》中證明了這一點：「在中國沒有一個城市不設妓女活動的單獨地區。」明朝北京妓女活動的單獨地區在現東四南大街路東的幾條胡同。

演樂胡同裡具代表性的建築，這裡的樂妓從元代一直延到明代。2002年攝於演樂胡同。

《竹軒雜錄》載：「成化（明憲宗年號）三年（1467年），教坊司只存樂戶八百餘，不敷應用，乃行文山（西）、陝（西）各布政署。選收樂戶應役。」 已有八百樂戶還嫌不夠，可見當時教坊的活動是多麼活躍！當時妓女之盛。首推南京、北京，因為這是當時兩個最大的都市。這兩地除了一些「正規」的妓院，還有一些「非正規」的私娼。

《梅圃餘談》雲：「近世風俗淫靡，男女無恥。皇城外娼肆林立，笙歌雜遝；外城小民度日難者，往往勾引丐女數人，私設娼窩，謂之窯子。」

《梅圃餘談》還對妓院詳細描述：「室中無窗洞開，在靠路的牆上開幾個小洞，丐女打扮好了，裸體躺在屋內，口哼小調，並做種種淫穢狀。有些年輕男子從洞外向內偷看，引起了性衝動，就叩門而入，幾個丐女裸體上前，被挑中哪個人後，投錢七文，就攜手『上床』」。

可見，現代人所稱的妓院為「窯子」，稱匆匆忙忙地行淫為「打釘」，是明代已有的風氣了。

明朝中葉以後，妓女越來越多了。

東四南大街路的幾條胡同中，陳年遺跡隨處可見。2004年10月，攝於演樂胡同中部路北。

元、明時代散樂演出圖譜。

《五雜俎》記載:「今時娼妓滿布天下,其大都會之地,動以千百計。其他偏州僻邑,往往有之,終日倚門賣笑,賣淫為活,生計至此,亦可憐矣!而京師教坊官收其稅錢,謂之脂粉錢。」

教坊的衰落是從明武宗時大批藝人應召入宮說起。

武宗是明朝以荒淫無恥著稱的皇帝,他嫌藝人入宮演出不方便,索性讓他們住在宮內長期演出,男性演員都施以宮刑。皇帝住在紫禁城裡,妻妾成群。紫禁城儼然已成最大的「風月場」。大紅燈籠高高掛,只不過三千粉黛,都是為一個人服務的,皇帝就成了最大的「嫖客」。明帝大多短命,也許是太沉溺於女色的緣故,這樣教坊就衰落下來了。

《書影》記載天啟年間,人們訪問武宗時代的雜劇演員梁三姑的情況,儘管《書影》對年代記載可能有誤,因為正德末年是1522年,而天

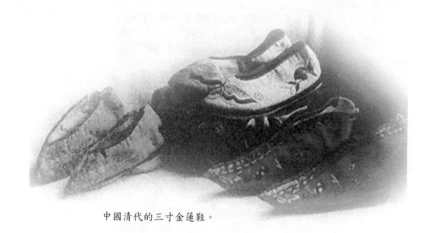

中國清代的三寸金蓮鞋。

啟元年是1621年，其間相隔99年，梁三姑進東院則至少在十歲以上，所以在訪問她時，梁氏應為一百多歲。但書中對事實的記載應是基本可信的。可以看出教坊衰落的情況。

蘇武子曰：「武宗時，東院梁氏，彈箏獨妙，家世善聲，備供奉。天啟甲子（四年）二月中，予同劉君過之，則已無彈箏者矣。劉少時，以豪聞局中，比入梁氏，記憶庭經，慨然當時。居有間，問其家三姑善箏者，下世今幾年。一環應聲曰：『客何從知予家三姑也，今九十餘，尚能飯。然二三十年來，內廷靜愓，教坊、樂部皆湮廢。時好新聲，三姑箏塵久矣。每家人小集，風月閑好，姑悲來，或一彈。促節哀音，聽者失悅。』劉因請見三姑，冀彈數柱。辭再四，則列幛座右，為奏一曲。洪往舒歸，鯨駭鸞繽，更時時聞折柱狀。已若風霧菸雨，其泠泠也。座客聽者，悄然氣歎云。」

這段回憶錄，既生動地說明了梁三姑彈技之妙，也從另一個側面反映出教坊是在武宗時期衰落下去的跡象。

武宗時教坊衰落，優秀的藝人被召入宮，散落在外的藝人逐漸和鄰

近的妓院合流，這時演樂胡同一帶就逐漸成為妓院的集中場所。

嘉靖時的《京師五城坊巷胡同集》記載，在演樂胡同附近已經有了以暗娼名字命名的宋姑娘胡同、粉子（妓女又稱「粉頭」）胡同等地名，可以說明這個變化。

教坊的衰落已呈現出大勢所趨之勢，到清代，它終於走到了一千多年的盡頭。今天北京西四地區還保留有以妓女生活過的地方命名的街巷，如西院勾欄（今大院胡同）和粉子胡同這樣的地名。

2.裹足—明代的「金蓮杯」

在明代平民與賤民的區別十分明顯，等級觀念十分森嚴，在裹足這個問題上我們也可見一斑。有意思的是裹足不是由國家提倡而興起的，而是由禁而興的。

當時「民女不許裹足」。裹足是貴族婦人的專有妝飾，平民階級女子，則政府以法令禁止。如是一來，纏足便成為一種地位，一種身分，一種不可或缺的榮耀。導致民間女子，更是競相追逐，哪怕餓死，也要品嘗貴族階級的虛榮。政治的壓力反而促成社會的廣泛回應，法律遂成空文而無法貫徹。　嫖客花錢買笑，雖說不能企盼宮女接待，卻可以讓妓女也學宮女姿態從恣取樂。

市場需求使妓女纏足比民間女子表現更為積極，而且越小越受歡迎。歷史上有位叫楊鐵崖的著名嫖客，《輟耕錄》上說他：「耽好聲

色，每於筵間，見歌兒舞女有纏足纖小者，則脫其鞋襪，盞以行酒，謂之金蓮杯。」

「金蓮杯」指當時的嫖客以像女人的小鞋的瓷杯為飲酒的器具。「金蓮杯」在宋代便已有之，至明代更大行其道。徐紈《本事詩》記：「何元朗至閶門攜檯（酒器）夜集，元朗袖中帶南院妓女王賽玉鞋一隻，醉中出以行酒，蓋王足甚小。禮部諸公亦嘗以金蓮為戲。王鳳洲樂甚，次日即以扇書長歌雲：『手持此物行客酒，欲客齒頰生蓮花。』元朗擊節歎賞，一時傳為佳話。」

兩嫖客因金蓮而互為知音。

又唐子畏《詠纖足排歌》雲：「第一嬌娃，金蓮最佳，看鳳頭一對堪誇。新荷脫瓣，月生芽，尖瘦幫柔繡滿花。從別後，不見他。雙鳧何日再交加，腰邊摟，肩上架，背兒擎住手兒拿。」

中國南唐始開纏足之風。

照此看來，小腳對於性交亦有特別快感，無怪乎一般坊間妓女，大家都裹三寸金蓮，以為獻媚嫖客的工具。有足稍長大者，則被譏誚為「大腳」，文人墨客中的嫖妓者，將女人「大腳」形諸筆墨寫詩嘲諷。

一首兒歌這樣唱道：

「剔燈棍兒打燈檯，

爺爺娶了個後奶奶，

腳又大，嘴又歪，

氣的個爺爺兒眼發呆。

奶奶奶奶你先去，

爺爺好了你再來。」

據說這首兒歌產生於乾隆朝之前的北京地區，從清代一直流傳到民國。而裹足行為也一直持續到清末民初。

3.明代京師名妓

所謂名妓者是指吹、拉、彈、唱、書法、繪畫、社交藝術無所不精者。其居處也多清潔幽雅，屬於高級妓女之列。

陳圓圓

名妓陳圓圓。

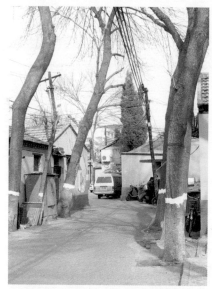

今天演樂胡同的中部。攝於2002年4月。

百順胡同某號院，據說蘇三就在此院從業，因是傳說，沒有到到有關的根據。攝於2004年。

皇親田宏遇從蘇州買下陳圓圓帶到北京後田就死了。有人說吳三桂「聞陳圓圓豔名，派人到京從田府將她買去，送往寧遠。她到了寧遠後，心情悒鬱，又過不慣關外生活，不久病死」。大順軍進入北京時她已在寧遠早死。也有人說吳三桂早就與陳圓圓有染。但無論怎樣吳三桂最終將陳圓圓搶到手則是不爭的事實。

也有一種說法是她被李自成或劉宗敏所得。

傳說最廣的是吳三桂衝冠一怒為的是紅顏知己陳圓圓，陳圓圓就是「三陪女」，「姓陳名沅，為太原故家女，善詩畫，工琴曲，遭亂被擄，淪為玉峰歌伎，自樹幟樂籍而後，豔名大著。凡買笑徵歌之客，都喚她作沅姬。身價既高，凡侍一宴需五金，為度一曲者亦如之。走馬王孫，墜鞭公子，趨之若鶩，大有車馬盈門之勢。即詞人墨客，凡

以詩詞題贈沅姬的，亦更仆難數」。

當時田宏遇以千金將陳買來後就將其包養起來。再後來，吳大將軍去田府串門，一見圓圓，驚為天人，愛得死去活來……

也有人認為陳圓圓的出身並非妓女，而是良家少女。說她「前身合是採蓮人，門前一片橫塘水。傳來消息滿江鄉，烏柏紅經十度霜。教曲妓師憐尚在，浣紗女伴憶同行。舊巢共是銜泥燕，飛上枝頭變鳳凰。長向尊前悲老大，有人夫婿擅侯王」。第三句中的「教曲妓師」指在北京「教就新聲」的師傅。

這首詩說她經過十年的歲月之後，圓圓家鄉姑蘇的女伴（女妓）和妓師得知圓圓在這段日子中的經歷、後來終於成為平西王次妃的消息以後的反應。

蘇三

沾「蘇三離了洪洞縣」這一句唱詞幾乎人人會唱，它出於京劇《玉堂

百順胡同某號，傳說蘇三與王景隆就在這兒相識。

春》。蘇三雖是戲曲中的人物，但這個戲劇中的蘇三確有其人。

蘇三是明代北京城的名妓，這一點是有據可查的，據說她曾在八大胡同中的百順胡同從業。她的祖籍是山西洪洞縣蘇堡村。據《洪洞縣誌》記載：蘇堡村有民諺說：「蓮花城，槐村莊，蘇三監獄在中央。」

　　明立德年間（1506─1521年），發生「玉堂春冤案」。妓女蘇三（藝名玉堂春）同公子王景隆在京相識，後蘇三被人賣給山西洪洞縣富商做妾，蒙冤被判死刑。王景隆趕考得中，任八府巡按，到太原複查此案，為之平反，並和玉堂春成婚。這個故事被民間編成小說和戲曲廣為傳誦。

京劇蘇三起解中的「葫蘆巷」可能就在百順胡同。

　　樂戶蘇淮與妻子一秤金把三歲時的蘇三從山西買來。蘇三本就天生麗質，經過一秤金十年的調教，成為一個能歌善舞、彈琴唱歌、吟詩作畫無所不能的青樓女子，很快就成了京城裡頗富盛名的名妓。因此有人送她一個藝名──玉堂春。

　　為了讓她安心，老鴇一秤金從不對她提起她的家世，當然也不曾告訴過她的真名，因她在蘇家排行第三，便喚她為蘇三。

百順胡同49號內部，四面都是樓為起來的院落，這是當時典型的妓院建築格局。

百順胡同中部某號東牆，妓女們通過此窗可以看到外面的世界。

在京城歡場中玉堂春名聲大震，慕豔名而來到葫蘆巷的人絡繹不絕，可玉堂春並不是來者不拒，鴇母一秤金也視她為奇貨可居，通常只讓玉堂春接待一些達官富賈、名門公子，對其他客人則以玉堂春正忙著或身體不適來搪塞，而叫來其他姑娘做陪，嫖客們越見不到玉堂春，玉堂春就越神祕；越神祕玉堂春的吸引力就越大。玉堂春接客，也是清談為主，或彈一曲琵琶，或唱一首小調，或調茶酒款待，輕易不肯以身相

這是百順胡同20號，原為一家賭場，這是二樓樓梯口處，嫖客就是沿這個吱吱呀呀的木樓梯走向二樓每一個單間賭桌的。攝於2004年10月。

許，在歡場裡被人稱為「清倌」。直到有一天遇到客人王景隆，玉堂春一改初衷，不但以身相許，而且以心相傾。

王景隆是明武宗時期禮部尚書王瓊的三公子。因王瓊得罪了太監劉瑾，遭皇上降旨革職。王瓊將其三兒子王景隆與家人王定留在京城，讓他們催討自家歷年來放貸和投資的本金與利息，然後再回永城。

王景隆年方十八，生得眉清目秀，一表人才，為人聰明能幹，所以

父親才特別把他留下。半年之後，賬目已經收清，本金與利息總計收了
三萬餘兩紋銀，主僕兩人只等擇吉日返回河南故鄉，與家人團聚。

　　離確定的行期還有兩天時間，行裝都已打點好，閒來無事，王景隆
決定到街上逛逛，順便買一些年貨帶回家去。雖然久居繁華都市，可由
於過去父親管教甚嚴，王景隆很少上街遊玩，更別說涉足燈紅酒綠之地
了。

　　過年之前，街市上十分熱鬧，王景隆興致勃勃地買了好些禮品，數
量太多，只好讓隨同而來的家人王定先送回住處，自己與猶未盡，一個
人繼續隨意朝前走著。閒逛之中，不經意來到葫蘆巷中。

　　這種地方他可從來沒見過，他發現幾乎座座樓前都倚著幾個濃妝豔

王景隆與蘇三當年就住在這樣的房子中。2002年攝於百順胡同某號。

抹的年輕女子，朝著過路的人擠眉弄眼，招手相邀，原來這是一條菸花巷。待他明白過來後，便想退出去。巷中背著木盒賣瓜子的金哥兒見他這樣一位錦衣公子轉來轉去，面露猶疑，以為是尋芳客入不了門道，便

王景隆忐忑不安的走進老鴇一秤金在葫蘆巷開的妓院。2002年攝於百順胡同。

湊上去建議道：「公子若是沒找到主兒，一秤金家的三姑娘玉堂春倒是個好角兒，豔冠群芳，而且有幾分才氣。只是她有些兒挑剔。不過，看公子模樣，必能獲得她的垂青。」

金哥兒一串兒閒話，打動了王景隆的心：他原本是不屑逗留於這種地方，但聽說這裡竟有玉堂春這般絕色又清高的人，不禁起了幾分好奇心。於是順著金哥兒手指的方向進了一秤金開的妓院。

王景隆抱著忐忑不安的心情走進門，立即有老鴇一秤金接前來迎

百順胡同某號的西樓二層，現已拆除。1999年攝。

接。王景隆不願與她多周旋，開口便指名要見玉堂春。老鴇見又是衝著
玉堂春來的，心裡有數，在沒摸清來人底細之前，她可不會讓他輕易得
手，於是佯裝歉意地陪笑說：「公子不要心急，玉堂春姑娘那裡正忙
著，我叫別的姑娘先陪陪公子吧？」王景隆有些失望，搖了搖頭，還沒
來得及開口，老鴇接著又說：「公子是第一次來吧。不知道我們玉堂春
姑娘的行情吧？」說完，一雙狡黠的三角眼看定了王景隆。

王景隆明白了她話中含意，不疾不徐地從袖中掏出一錠足赤的金元
寶，約有五兩重，往桌上一擺，輕鬆地說：「這是給姑娘買脂粉的。」
老鴇見他出手闊綽，立刻瞪大了眼，一邊說著：「不必客氣。」一邊伸
手把金元寶悄悄收進自己懷中，然後起身進裡屋去了。

不一會兒，老鴇出來，後面緊隨著一位秀美的姑娘。這姑娘約十六
七歲模樣，綰一個高聳烏黑的雲髻，雲髻下一張雪白嬌媚的小臉，眉
如新月，眼含秋水，一抹紅霞均勻地染在兩頰，櫻桃小嘴微抿，似笑非

那個時代的建築大多不存，但我們仍可從清代所承的建築風格中看出雕欄玉砌的模樣。這
是雲居胡同某號二樓，攝於2004年3月。

這是位於前門以東鮮魚口某號的院子，落魄之後的王景隆有時到破廟，有時到這樣的門洞中棲身。

笑、似嗔非嗔；著一身藕色繡花衣裙。淡妝素裹，卻別有一番風韻，她一進來，王景隆只覺得滿屋春光。

老鴇命人送上茶水果點，退了出去，屋內只剩下玉堂春與王景隆，玉堂春垂眉靜坐，半天沒說一句話。後來由王景隆挑起話頭，兩人交談起來，不想這一談就收不住，一直談到夕陽西斜，兩人都已傾心相慕。

見王景隆氣勢不凡，老鴇也十分熱心，命人為他倆置下了酒菜，一番交杯暢飲後，王景隆便略帶幾分醉意地留宿在玉堂春屋中。玉堂春也沒像往常那樣推辭，老鴇當然從中得了一大筆酬金，喜孜孜地看著他們鴛鴦合歡。

一夜風流之後，王景隆再也離不開玉堂春溫柔的懷抱，他回住處打發家人王定先回河南老家，讓他告訴家人自己還有幾次同窗聚會要參

這也是當時許多像王景隆這樣敗落的嫖客棲身之所。這是位於青竹巷的真武廟。

加，待過完年再回去。

　　王定走後，他便把自己的行李全搬到了玉堂春的住處，成了玉堂春的專客，卿卿我我，過著如膠似漆的日子，把回家鄉的事早就忘在了一邊，白花花的銀兩則源源不斷地流向了一秤金的腰包。

　　青樓中有名目繁多的開銷，不到一年的工夫，王景隆手中的三萬兩紋銀折騰得一乾二淨。隨著他銀兩的吃緊，一秤金對他日漸冷淡，等他再也掏不出一兩銀子時，一秤金則毫不留情地將他趕出了妓院。

蘇三與沈洪的元配皮式曾一起住在平陽府。

山西洪洞縣蘇三紀念館中，蘇三在獄中受難時的雕塑。

此時，王景隆已身無分文，無以維生，竟淪落街頭，白天沿街乞討，夜晚則棲身關帝廟中，情景十分悽慘。

一天，他正瑟縮在街角行乞，被常在葫蘆巷中賣瓜子的金哥兒撞見了，金哥兒驚喜地說：「王公子在這裡啊！玉堂春姑娘讓我四處打聽公子的下落呢！自從公子離開，玉堂春為公子誓不接客，一心想找到公子，公子近來住在何處？」

王景隆十分慚愧地告訴他自己在關帝廟棲身。金哥兒讓他趕快回廟去等著，自己則趕往葫蘆巷稟告玉堂春。

玉堂春獲得消息，心情十分激動，於是假裝身體不適，向老鴇請求到關帝廟拜神請願。鴇母見她近一段的確心神不寧，也就允許她出去散散心。玉堂春急不可待地趕往關帝廟，在廊下遇見了翹首以待的王景隆，一見他衣衫襤褸、神情黯然的模樣，十分心痛，撲上去緊擁著昔日情郎，哭道：「你為名家公子，眼下竟落到這般地步，全是妾的罪啊！你為何不回家呢？」

王景隆悽然答道：「路途遙遠，費用頗多，欲歸不能！」

玉堂春從懷中掏出二百金，遞給王景隆，悄聲說：「用這些錢置辦衣物，再來我家，妾與你一起籌畫！」

第二天，一秤金發現玉堂春的首飾全不翼而飛，而王景隆又已無影無蹤，馬上明白了一切，知道自己受騙，一怒之下，把玉堂春打得個遍體鱗傷。

王景隆與蘇三在京城置下這樣的宅第，蘇三才算安置了下來。1999年3月攝於大外廊營胡同。

　　不久，有山西平陽府洪洞縣富商沈洪慕名來訪玉堂春，惱怒之下一秤金順水推舟將玉堂春賣給他為妾，得了最後一筆重金。玉堂春雖然進了沈家，卻不肯與沈洪同房，只推說自己受傷，身體不適。沈洪倒也不勉強她，把她送回自己在洪洞縣的老家養傷，自己則又外出經商，只等著她慢慢回心轉意。

　　再說洪洞縣的沈家，沈洪的原配皮氏是個風流女人，因丈夫經常在外經商，她在家早與隔壁監生趙昂勾搭成奸。家中無其他主人，她與趙監生來往十分方便，常常是十天半月地雙雙宿在沈家。現在玉堂春住進了沈家，無疑成了他們的一大障礙，於是這對姦夫淫婦合謀，想置礙眼的玉堂春於死地。

據說在前門外的西興隆街中部路南某號就是王景隆在京城置下的宅第。

這天，玉堂春心情不好，沒吃晚餐，皮氏關切地問長問短，並吩咐廚房煮了一碗熱騰騰的湯麵。皮氏出錢買通了僕婦王婆，王婆從廚房將湯麵端到玉堂春屋裡的過程中，偷偷將一包早已準備好的砒霜撒入碗中，並攪拌均勻。

麵條端到玉堂春屋中後，玉堂春依然毫無食欲，讓王婆把麵條擱在茶几上，說是過會兒再吃。

恰巧，這時沈洪經商從外地歸來，皮氏已到趙監生家苟合偷歡去了，沈洪一進門便奔向玉堂春屋中。

寒暄之後，沈洪開始吃起湯麵，吃完後剛想休息，卻突然腹中疼痛難忍，隨後倒地而亡。

玉堂春被這突如其來的變故嚇傻了，跌坐床上，半天發不出聲來。那邊皮氏與趙監生歡鬧了一陣子後，估計著玉堂春吃下湯麵已奏效，便溜過來看結果。誰知一推門，呈現在眼前的場面竟是：沈洪七竅出血橫屍地上，玉堂春滿臉驚慌，呆坐床邊。

誤害了自己的依靠沈洪，皮氏自然不肯善罷甘休，串通了家中僕人，一起到縣衙來狀告玉堂春。趙監生暗中相助，重金賄賂洪洞縣王縣令，大堂之上將玉堂春屈打成招，以謀殺親夫罪將她打入死牢，只等秋後行刑。

此時的王景隆，靠了玉堂春的資助回到家鄉。一番沉浮，羞愧難當，在家埋頭苦讀，第二年參加禮部會試，一舉登科，被朝廷任命為御史，外放為山西八府巡按。

在京城考中功名後，他曾暗中派人到葫蘆巷尋找玉堂春，此時一秤金已關門轉行，不知去向。後來，王景隆任山西巡按後，檢視案牘時，無意中在秋決名冊中看到了蘇三的名字，不禁大驚失色。他心中惴惴難

平，急忙發下飛簽火票到洪洞縣，提審蘇三殺夫一案。不久，玉堂春、皮氏、趙監生、王婆等一干有關人員，均被押到按院大人府中。

堂上是三堂會審，威嚴赫赫，玉堂春經過洪洞縣衙的摧殘，認定天下衙門一般黑，此時早已心灰意冷，不再抱多大希望。

開審時，玉堂春跪地垂首，不敢抬頭；正座上王景隆心急如焚，情急之中，猛地拍了一記驚堂木。玉堂春猛驚一下，不由得抬了一下頭，這一抬頭就非同小可，她已看清堂中坐著的正是她朝思暮想的情郎，於是悲憤、委屈之情奔湧而出，聲淚俱下地把冤情淋漓盡致地申訴了一番。

最終，在王景隆的主持下，玉堂春的冤情終於得到澄清，皮氏、趙監生、王婆等真正的罪犯得到了應有的懲罰。

限於王景隆的身分，不能正面與玉堂春相認，於是暗中派了心腹隨從將她接到僻靜的客棧相見。

後來，在京城置下宅第，安置了玉堂春，自己則把情況稟明父母，得到父母的體諒，終於將玉堂春納為寵妾，兩人相守而終。

金、元、明、清時代的風月場所

第四章

清代的風月場所

皇帝與王公經常在勾欄胡同這一帶活動。有一個故事講：「道光年間，勾欄胡同還是店舖的集中地。清代諸帝中最稱節儉的道光皇帝，有一天想吃果餅，詢之近侍，辦差的御膳房和甜食房很快就開來了單子，要買做果餅的松子、榛子等物料，『值數十金以進』。道光皇帝看了以後笑道：『此餅只需銀五錢，便可於東長安大街勾欄胡同買一大盒矣，何用多金耶？』內務府和御膳房等『內臣俱縮頸而退』。」由此可見道光帝對勾欄胡同的熟悉程度。

四、清代

1.一千多年的「樂籍」被中止了

　　清代自順治起（1644）年至1911年，凡267年。

清代北京的風月場最初集中在現東四地區的本司胡同、勾欄胡同、宋姑娘胡同，後來轉移到燈市口地區，再之後又轉移到前門外八大胡同。

戲劇演員。

在《骨董瑣記》記載：「順治初，沿明制，設教坊司。凡東朝行禮筵宴，用領樂官妻四名，領女樂二十四名，女樂由各省樂戶挑選入京充補，隨鐘鼓司引進，在宮內排列作樂。八年，停止教坊司婦女入宮承應，用太監四十八名。十二年，仍用女樂，至十六年，復改用太監，遂為定制。」

雍正七年，改教坊司為和聲署，教坊之稱遂被革除。教坊司從雍正年間即不存在，而以教坊司為本的本司胡同之名，卻一直沿用到現在。清代還明確規定內城不許設戲樓、妓館，勾欄胡同亦自不例外。

這是因為皇帝與王公經常在這一帶活動。有一個故事講：「道光年間，勾欄胡同還是店舖的集中地。清代諸帝中最稱節儉的道光皇帝，有一天想吃果餅，詢之近侍，辦差的御膳房和甜食房很快就開來了單子，

當年道光還未作皇帝時就常常在店舖雲集的勾欄胡同遊逛。1999年攝。

要買做果餅的松子、榛子等物料，『值數十金以進』。道光皇帝看了以後笑道：『此餅只需銀五錢，便可於東長安大街勾欄胡同買一大盒矣，何用多金耶？』內務府和御膳房等『內臣俱縮頸而退』。」由此可見道光帝對勾欄胡同的熟悉程度。

　　《野獲編》記載此事後說其原因：「蓋上在潛邸久，稔知其價也。」

清廷下令停止教坊女樂，原有教坊處改成了民居。2002年2月攝。

清初雖也有官妓的存在，但作為一個有規模的階層，已不成氣候，自清初幾個皇帝都下過詔令，禁止以良為娼，對落入於花柳巷者准許平價贖回。

特別是在雍正年間，持續推行頗得民心的「除賤為良」政策，第一次以法律的形式廢除了延續實施達一千多年之久的樂籍制度，使賣良為娼的活動失去了合法性，從而使樂戶作為一個階層擺脫了娼妓業。

從順治三年開始，清廷明令禁娼，所有官辦妓院一律取締，沿襲近千年的教坊制度被廢除，至「順治十六年裁革女樂後，京師教坊司並無女子」，清廷下令停止教坊女樂，改用太監代之，北京的官妓從此被消滅。

到康熙十二年（1673年）後，地方上的官妓也漸消失。

雍正七年（1729年），改教坊司為和聲署，各地的「樂戶」也都除籍為民。

清初的法律還對嫖娼者進行嚴厲的處罰：對文武官吏有宿娼者打六十大棍，挾妓飲酒也按此法律辦，官員子孫應襲蔭宿娼做同樣處理；監生生員挾妓者「發為民，各治應得之罪」；書吏有犯者則「比照官吏挾妓飲酒律，杖六十、革役」。

另外，清初也對經營色情業者進行打擊：「合夥開窯為首照斬決，從者則發往塞外黑龍江等處與人為奴」。對相關人員的處罰也是比較重的，「其租給房屋的房主，初犯杖八十，判二年，再犯杖一百，判三年，鄰居知情不報者杖八十，房屋沒收」（見《皇朝政典類纂刑三十九》）。

2.乾隆打擊「四惡」

清初朝廷將盜賊、賭博、打架和娼妓列為「四惡」而進行嚴懲。乾隆即位便發布上諭稱：「此四惡者，劫人之財，戕人之命，傷人之肢體，破人之家，敗人之德，為善良之害者，莫大於此」 （見《乾隆初年整飭民風民俗史料》）。對於色情業，清政府在制度和法律上都採取了一系列的整治措施，並且最後達到了取消官妓的目地。

《燕台評春錄》載：「嘉道中六街禁令嚴；歌郎比戶，而平康錄事不敢僑居。士大夫亦恐罹不測，少昵妓者。」還有記載是：「道光以前，京師最重象姑，絕少妓寮。」《京華春夢錄》也記：「清光緒中葉，斯時歌郎象姑之風甚熾，朝士大夫均以挾妓為恥。」

由於朝廷不讓挾妓，於是人們就把注意力轉向了男色，八大胡同的「相公堂子」就起於這個時期，一時京城的「相公堂子」成為權貴、富豪們的遊樂場所。

這個時候的勾欄胡同已成為了貴人所居之地，一等誠嘉毅勇公的宅院就在勾欄胡同。

金、元、明、清時代的風月場所

第五章

晚清與民國的風月場所

我一生的梳櫳客無數，但只結過3次婚。一次是嫁洪文卿，就是洪狀元，過了16年夫妻生活；一次是嫁曹瑞忠，滬寧鐵路總稽查，不到兩年，他就病死了；最後一次就是嫁魏先生（她深情地望了望牆上的結婚照），前後雖然只得數年同床共枕，我卻得到了一生得不到的溫暖。魏先生是個真情人。他特別尊重人。更難得的尊重像我這樣被人作踐過的人，完全出於真誠，沒有一絲半點兒做作，實在叫我感動。我彩雲就是死過九次，也不能忘記他呀。

五、晚清與民國

1.咸豐時妓風大熾

　　晚清時期，隨著清廷對社會控制力的減弱，色情業又開始迅速發展起來。《清稗類鈔》記載：「咸豐時，妓風大熾，胭脂石頭等胡同，家懸紗燈，門揭紅帖，每過午，香車絡繹，遊客如雲，呼酒送客之聲，徹

乾隆打擊「四惡」之後，勾欄胡同經過改造已成了「高尚社區」，王公貴戚的大宅院隨處可見。攝於1999年3月。

夜震耳。士大夫相習成風，恬不知恥。」

　　自清光緒三十一年（1905年）設巡警部後，京師及各省先後徵收「妓捐」以納資於官廳，其登記註冊掛牌營業賣淫者稱「公娼」，而私下拉客、逃稅偷稅者稱「私娼」。自此，賣淫合法化並趨社會化，「花捐」也愈來愈成為一項重要的財政收入。

成豐及其後，胭脂胡同與石頭胡同已是家家懸紗燈，門揭紅帖，呼酒送客之地。這是石頭胡同南路口東某個妓院的殘跡，已拆除。攝於1999年3月。

　　民國九年（1920年），政府公布《樂戶捐章》。規定樂戶及妓女每月納捐數額。

　　頭等樂戶每月每戶捐洋24元，頭等妓女每人每月捐洋4元，頭等幼妓每人每月捐洋2元。二等樂戶每月14元，妓女每人3元，幼妓每人一元半。三等樂戶每月6元，妓女每人1元。四等樂戶每月3元，妓女每人5角。例如：民國十六年（1927年）12月收入的市政捐款僅503,624元，其中娼妓業捐收入差不多佔總數的五分之一。

　　民國二十五年（1936年）12月，公布妓院和妓女納捐規定：各樂

這是椿樹地區南柳巷的清末民初巡警部的二樓。當年這個地區也有少量的「相公堂子」。

這是朱家胡同內的一家百年旅館,與朱家胡同45號的二等妓院相隔二十多米,60年前這兒住滿了嫖客,今天還用做旅館。攝於2002年4月。

戶憑照納捐，每戶每月捐額如下：一等32元，二等16元，三等8元，四等4元，前項捐款，以每戶搭住娼妓12名為限，逾12名者，加繳捐款一倍，逾24名者，加繳款二倍。民國後期還公布了妓捐章程。

章程規定：

第一條：本市各等娼妓，經警察局發給許可執照後，應向財政局呈驗領取執照，按月繳納。

第二條：各等娼妓每月納捐額：一等4元，二等3元，三等2元，四等1元。

民國三十八年（1949年）妓女捐稅及身體檢驗費規定：稅務局對此做了四等八級納稅標準。

一等妓女，每人每月20、19斤小米不等；二等妓女，每人每月16、15斤不等；三等妓女，每人每月10斤、9斤不等；四等妓女，每人每月8斤、4斤不等。

「可憐此種皮肉生涯的女子們，可算是支持北京市政經費最重要的人物」，直到1949年之前，當時社會依舊實行公娼制度，其間雖偶有當道者禁娼，也多為博取為官聲名。

當時還有到國門外賣身者，也有異國女子來華從事色情業者，所謂「如何海外鸂鶒鳥，還傍華林玉樹飛」即是詠此。晚清的色情業體現出國際化的一大特點。

比如1917－1918年，俄國就有七八千婦女來中國賣淫。

這時的北京風月場在經營上更加靈活，「妓院初有規則，至光宣間而蕩然無存。客蒞院，妓侍坐，婢媼遙立，伺應對。後則嬉戲成風，諧謔雜作矣！客初就坐，妓自進瓜子，婢媼進茗，茗碗必有蓋有托。後則以無蓋無托之瓷甌進矣！」

由此可見，清政府一則是由於財政困難、舉步維艱，不得不放鬆對色情業的控制。二則是清政府對社會政治生活的控制力開始減退，這樣看來向娼妓徵稅也就在此氛圍中順理成章地進行著。

《中國娼妓史》中記敘：「自清光緒三十一年（1905年）設巡警部後，複設內外城巡警廳，抽收妓捐，月繳妓捐為官妓，反是者則為私妓。京師官妓，已為法律所默許。」

徐珂《清稗類鈔》記錄清末士大夫風尚：「除卻早衙遲畫到，閑來只是逛胡同。」清末京官如不飲宴取樂，會被同儕譏為「生長僻縣，世為農民。本不知

這座二層樓是榆樹巷1號，清代名妓賽金花的從業處，可以看出它的游廊是在院中的。攝於2002年4月。

有人世甘美享用也。」

2.晚清政府對「風月場」的管理

　　晚清政府開始對娼妓徵稅，對娼妓徵稅也表明清政府在法律上許可了娼妓的合法地位，但清政府在徵稅的同時也對其進行了種種的限制。

舊時大柵欄地區的「雙福班」妓院，黃包車夫把「客人」拉到這裡，常可得到些賞錢。

　　其一，對色情業經營地點和規模加以限制。北京地方政府劃定了專門的「風月場」：「　營業者以巡警廳圈出之地段，並已經允許開設、在衛生局註冊者為限。」政府將妓院分為四等，分別是清吟小班、茶室、下處和小下處，各有一定的數額限制，總數不得超過373家，准許頂開而不許添開，也就是只有一家倒閉或因「出事」休業，其他申請人才可加

入，這樣可對總的規模加以限制。

除「風月場」外，其他地點的嫖娼行為皆為非法，如旅店對旅客應禁止的事就有：「暫居遊娼若招引客人及留客住宿者」、「旅客招致娼優到店住宿及飲酒彈唱者」等等。（見《清末北京城市管理法規》）

其二，對色情業的經營活動進行了種種規範。如規定妓院「不准於臨街為惹人觀玩之建造或裝飾」，甚至其臨街的一面樓房都不得有走廊：這就是為什麼我們在八大胡同只看到目前這種中式或西式的小樓，將走廊設於四面樓房圍成的天井中，而看不到在街面上開設遊廊

這是清末某家一等小班中的「紅妓女」們的合影。

當年北京的名妓香國癡人。

79

式的建築的原因。妓女到街面拉客更是絕對不允許的，也「不准倚立門前為惹人之舉動」，除在《學堂管理規則》中不准學生召妓外，也規定妓女「不准接待著學校衣服之學生及未成年之客」，妓女需要定期接受衛生局的身體檢查，「身有傳染病及花柳病者不准仍在樂戶接客。」（見《清末北京城市管理法規》）

其三，對暗娼進行懲處。光緒三十四年（1908年）頒布的《違警律》第七章第三十一條規定：「暗娼賣奸或代媒合及容止者，處以15日以下、10日以上之拘留，或者15元以下、10元以上之罰金。」

尤其值得注意的是，晚清政府頒布的一系列對色情業管理的法規中也有相當部分涉及到對妓女的保護和救濟。首先，政府對願為妓女者有比較嚴格的限制。在生理上，「年未十六歲或已滿十六歲而身體未發育者不得為

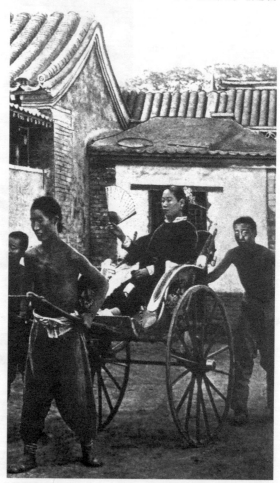

名妓出門，因一身行頭上千，常被搶劫，所以常有保鏢陪伴出門。

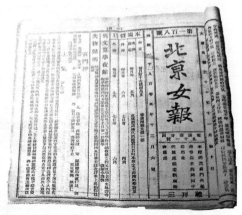

左右圖為不同時期的《北京女報》。

娼妓」；「有親族人等不願其為娼妓及不登入娼妓名籍者均不得為娼妓」。其次，政府對娼妓的賣淫活動做了一些保護性強制規定。如「懷孕已至五個月者不准留客住宿」。還有，政府為防此妓院對妓女可能的壓迫制訂了預防性的規定。如規定「領家不准虐待娼妓」、「領家不得強迫妓女留客住宿」、「娼妓有願從良者領家不得妨害其身體自由並勒索重價多方攔阻」（見《清末北京城市管理法規》）。

政府為了保護娼妓等社會弱勢群體中的女性，還開辦了「濟良所」等組織。

清末的「濟良所」並不是官方的慈善機構，而是帶有官督紳辦的色彩，其經費主要來自於政府的撥款和社會捐助。如果被妓院漫天要價，阻止其從良的妓女，和不願再為娼妓的女子便可以申請進入「濟良所」受庇護。

「濟良所」負責對入所的婦女進行文化和生存技能的教育，所開設的課程有國文、倫理、算學、手工、烹飪、圖畫、體操和音樂等。願意從良的娼妓也要在「濟良所」裡從事生產勞動，「所得之餘利歸本人自

清代《新銘畫報》上刊登鴇母逼良為娼的畫面。

行存用」。

入所娼妓的主要出路是被許配嫁人。願意婆從良娼妓者，先在「濟良所」設立的相片陳列室觀看其人照片，經官方或者主持士紳同意後，雙方在接待室見面，「以彼此情願為相當之配合」（見《清末北京城市管理法規》）。

不過目前很難考察晚清政府頒布管理色情業條例在何種程度上被執行，其主觀意圖和客觀效果之間存在多大的背離。至少在地方的控制力就比較不足。

如清朝末年的《點石齋畫報》記載：「蘇州倉橋塊有個鴇母叫王嫗的，有個養女叫囡囡，被逼接客，雖天生麗質，但生性嫻靜，得罪了嫖客，王嫗就用燒紅的鴉片菸簽刺她的乳頭，十分殘酷。一般妓院對妓女

清末妓女十佳圖，她們的衣著打扮代表了當時最流行的時尚。

都控制很嚴，採取了許多措施防止她們逃跑。」

例如，不少妓院都不允許妓女留存大量通用貨幣，從而使她們不能出遠門；而是在妓院中發放一種銅的「代價券」，妓女可以用以支付車費、日常零用、攤販、店主、車夫等人收此「代價券」後，可去妓院兌換現金。

不過，我們不能因此就否定晚清政府曾經在改良社會風俗上所做出的努力和展現出的「現代取向」方式。在此之前的中國，娼妓一向被視為賤民，國家對其有諸多的歧視性規定。到了清末，更由於西方「人權」理念和法律制度的輸入（清末管理娼妓規則即仿效日本法律制訂），娼妓雖然仍要入專門的戶籍，但是在法律上並無歧視性的規定。相反，由於色情業為合法，娼妓的合法權益受到保護。

「光緒末葉，擄人勒索之風甚熾，妓之著名者，每出門，輒被

袁世凱和北洋各將領合影，袁世凱就任**臨時大總**統後，南京臨時政府遷都北京。這標誌著北洋政府統治時期的開始。

攜……警署立，又實行保衛，名妓衣服麗都，徹夜往來，老妓見之，咸謂別有天地，非復人間也」（見《清稗類鈔》）。

如袁枚所説：「二千年來，娼妓一門，歷明主賢臣，卒不能禁，亦猶僧道寺觀，至今遍滿九州，亦未嘗非安置閒民之良策」（見《答楊笠湖》）。

就晚清的社會實際狀況而言，實無力徹底解決越來越嚴重的「私娼」問題，這一點從1949年取締娼妓時可以看出取締這個行業所需要的條件與艱難。所以過去的禁娼法律形同虛設。在這樣的現實面前，清廷讓色情業從「水底」浮出，實行有限的「公開化」，固然從道德上來講是一種後退，但是其決斷避免了可以向國家集中的財富流失，又盡可能消除其社會危害，未必不是一種「現實主義」的考慮。

道光之後，私娼始盛行。隨著時勢變遷，一些官員公開與娼妓來往亦無人干涉。

娼妓不只在北京，也在各地的城市中大量存在。如上海1842年後，

在限令公開營業的妓院停止後，很多暗娼就藏進了民房中。這是趙錐子胡同東部。

「其娼妓事業與工商業有駢進之勢」，其「青樓之盛甲於天下，十里洋場，釵光鬢影，幾如過江之鯽」。

清末民初，西方的思想和生活方式開始衝擊中國的封建傳統，城市的規模在擴大。一些留洋歸來的知識份子不斷把國門之外的觀念和見聞帶回中國，並有了相應的實踐。與此同時，報刊、電影等宣傳媒體的出現，也將性的表現方面的影響推向市民階層。

「五四」以後，性方面的「新生事物」層出不窮，比如1927年武漢發生了一次歡迎北伐軍的裸體遊行；上世紀30年代上海出現了裸女照片和性交照片；還有一些年輕人則搞起了「天體運動」和「自由同居」；京津地區出現了女浴室，還出現了供男女同浴的單間；上海舉行了有大家閨秀參與的選美，於此同時也有報紙發起的為妓女作廣告的「花界選

85

與八大胡同相通的小外廊營胡同也曾有暗娼存在。攝於2002年4月。

下處，老媽堂就在這樣的地方，這是西壁營胡同某號。攝於1999年3月。

舉」。

　　民國政府成立以後，對性的控制主要圍繞「禁娼」的舉措呈現。婦女運動組織、傳教士、政府部門以及一些醫生等都投入到了「禁娼」這一關係婦女權益、社會風化與性病控制的「鬥爭」之中。

　　在「公娼」時禁時起，「私娼」遍野氾濫的形勢下，當時的政府又發起了「新生活運動」，限制妓院牌照的發放，設立妓女營救所，採取衛生檢查制度等措施，但都沒能達到徹底「滅娼」的目的。

　　娼妓問題一直到1949年以後採取綜合治理的辦法才逐步被抑制，與

之相伴隨的性病問題也開始得到控制。

公娼制與禁娼運。「公娼制」也稱「娼妓檢查制度」，是指在官府或員警機構監督之下，由私人開辦妓院，妓女按期體檢，妓院及妓女繳納妓捐，並依照有關條例公開營業。

「娼妓檢查制度」始於1798年的法國，出發點是痼疾難除，任其自由發展不如加強管理，增加稅收並防止性病的傳播。這種制度從19世紀起被多國採用。「五四」運動前後，公娼在中國主要存在於租界內。

1922年8月22日，女權運動同盟會在北京成立，提出了包括「禁止公娼、禁買女婢、禁婦女纏足」在內的7條綱領。

伴隨著北方的女權運動，南方的上海則是另一種風尚的興起，這就是評花榜。花榜由嫖客中的士大夫對妓女進行品評，按名花、名草或科舉功名桂冠分列妓女等次，並寫評語或詩詞，然後公布於眾。起始可以追溯到宋代，明代中期後得以盛行。

1896年上海李伯元辦的《遊戲報》，吳趼人辦的《笑報》，開創了利用報紙開花榜的風氣，報館對入選者，鼓樂送匾，這樣花榜之事突出文人圈子而進入市民階層，影響擴大。隨後，還出現了專門刊登妓院消息的小報。

1920年工部局成立臨時糾風委員會，決定縮減公共租界內公開營業的妓院，然後於12月21日進行首次搖珠禁娼，有173家妓院共500妓女被搖中號碼予以公布，限令停業。第二年又再次搖珠，兩次共停業約40%的妓院，但私妓、暗娼的數目仍有增無減。

3.「八百羅漢」鬧京城

在北京袁世凱擔任了臨時大總統後，出手大方，花高價收買參、眾兩院八百名議員（號稱「八百羅漢」），每人月薪百塊現大洋。而當時在北京人平均收入才八塊現大洋，而且這些議員又有很多家在外地，他們常在前門外的旅館中包房，有事就到包房處不遠的一等或二等妓院叫上一個或幾個妓女陪同玩樂（當時國會的地址位於宣武門外象來街，今新華社的位置）。

錢來得容易也就花得痛快，漸漸地南城一帶產生了畸形的繁榮，許多商界、娼界的人士直至40年代還津津有味地談起「八百羅漢」鬧京城時的盛況。古有「飽暖思淫慾」之說。「八百羅漢」酒足飯飽之後，當然不乏有些尋花問柳的青樓之遊。位於前門、宣武門之間的八大胡同中的許多妓院竟然掛出了「客滿」的牌子。

袁世凱授意組織「籌安會」，花錢買員「勸進」、「再勸進」。1915年12月12日，袁世凱便發布命令，宣布恢復帝制，並於第二天接受百官朝賀，還下令明年改為「中華帝國洪憲元年」，打算在元旦那天正式即帝位。

有誰能相信當時的八大胡同，曾對當時中國政局產生過如此重大影響。

這時的八大胡同曾是賽金花「重張豔幟」之處，也出了個小鳳仙那樣真正的義妓。袁世凱復辟稱帝期間，將雲南都督蔡鍔困在北京。小鳳仙膽識過人，掩護力圖救國的蔡將軍躲避了竊國大盜袁世凱的迫害。

1910年至1920年期間，一個叫樂靈生的牧師（ Frank rawlinson）曾透過中華博醫會的會員在中國41個城市做調查，發現當時妓女人數與人

口比率是1：50至1：5000，平均比率是1：325，在南京、桂林、煙台、北京、濟南、上海6個擁有6萬-150萬人口的城市中，妓女人口比率是1：153至1：593，平均比率是1：3006。

以北京為例，十幾年間的公娼人數變化如下：

時　　間	1913	1914	1915	1916	1917	1918	1919	1929
妓院數	353	366	357	388	391	406	377	332
妓女數	2996	3184	3330	3490	3500	3887	3130	2752

（見《社會學界》第五卷）

另據《燕都舊事》一書引用的資料：「民國六、七年間，妓院之外私娼不下7000人。公私相加，妓女就在萬人之上了。民國十六年（1927年），首都南遷，北平不如過去繁榮，妓院、妓女的數字也隨之下降。

民國十八年（1929年），北京頭等妓院有45家，妓女328人；二等妓院（茶室）有60家，妓女528人；三等妓院（下處）190家，妓女1895人；四等妓院（小下處）34家，妓女301人。以上共計妓院329家，妓女3052人。但實際上暗娼的數位很大，真正妓女的數字比這大得多。大致說來，娼妓數量與城市規模成正比，縣級城鎮幾十上百，通商大埠則逾千上萬。且統計數字多是公娼人數，因私娼暗地營業，無從統計，且人數一般多於公娼，由此推算娼妓數目更是驚人。如北京公娼可分為清吟小班、茶室、下處、老媽堂等。妓女數量多、層次全，是賣淫走向社會化的表現，也是為了適應城市不同階層嫖客的不同需要。

4.晚清民初京師名妓

賽金花

　　賽金花，原姓趙，小名三寶，又叫靈飛，蘇州人，祖籍在今天的安徽省黃山市黟縣的世界文化遺產地西遞、宏村之間——歸園。　　賽金花生於光緒元年（1875年）。她的父親在太平天國運動時流寓蘇州，娶了當地的女子為妻，先生一女，後生一男。

　　光緒十二年，趙家家道中落，十三歲的賽金花經常往義父曹承璽家裡跑，經曹家一位遠親女眷的牽引，竟然在秦淮河上的船中穿梭往來，成了陪客調笑而不陪宿的清倌人。有些花船上沒有陪酒姑娘，只供酒菜，客人自攜女伴上船，或者就叫「出條子」。

　　「出條子」就是沒有固定場所的陪唱、陪酒姑娘。賽金花開始就做「出條子」。為了顧全家人的面子，化名「富彩雲」，又叫「傅彩雲」，一時紅遍蘇州。

　　同治七年戊辰，中了一甲一名的狀元公洪鈞，因母親去世回到老家蘇州。一見賽金花，驚為天人，就正式把賽金花娶了過來，成了他的第三房姨太太。

　　這時賽金花還不滿十六歲，洪鈞整整比她大了三十四歲。

　　光緒十四年，洪鈞帶著賽金花一同入京。入京不久，洪鈞就被任命為出使德、奧、俄、荷的四國欽使，兼領四國的特命全權大使，洪鈞便帶著賽金花漂洋過海。

　　招待的客人有鐵血宰相俾斯麥及其夫人、克林德公爵及其夫人、瓦德西上校及其夫人等一大批軍界要員。

　　這一次中西合璧的自助型宴會舉辦得非常成功，也為傅彩雲這位公使夫人在德國社交界贏得了聲名。人們稱她為「東方瑪麗亞」。賽金花陪同洪鈞出使德、俄、荷、奧四國，駐柏林長達四年之久，因而賽金花會講一口流利的德語。

　　光緒十六年（1890年），洪鈞任期已滿，帶著賽金花回國。

　　光緒十九年（1893年）洪鈞病故。洪鈞死後洪府將賽金花逐出了洪家。

　　賽金花移居到十里洋場的上海。在彥豐里高張豔幟，掛起「趙夢鸞」、「趙夢蘭」的牌子，重操妓女生涯。車馬盈門，生意極其興旺。

與賽金花有一段風流情的德軍統帥瓦德西。

　　光緒二十四年夏天，賽金花來到天津，如同在上海一樣，她以花信年華的狀元夫人掛牌做妓，一下子轟動了津沽一帶，賽金花又別出心裁，憑經驗，招募一批漂亮的女子，正式在江岔胡同組成了南方韻味的「金花班」。賽金花除了自己開張營業外，還當妓女經理。

　　在天津，賽金花結識的顯貴人物，一個是戶部尚書立山，另一個是德曉峰，時任

上圖說明榆樹巷一號在榆樹巷中的位置，圖中右側二層樓即為一號院。下圖為蓋滿小房的院子。上圖為從二樓看陝西巷。下圖為一號的二樓。攝於2004年4月。

封疆大吏。書立山把賽
金花帶到京城，此時賽
金花留在李鐵拐斜街（
今天的鐵樹斜街）的鴻
升客棧內，天津的金花
班底也很快轉移到北京
城裡。此時因賽金花常
穿男裝，故人稱「賽二
爺」。

居仁里16號曾是晚年賽金花的舊居。

　　義和團運動事起，
京津一帶局勢動盪。八
國聯軍佔領北京後，燒
殺搶掠，以「實施報
復」為藉口，在北京城為非作歹。後來的聯軍統帥瓦德西自己供認說：
「聯軍佔領北京之後，曾特許軍隊公開搶劫三天，其後更繼以私人搶
劫。北京居民生命和物資遭到極大損失。」賽金花回到北京後，所見到
的就是一幅滿目瘡痍的場面。

　　後賽金花與瓦德西見了面，加上本來的舊交情，賽氏首先要求瓦德
西以八國聯軍總司令的名義發布一條公告：停止燒、殺、搶和強姦婦
女，違令者軍法處置！

　　現在有據可查的是她在清末民初的一次波折。在中國第一歷史檔案
館的清代刑部檔案1147號卷宗記錄了這段刑事案件的真相。

　　當初賽氏從上海回京時，曾挑選了6名雛妓，在前門外八大胡同陝西
巷內的一條小巷棗榆樹巷，開辦了怡香院後，生意日見興旺。

在1903年，她又花了600兩銀子買了一叫鳳林的北京姑娘。然而這個鳳林卻不聽賽氏的吩咐，不但不接客，反而經常得罪客人。

光緒二十九年六月初二日，清戶部尚書鹿傳霖的少爺約定在賽寓妓班宴請客人。賽氏又令鳳林接客，鳳林拒接，賽氏便兇狠地用雞毛撢子抽打鳳林，並將其左肩胛和後背抽傷。鳳林遂乘人不備，吞食了鴉片。終因藥量過大，灌救無效，於翌日黎明前死亡。

中國北京的商業街。

依大清刑律，賽金花被朝廷監禁。但因賽金花的身分特殊，又有許多達官貴人為她說情，最後，刑部以初犯為名，只收取了三錢七分五厘的贖銀，入官冊報。將已死的鳳林屍棺抬至城隍廟義地埋葬。

由於此時正當整頓市面，不便讓賽金花在京逗留，遂遞回原籍，交地方官管束。

賽金花晚年曾居住的居仁里已是一片殘破。

賽金花回到上海後不久，又經歷了她人生中的兩段婚姻。第一次嫁的是滬寧鐵路的總稽查曹瑞忠做妾。可好景不長，剛三十出頭的曹瑞忠在數月後突然暴亡。

這時她的老客戶時任民國政府參議員的魏斯炅，對她伸出援手，把她帶到北京，同居在前門外的櫻桃斜街。

到民國六年的夏天，賽金花改用趙靈飛的閨名，隨著魏斯炅回到上海舉行

晚年的賽金花在居仁里定居時，與普通人穿著一樣。

了隆重的新式婚禮。

1921年魏斯炅死去。她搬出魏家，住在天橋地區的居仁里16號，門口釘上塊牌：江西魏寓，自稱魏趙靈飛。這年賽金花已經五十多歲，面容憔悴，兩鬢斑白，沒有多少人知道她就是名噪一時的賽金花賽二爺。

在居仁里定居時，賽金花生活深居簡出，信奉了佛教。終日沉默寡言。

過了十幾年的隱居生活之後。她的積蓄終於耗盡，連每月八角的房租都付不起，只好請一名戶籍警為她寫了一份請求免費的呈文，然後遞交公安局。

在這份呈文裡，她詳細述說了自己的一生，希望能獲得特准免捐。沒想到這份呈文被一名嗅覺靈敏的記者全文刊登，並且起了個顯眼的題目：《八角大元難倒庚子勳臣賽二爺》。文章一登，立即激起各界反響。北京人的慈善之心大發，有送錢的，有送水果點心的，還有送煤球、麵粉的。

1936年冬，在居仁里住了18年的賽金花在寓所香消玉殞，享年65歲。此地巡警普玉，在巡查時聽到賽金花的女傭顧媽的哭聲趕到現場，看到賽金花已經停屍於床，便立即打電話給京城《立言報》的新聞編輯吳宗祐；《立言報》立刻停機改版，在當天的報紙上刊發了這一獨家新聞。於是各界人士紛紛弔唁、募捐，還組織了「賽金花助葬籌辦處」。地點設在和平門順城街北方中學校內。幾位中學老師參與擬訂籌辦處章程。還組織了「魏趙靈飛治喪處」，商定治喪辦法，將賽金花安葬於陶然亭。

就這樣，北京人熱熱鬧鬧地把這個在近代史上頗有爭議的女人安葬了。

當時有很多名家都爭先恐後地要為賽金花書寫墓碑，但最終還是由親日漢奸潘毓桂在黑色的墓碑上，用金字寫得」賽金花之墓「，立在了大理石砌成的墳墓前。

1952年，北京市政府修整陶然亭時，將賽金花墳墓和墓碑一併遷走。現在的陶然亭公園內，有關賽金花的一切文物及文字等，已蕩然無存。

賽金花生前死後，先後有曾樸以她的一生經歷，寫了一部小說叫《孽海花》。名家樊增年以她在八國聯軍侵華時與瓦德西的一段戀情為原型寫了《彩雲曲》。現代文學家劉半農先生親訪賽金花本人，晤談十多次，撰成《賽金花本事》。

賽金花晚年自述：

中年時期的賽金花。

　　下面這篇是民國年間上海《申報》駐北平記者雙松對賽金花的專訪。原名《賽金花晚年自述》這兒刪繁就簡，從幾個段落中可以看出當年賽氏的內心世界。

　　長期過著賣笑生涯並成功地向社會隱瞞了整整10歲的賽金花，這些年彷彿從人間消失了。引起我注意的是《實報》最近發表的《請求豁免賽氏房捐》的奇文，證明她還在，仍然住在北平。玉人何處？雲遮霧掩。我決心去追蹤採訪。

　　1934年的秋天。西北風吹著呼哨，梧桐落葉在街頭巷尾打著旋的下午，我雇了一輛三輪黃包車直奔居仁里。

　　居仁裡是北平天橋香廠附近的一條窮巷。在素常日子裡，似乎很少人關心這個貧民窟。習慣了錦衣玉食、脂粉笙歌的東方美人賽金花怎麼會住在這裡呢？我想：不是人生無常就是《實報》那篇文章不實。到了天橋，我便付錢下車步行。憑著記者的職業習慣，我得親自錄幽探玉，得出自己的第一手新聞素材。

　　這裡很熱鬧。它是下層市民、三教九流雲集的地方。只有那座塵封門掩，關閉了許久的「北平新世界」（如同「上海大世界」一樣的大型遊樂場），孤零零地在風沙中立著，顯得有些老氣橫秋。行人雖是稀稀朗朗，那叫賣聲卻是不絕於耳。街道兩邊的地攤上擺著鐵器、錫器、瓷器、陶器、漆器。古舊衣服、頭飾和古董玩具更招惹顧客。

賽金花祖居----歸園的東牆。

　　我踽踽獨行。一路上，我逢人就打聽居仁里16號。有的含糊其辭；有的以驚詫的目光望著我；有的乾脆把頭搖的像撥浪

鼓。打聽「趙靈飛小姐」，無人知曉；借問「魏趙靈飛」，也像桃源問津；後來我一轉念，改問：「魏太太住在何處？」竟是一點就著，「啊啊」連聲，指指劃劃，還有熱心腸人親自引一段路，送我到居仁里16號門前。

這是幢極其普通的破舊小屋。大門右側貼著一張褪紅發白的紙條，紙條上端正地寫著「江西魏寓」四字，年深日久，字跡已經模糊了。

一敲門，有個中年男人開門探出頭來，不無惡氣地喝道：「找誰？」我忙賠笑臉：「賽金花在家嗎？」那人一臉傻相，甕聲甕氣地說：「啥？不知道。」隨後就要關門。我忙踏進半步，說：「請問魏太太在嗎？」他的臉色才平和了：「你找她有啥事？」我又忙遞上名片。他嗯了幾聲，呆頭呆腦地進去了，隨即聽見一個沙啞的婦女嗓子：「二貓，請客人進來！」那漢子復又踅出，依樣畫瓢地喝道：「請客人進來。」我忍住笑，跟他踏進了院子。

院子很小。這不是四合院，而是一種北平獨有的齊眉罩式的小院，狹長並不幽深。奇怪的是還有兩堆黃土佔據了約摸四分之一的空間。低矮的住房前面搭著一個葡萄架。兩隻長毛扁鼻黑白相間的哈巴狗在葡萄架下懶洋洋地睡著。葡萄串似乎已收盡。秋風吹過，那架上黃葉凋零，瑟瑟作響，一片悲涼之聲……

屋內走出一位白髮老嫗。她迎了上來，操著濃重的蘇北口音，滿臉堆笑地說：「先生，屋裡坐。」進了小客室，我接過一杯茶，東邊北房垂著的舊麻布簾子裡傳來一聲吳音軟語：「顧媽，讓客人坐一坐。你進來。」顧媽歉意地笑：「對不起，太太最近病了，現在還沒有起床呢。您請坐。」她逕自掀簾進去……

掀簾一剎那，我瞥見北房有一婦女橫躺在鐵床上。那床、那帳、那

被、那擺設似乎都是灰白黑色而又破舊零亂的。簾子又垂下。俄頃，透出一陣刺鼻的鴉片菸味和呼呼呼的吞吐聲……

我開始打量著這間小客室。不寬敞，也不豪華。失去了光澤的舊家具卻擦洗得很乾淨。地板一塵不染，惹人注目的是懸掛在北牆條几上面一幀婚禮合影。那男人偉岸而略嫌肥胖，穿著嶄新的西服，左上小口袋插著鮮花；女的白紗綢衣，右手抱著一束玫瑰，左手緊緊挽著新郎；那臉蛋與嘴唇顯得十分嫵媚。她就是賽金花吧？結婚照下面掛著一串翡翠珠花兒。兩旁掛著灑金紅宣的對聯，上寫「狙曲尋知己，人間重晚晴」，沒有署名。回身看南牆，卻是玻璃鏡框嵌的一幅提香・維切里奧的油畫《人間的愛和天上的愛》。隔壁是佛堂，徐徐送過來一縷縷檀香輕菸，正好與北房刺鼻的鴉片味道形成強烈的對比———一薰一蕕，一佛一俗，包蘊著女主人的平生遭遇和複雜的晚年心境。

賽金花掀簾出來了。後面緊跟著顧媽。容光照人，名不虛傳！我是第一次見她的。綰著髻兒，畫著眉兒，那粉堆玉琢般的頸兒上面是薄薄的兩片猩紅嘴唇兒，唯一顯出年齡的是橫在額上若隱若現的皺紋兒。那略呈混濁的剪水雙瞳含笑盈情。一件青灰色的舊旗袍，長不到足踝，非常合身地罩著她不胖不瘦不高不矮的身材，那微隆的胸脯上仍然留著女人的丰韻和青春的舊痕……

見她輕啟朱唇：「雙先生，害你久等了！好在家鄉人，不見怪吧？」隨即遞來一張石印名片。說話如此得體，不愧為老「交際花」。

我接過名片，忙說：「哪裡哪裡，打擾了！」一看名片，愣住了，只見上面印著：「魏趙心」字樣。

賽金花似乎看透了我的心思，臉色轉為嚴肅，吳音兼帶京腔又說開了：「先生請坐。」她自己也在對面坐下，不無感歎地說：「名片也印

賽金花與參議員江西民政廳長魏斯炅在上海結婚留影（1918年）。

不起啊，這些都是《實報》記者幫印的。有了名片，也許我就真正像個人了！」

我心頭一顫，笑道：「是的，是的，我們是同鄉。」

顧媽遞過一包劣等菸「萬寶山」，她熟稔地拆開；我忙掏出上等「老卓刀」，丟在桌子上，她興奮地一語雙關：「哦，這個好！」一人一枝，刮火柴的動作輕巧而又準確。她滿足地長吸了一口：「不瞞老鄉說，好菸也買不起了。自從魏先生過世，我是王老漢過年，一年不如一年了！」

「魏太太，不能這樣說，誰沒有上坡下坡過個坎兒什麼的。」我說著，忙從公事包裡掏出20塊光洋擱在桌子上：「這是我個人的一點心

意，不是報社的。老鄉見老鄉，兩眼淚汪汪嘛！」

她用嬌媚的眼睛審視我好久，然後爆發出一陣輕鬆的笑聲：「好！好！好啊！顧媽，謝過雙先生，收起來吧。」

「謝謝！謝謝！」顧媽一迭連聲，又合掌道：「阿彌陀佛，這幾天都碰上善人了。」

她嬌嗔道：「甭廢話，惹先生見笑。」

「是。」顧媽收好銀洋進北房去了。

賽金花又點燃了一枝菸說：「那天，我在香廠賣絲絨線，山東韓復渠來看雜耍，一眼就認出了我，囑咐副官送我100塊大洋。我苦想了三天，寫了一封感恩信。底稿還在這裡，雙先生，請您也指正指正！」

我接過她遞過來的一張品質很差的毛邊紙，上面是娟秀的蠅頭小楷：「賽金花老矣，誰復見問？蒙齊魯大帥韓主席不棄舊情，慷慨解囊，賞洋百元，不勝銘感，謹呈七絕一章，用申謝忱：含情不忍訴琵琶，幾度低頭掠鬢鴉，多謝山東韓主席，肯持重幣賞殘花！」

一字一淚，一句一個心聲，這樣的文字不是擠出來的，而是從血管裡流出來的，道盡了人間滄桑和人性中複雜的感情。「訴琵琶」、「掠鬢鴉」、「賞殘花」是在「不忍」、「低頭」、「肯持」這種特定情景中發生的，前後渾然一體，春夢無痕，九曲迴腸的好詩句，竟出自眼前這位據說學識並不高的老妓之手，令我嘆服，低迴不已……

賽金花接著自言自語道：「世情險惡，人情淡漠，落毛的鳳凰不如雞呢。自從魏先生謝世，10多年來，我很少出家門，也不會客；社會好像把我給忘啦！我魏趙靈飛甘心情願在這小屋裡，廝守魏先生遺像，一主二僕，四貓二犬，青燈古佛，了此殘生！……

看賽金花如此傷感，我忙把話岔開說：「今天我來採訪賽女

士……，沒等我說完，她搶過話說：「我知道，還是那老一套吧：狀元夫人，將軍情婦，情場老將，孽海冤家。別人問，我會煩死了；老鄉問我，我是有問必答的！」

話說得辛酸，俏皮而又有點油氣。我忙說：「不，我想問魏斯炅（音炯）。」

她亢奮的眼睛一亮：「好！你問他，他可是我真正的丈夫呀！」於是她叫：「顧媽，添香，我要給記者講魏先生！」

「來啦。」顧媽應聲而出。

三炷清香在那結婚照前點起來了。小客室裡又添氤氳，她的話匣子打開了。

「我一生的梳櫳客無數，但只結過3次婚。一次是嫁洪文卿，就是洪狀元，過了16年夫妻生活；一次是嫁曹瑞忠，滬寧鐵路總稽查，不到兩年，他就病死了；最後一次就是嫁魏先生（她深情地望了望牆上的結婚照），前後雖然只得數年同床共枕，我卻得到了一生得不到的溫暖。魏先生是個真情人。他特別尊重人。更難得的尊重像我這樣被人作踐過的人，完全出於真誠，沒有一絲半點兒做作，實在叫我感動。我彩雲就是死過九次，也不能忘記他呀。

我30歲那年，為養女事吃了一次官司，弄得傾家蕩產。善良的老娘為了救我出獄，花錢如流水，塞衙門狗的無底洞。賣的賣了，當的當了，騙的騙了，拐的拐了。外部有官，內部有賊，趁火打劫，敲詐勒索，家底子全光了。當初，庚子年國家遭難的時候，那些王孫貴族公台大人們躲到哪裡去了？屁也不敢放一個。他們利用我，跟外國人談判，還要依賴一個風塵女子。當初是救命恩人賽二爺。前門走了遊山虎，後門回來坐山豹。坐山豹比遊山虎還厲害。他們用完了我就加倍地侮辱

我，傷害我。要我老死在監獄裡，遮蓋他們的醜。我偏不死！押回原籍時是蘇三起解啊，我暗暗起誓賽金花有命回鄉就有命回京，我還要回來的！但我也算看透了世情冷暖，「舊事驚心憶夢中」，再不找個歸宿，像無根的蓬草，就要永遠被踩在惡人的腳底。無奈命苦，曹瑞忠一死，我又只得重操舊業。在39歲那年，我在上海「京都賽寓」結識了魏先生。

那天晚上，魏先生來打茶圍。他以100元大洋點名要會見賽金花。我歷來規矩是星期六親自接客。那天是星期日，我怎麼能破例呢？聽說他是個革命新黨。早年追隨孫中山先生革命，民國元年做過江西財政廳廳長。因為反袁世凱舉起了義旗。他是江西都督李烈鈞的心腹愛將。五省都督擁兵自守，李烈鈞的「二次革命」失敗了，革命新黨人全部逃到上海避難。又聽說他中過舉人，留學日本，是個很有學問的人。我平生最敬佩社會名流和豪傑之士，願在茫茫塵海中物色知己。為此，我就破例會見了魏先生。第一個印象是：他身材魁梧，談吐親切。話語不多，但都實實在在，給我留下了非常好的印象。就這樣，魏先生經常來看我。有一次，北洋兵要緝捕他。他腳上負了傷，忍著疼痛爬到我家後院。我把他救了起來，睡在我床上養傷；躲過風頭，我又讓他喬裝逃去東洋避難。誰知他一到英租界，又被英國兵扣留，憑著金四少爺的名片，我親自出馬，幾句英語對話，他才被釋放。我親自送他過海關上了日本板光郵船，在碼頭上流淚眼望著流淚眼。我禱告上蒼保佑他平安出海；他老半天只說了一句話：等我，我會回來娶你的！信不信由你。

民國七年，魏先生從海外回國。由於他的誠意相求，我宣告關門停業。同年6月20日，我和魏先生在上海新旅社舉行新式婚禮。主持人是江西都督李烈鈞，證婚人是信昌隆報關經理朱先生。參加婚禮的來賓

都是社會名流和報社記者；我的舊時姐妹們也都華裝豔服出現在來賓席上。我當時44歲，魏斯炅45歲。當時，社會上流行著一句俗話，「中年從良，娶去做娘」。女人30老媽媽，但44歲的賽金花嫁人了，嫁的還是一個有高學歷的革命黨人！消息不脛而走，傳遍了上海灘，看熱鬧的人不少。上午8點，我濃妝豔抹，披著潔白的文明紗，手捧一束紅玫瑰；裝飾著霓虹燈的彩花馬車把我送到上海新旅社大廳。軍樂隊奏樂，證婚人宣讀「正式婚約」。就這樣我在晚年找到了真愛，嫁給了魏先生。

結婚以後，我返璞歸真，過著普通夫妻的家庭生活。我和魏先生回到北平，住在櫻桃斜街。我接來了老娘親和跟隨我多年的顧媽。一家四口和樂融融地過日子。我就像流浪的孩子回到了夢裡的家園，又像經歷風浪的海船平安地駛進了港灣。

但是好日子沒過多久，民國九年6月的一天，魏先生因公事出外，跑得滿身大汗回家，忙著去洗個冷水浴，又出外去跑。當天晚上半夜回來就發高燒病倒了。頭疼得厲害，像感冒，也像閉痧。躺了幾天，吃藥打針，稍微好轉，後來又惡化了。我催他上醫院。他說：「我這個身子骨怕什麼？一拖又幾天，低燒不退，頭疼不止。我和顧媽寸步也不敢離開他。下午，他的頭又激疼，疼得在床上翻滾。這時恰好來了個「同善社」做醫生的朋友，切脈診斷，說他是風寒急症引起「偏頭瘋」。他會針灸，徵求我和病人的意見。斯炅也大叫：「給我扎吧，扎比痛好。疼死我了！疼死我了呀！……」我心慌無主，只好依他。誰知道在脊椎骨上一針下去，沒反應；第二針下去，他大叫一聲，針頭帶血；第三針，他，他，他就再也起不來了啊！……斯炅一死，我昏天黑地，五內俱崩。腸枯心焦無淚流……天哪，難道我前世盡燒斷頭香？嫁了三個丈夫，都是半路夫妻？造孽啊！千挑萬選，這樣好的男人又拋我去了！我

小鳳仙（右）與她的同伴。

1916年11月8日，蔡鍔病逝於日本東京福岡大學醫院。

無路可走呀……哭天天不應，喊地地不靈。

這時，寒金花閉上了眼瞼，長長地吁了口氣。我忙起身倒了一杯熱茶遞過去。她習慣地接過呷一口，身子動也不動。稍項，她才嬌聲軟語地說：「對不起，我太累了……，喏，嘗嘗葡萄吧，這是難得的品種，名喚一品紅，有特殊的香味呢。」由於我聚精會神地看，這時才注意到茶几上早放著一碟香葡萄，用竹紙包著，紅裡透紫，皮上有層白霜。難卻主人盛情，又為了緩衝悲愴氣氛，我拈了顆最大的葡萄送進嘴裡，一咬，果然奇香浹齒，餘味無窮；只是酸冷難奈：這十多年她是怎麼熬過來的呢？我窮追不捨，緊接話頭：「魏太太，你就是這樣離開魏府的嗎」（指魏斯炅死後，魏的家人極力讓她遷出）？

她精神一振：「雙先生，您問得好，我不離開怎麼行呢？

要逼人上吊啊；我不死，不能死，要為魏先生爭氣，還他的情債。我一生難忘兩個人：一是洪文卿，一是魏斯炅。洪狀元愛我年輕貌美，只是救我出火坑，是恩情；魏先生愛我風塵知己，卻是還有一個『人』的尊嚴，是真情。對比起來，魏比洪更多幾分情。我明知離開魏家，世人在睜著眼睛，指著我的背脊：下賤骨頭永下賤，風流娘們總風流。難道我就一定要下地獄？難道我就不能登天堂？……」她又激動起來。

櫻桃斜街11號，小鳳仙為了避人，可以通過這個樓後面的樓梯進出。攝於2002年4月。

我忙說：「魏太太，誰能這樣說呢？佛祖慈悲，普渡眾生呀！」她笑了：「阿彌陀佛！雙先生算是知我痛苦了。」

這時她又接著訴說：「魏家的財產我什麼也不要。我只取出我和魏先生的結婚照和他給我的定情物——翡翠珠花兒，帶著顧媽悄悄地搬到居仁里，每月花28塊大洋，租用這4間平房。我明知生活苦，也要獨守孤燈。說實在的，我自己人老珠黃，殘花敗柳；但開窯子，樹豔幟，我是輕車熟路。買幾個小姑娘，招引游蜂浪蝶，金銀財寶不是照樣滾進來

嗎？但我不能再走回頭路。錢一滾，人也滾，滾來滾去就真的進了地獄門，還得三生羞見魏先生。不，我絕不能再這樣做。13年來，我伴著魏先生遺像，吸著大菸解悶兒。我仍願典賣租借，粗茶淡飯過日子。剛才的『二貓』，真名叫蔣乾方。他是顧媽的親弟弟，半勺楞子（白癡），無謀生能力。我把他收為義子，也得使喚使喚，得點氣力。我們都是天底下的可憐人，過得倒也親密無間。這條街雖窮，卻都是些真情實意的下層社會窮苦人！這些年，我怎麼過呢？生活雖苦，精神上舒坦。你剛才不是說普渡眾生麼，我算皈依佛門了。顧媽，開門，上香，引雙先生到佛堂去看看。」隔壁佛堂門大開，除了青燈古佛（一尊觀音大士）銅爐香菸，別無他物。倒是佛像兩邊的對聯引起我的注意：「招徠良家閨秀莫踏紅塵覆轍；逗得闊佬夫人再修佛界天堂。」這時，顧媽一邊給佛堂添香，一邊嘮叨：「雙先生呀，太太天天禮佛念經，感動了天神菩

當年小鳳仙從業處，位於陝西巷東側的「上林仙館」，現為旅館。攝於2002年4月。

薩。那幾次去遊南海，太太親眼在石頭縫裡看到了金面佛哩。這些年，關帝顯過靈，狐仙附過身。這條街誰不知道金面佛魏太太……」賽金花嫌她多嘴饒舌，瞥了她一眼：「真人面前不燒假香，你嘀咕個啥呀？去去，煮碗點心招待老鄉……」

我鼻子一酸，什麼都明白了：「不，不，我要告辭了。」

賽金花忙說：「老鄉你先別走。你問了我這麼多。我想問你一個字——」，我十分詫異：「哦，您儘管問吧。」

賽說：小客廳結婚照旁邊那幅對聯寫的那個「狃」字是什麼意思？

這是位於陝西巷「雲吉班」北側的一個院落，據說當年跟小鳳仙的好友良玉樓就在附近從業。攝於2002年4月。

我學問差，一直解不來。

我說：哦哦，是「狃」曲尋知己的「狃」

她點點頭。

你不問，我不好說；你一問，我又難說了。既然你把我當知己，又是老鄉，我看非說不可！

陝西巷北口的乾果店，據說當年這兒也是賣乾果與百貨的地方，小鳳仙等人就是這兒的
常客。攝於2002年4月。

別七拐八彎的，直説吧。

剛才我一進門就看這幅沒署名的字了，狙曲，即（呾）曲，一個口字，一個且字。（狙）是別字。（呾），即京劇中的生旦醜末淨的旦。獸旁的「（狙）字，是母猿，其性好淫----」

話沒説完，只見賽金花柳眉倒豎，咬牙切齒，臉色由土變白，由白變紅，由紅又變白......「好呀，好你個樊增祥！......都是狼心狗肺的東西！」她「哦」地跳下床，往外就走；伸手就將那上聯「哧」地扯下來：「嘶，嘶，嘶」......一下子就撕成大小不同的碎片，......那下聯「人間重晚晴」，頓時顯得孤零悽愴。顧媽連忙攙扶她坐下：太太，何必呢？身子要緊呀。她汗珠兒滾出，淚珠兒也滾出，全身發抖，不斷地喘大氣兒......我很不過意，忙説：「魏太太，您冷靜點。怪我......」

陝西巷北口的老屋，現為民居。攝於2002年4月。

　　她説：「不！……我得感謝你！」這時，她只有喘氣的份兒，兩眼發直，死死盯著對面玻璃框裡那幅提香的油畫。忽地掙紅了脖子：「天哪，人間的愛何在？我，我……我賽金花要尋天上的愛啊！」這尖亮的呼聲，使人不寒而慄；從這破屋裡飛出，似乎要穿透京華九城了。

　　顧媽將一杯白開水送到她手中，她也不喝，將那水慢慢地一點一滴地潑在地下：「恩斷義絕囉！樊增祥，你我白白相好一場！……你算個啥東西？不過是個小小翰林，混賬的江寧布政使。我傻，我瞎了眼！我現在還糊塗啊。……前些時，我才在天橋市場上看到前後《彩雲曲》，真是臭文字流毒人間！姓樊的——樊家祥，我不會饒你！等著吧，到奈何橋上算賬！……」她的樣子太可怕了，我忙説：「顧媽，魏太太要休息，扶她進房去吧。」她甩開顧媽攙扶她的手，忽地掏出幾張紙，那上面歪歪扭扭塗塗改改寫著詩句：「雙先生，雙老弟，我們是鄉親。這是

113

我學著寫的，也算我最後的心聲。交給您，有機會公之於世，算我賽金花對世人的總答案……咳！咳咳！……顧媽，代我送客！」她又一陣激咳。

回到公寓，我用顫抖的手展開她寫的題為《悠悠曲》的血淚文字，讀著讀著，我的心也碎了！

歌詞如下：

天悠悠，地悠悠，風花雪月不知愁。斜睇迎來天下客，豔裝嫋娜度春秋。度春秋，空悠悠，長夜盡成西廂夢，扶魄深處唱風流。唱風流，萬事憂，一朝春盡紅顏老，門庭冷落歎白頭。歎白頭，淚目稠，家產萬貫今何在？食不果腹衣襤褸！衣襤褸，滿身垢，一副骸骨誰來收？自古紅顏多薄命，時運不濟勝二尤。勝二尤，深海仇，紈袴王公皆豬狗，賞花折柳情不留。天悠悠，地悠悠，貞節牌坊萬世「流」……這「流」是寫錯了？還是故意這樣寫的？我看是後者。寓意深長啊！

小鳳仙

小鳳仙（1900-1976年）本名筱鳳，滿族人，姓朱，後改姓張，原籍浙江錢塘。光緒年間全家流寓湖南湘潭，出生杭州，1911年逃到上海，跟隨姓胡的老闆學唱戲，因藝色超群，小有名氣。小鳳仙被賣為奴婢，不久被賣到妓院，輾轉到了北京。在著名的八大胡同之一的陝西巷雲吉班賣唱接客做生意。

關於小鳳仙的從業地，有說在陝西巷，有說在百順胡同，也有說在櫻桃斜街，但現在比較可信的是在陝西巷，她應是經常在這一帶活動，

位於櫻桃斜巷11號的貴州會館老館二樓的煙雲閣是當年小鳳仙與蔡鍔相會處。攝於2004年4月。

從陝西巷走到櫻桃斜街的貴州老館不過只有3、5分鐘的路。而據說貴州老館二樓的「文君閣」就是蔡鍔與小鳳仙約會的地方。

有人說小鳳仙，姿色中等，嬌小玲瓏，吊眼梢，翹嘴角。肌膚不算白皙，性情尤其孤傲，對富貴鉅賈，不屑求媚取寵。但粗通文墨，喜綴歌詞，特別是生有一雙慧眼。

蔡鍔當年為雲南都督。　袁世凱加緊復辟帝制，籠絡蔡鍔。經由楊

據說當年良玉樓也常常到櫻桃斜巷11號與尹昌衡會面。這是11號的走廊。攝於2004年4月。

度極力推薦，袁世凱叫他的大公子袁克定拜蔡鍔為師，排定日期講解軍事科學及為將之道，並面許將來陸軍總長一職非蔡松坡莫屬。

民國四年初秋，籌備袁世凱登基的「籌安會」堂而皇之地在北京成立了，　楊度主持其事，利用都是湖南同鄉的身分，天天力促蔡松坡列名發起人之一。

蔡鍔是辛亥雲南首義的元勳，反對帝制、贊成民主，所以前後矛盾，但又不能公開拒絕，只好拖延。　之後他假裝贊成帝制，在雲南會館的將校聯誼會上發起請願，請袁世凱改行帝制，速正大位；並在眾目睽睽下，簽下自己的名字。

蔡鍔自遇到小鳳仙後，頓感此女雖淪落風塵，然而出語不俗，可作為紅粉知己。蔡鍔為了使自己有更多的空間活動，於是抱著一種迷離的心情，常去小鳳仙所在的雲吉班。　袁世凱知道後大笑道：「蔡松坡果真樂此不疲，我也可以高枕無憂了。」

蔡松坡與小鳳仙如膠似漆，託梁士詒購得前清某侍郎廢宅一所，大興土木，到處揚言為小鳳仙建造華屋。又給小鳳仙題詞，說她：

「此際有鳳毛麟角，其人如仙露明珠。」

蔡松坡做的這些荒唐事，卻惹惱了原配夫人劉俠貞。她對丈夫又是指責，又是勸戒：「酒色二字，最是戕身，何況你身體欠佳，更不應徵花逐色。大丈夫應建功立業，留名後世，怎能寄情勾欄，坐銷壯志呢！」

蔡松坡聽罷惱羞成怒，先是把家具打得稀爛，接著對劉俠貞拳腳交加，棉花胡同裡蔡宅頓時鬧得雞飛狗跳。

袁世凱聽到消息，派王揖唐和朱啟鈐兩人前去調解，但也無濟於事。之後袁世凱便大大鬆懈了對蔡松坡的戒心。

蔡鍔苦思脫身之計，最後還是想到他的紅顏知己小鳳仙。

民國四年十二月一日，離袁世凱即帝位的日子還有十一天，蔡鍔利用與小鳳仙踏雪尋梅之機，獨自登上了開往天津的三等列車。

第二天便換上和服，扮成日本人，搭乘日本遊輪「山東丸」直駛日本。

蔡鍔到了日本，立即拍發電報回國，向袁世凱請假醫病。之後他經香港到越南，由蒙自進入雲南，組織了「護國軍」起義討袁。

蔡鍔後患病，三十七歲時逝世。噩耗傳到北京，舉國震驚。

據說，當北京官方與民間各界在中央公園公祭蔡鍔時，小鳳仙請大名士易宗夔代撰了輓聯送去致祭：

其一：

不幸周郎竟短命，

早知李靖是英雄。

其二：

萬里南天鵬翼，直上扶搖，

那堪憂患餘生，萍水姻緣成一夢；

幾年北地胭脂，自悲淪落，

贏得英雄知己，桃花顏色亦千秋。

小鳳仙為了蔡鍔從一而終，維護蔡松坡的名聲。自此後，小鳳仙遂從八大胡同消失。她來到天津，租得大院陋屋，靠替別人做手工過著隱姓埋名的生活。

小鳳仙獨身過了幾年日子先嫁一軍人，軍人死後再嫁姓陳的廚師，住在瀋陽的一座平房裡。靠丈夫的收入養家度日，生活很是拮据。

小百順胡同中現有據可查的只有8號院在民國時是一家茶室。攝於2004年4月。

1951年初，京劇藝術大師梅蘭芳率劇團去朝鮮慰問赴朝參戰的志願軍，途經瀋陽演出，下榻於東北政府交際處的招待所。

小鳳仙聞訊，遂寫一信給梅。信中寫道：「梅先生，若寓瀋陽很久，如有通信地址，望企百忙中公餘之暇，來信一告。我現在東北統計局出收部張建中處做保母工作。如不棄時，賜晤一談，是為至盼。」

數日後，小鳳仙接到梅蘭芳邀請。

當天，梅宴請了小鳳仙，離別時還送給她一筆錢。並遵小鳳仙囑，對其身世與行蹤守口如瓶，僅將此事告知其祕書許姬傳與近代史專家榮孟源。

數年以後，榮孟源在1957年被打成「右派分子」，梅蘭芳則在1961年病故。

在政治壓力日益加大的情況下，小鳳仙的情況再也無人知曉，也再無人敢於過問了。小鳳仙漸被人們遺忘了。

就這樣小鳳仙沒沒無聞、平平淡淡地在瀋陽生活著，就連她身邊的熟人也不知道她那不平凡的身世。

在20世紀70年代初，中國大陸正處在「文革」動亂之中，小鳳仙已是70多歲了，丈夫已死，孤苦伶仃。她曾被好心的鄰居、瀋陽低壓開關廠女工劉某接到家中住了一段時間。

這期間她心情開朗，常常眉開眼笑。只是有一次，她聽到收音機裡播放當年蔡鍔與小鳳仙的故事，她面容痛楚，泣涕漣漣。

劉某見狀，急忙握住她的手，細問緣由。在一聲聲關切的詢問之下，這位被稱作「陳娘」的慈祥老人才情不自禁地口吐真言：「那戲中之人就是我！」她向劉長青講了自己的身世，並再三叮嚀，千萬不可外傳。

1976年，小鳳仙患突發性腦溢血，栽倒在自家平房旁的公共廁所裡。人們把她送到醫院搶救，但已無效。她終於走完了自己曲折的人生道路。

良玉樓

民國初年，在北京的八大胡同與雲吉班只有一牆之隔的金祥班也是一等妓院。金祥班與雲吉班的來往十分密切。

雲吉班樓上住著19歲的小鳳仙，金祥樓上住著17歲的良玉樓。良玉

樓本姓殷，名文鸞，父親是北京趕駱駝的腳夫，母親在前門賣大碗茶，
爹媽死後，她被舅舅賣到八大胡同，淪為青樓女子。

　　1914年，袁世凱迫使雲南都督蔡鍔、四川都督尹昌衡進京。尹昌
衡剛30歲，蔡鍔大他兩歲，兩人早在日本士官學校時就是同學，合辦過
廣西陸軍學堂，交情甚深。二人到了北京，就被軟禁。「三太子」袁克
文常陪同他們到八大胡同逛妓院，讓小鳳仙結交蔡鍔，良玉樓結交尹昌
衡，妄圖使他們在石榴裙下喪失鬥志，倒戈投誠。

　　與良玉樓結交後，在給她「梳攏」的那天晚上，尹昌衡送給良玉樓
一串珍珠項鍊，並即興贈她一首詩：

　　　　　秋月春花無限情，酒欄書劍任縱橫！

　　　　　自知此意甘頹倒，且看今朝值聖明！

　　　　　不是東山能濟世，也因靳國厭談兵！

　　　　　美人名士堪千古，何必干戈誤一生！

　　聰明的良玉樓，早已看出這位英年的尹都督佯裝帶醉，壯志未酬。

　　在北京城的風月場中，做當紅名妓很不簡單，不僅要資質絕佳，還
要識翰墨，通音律，在上流社會中交際應酬，懂禮節，善談吐，風雅宜
人！當然，還必須有權有勢有錢的人捧她。

　　良玉樓與小鳳仙的可貴之處在於兩人都不是見錢眼開的人。因而她
們能在風塵中覓知己，慧眼識英雄！

　　袁世凱賞給蔡鍔小公館、新家具，還答應在京給他舉行盛大納妾喜
筵，蔡鍔領而受之，表面降袁，暗地裡卻在小公館接見家鄉來客，祕密
指揮雲南起義。

　　而尹昌衡卻表示不要小公館、新家具，妓院的費用他給袁克文打欠
條，答應還。他深知袁世凱非等閒之輩，不能輕易賣身投靠，與蔡鍔同

唱一樣的戲,是必會引起袁世凱的疑心。他常在四川會館出沒,同家鄉來客祕密策劃反袁鬥爭。

金祥班的鴇兒娘卻是只圖賺錢,見這位窮都督自命清高,嫖妓院不肯花袁世凱的錢。認為這位窮都督同袁的關係不好,態度也日漸冷淡。日常供應的菜飯減少,出門車馬愛派不派,還時常冷言冷語。

婊子無情,說變就變,大有要把「獨佔花魁」的「賣油郎」趕出八大胡同之勢。

一日,良玉樓深情地勸尹昌衡,勸他趕快離開北京,遠走高飛,休貪功名富貴,免遭殺身之禍!

在蔡鍔返回雲南之後,袁世凱大怒,下令將小鳳仙下北京監獄,追查蔡鍔在京餘黨。袁見尹昌衡不公開表態降袁,害怕他搞鬼搗蛋,便把他關進陸軍監獄,軟禁在一幢小洋房裡。同時嚴密監視四川會館與金祥班,逼問良玉樓尹昌衡的情況,追查他的在京同夥。

當時北京各大報刊都登載了「蔡鍔回雲南起義」、「尹昌衡在北京坐牢」的消息。

在獄中,尹昌衡宣布絕食,擺在他面前的好酒好飯,他也不喝不吃!袁世凱只好派袁克文到八大胡同去請良玉樓勸他進食,出面解圍。

良玉樓入獄後,尹都督才肯喝酒吃飯,放棄絕食,陸軍監獄破天荒地准許探監留宿,批准「囚犯」與「娼妓」牢內竟夜長談。尹昌衡從玉樓口裡才知,小鳳仙也被關進北京監獄,蔡鍔在雲南組織「反袁護國軍」,熊克武在四川組織了「四川反袁護國軍」。袁世凱這方面,則組織好了「六君子請願團」、「十三太保請願團」、「娼妓請願團」,馬上就要上街遊行,勸駕登基。

在陸軍監獄的白虎大堂中,尹昌衡與良玉樓患難見真情。演繹了一

幕傳奇的愛情故事。

　　不久後，在全中國人民的討伐聲中，剛剛當了83天皇帝的袁世凱暴病而亡，尹昌衡、良玉樓、小鳳仙才被釋放出獄。

　　從此，良玉樓始終不渝地相伴尹昌衡，昌衡的《止園詩抄》有《贈良玉樓》七律四首，《寒宵欣慰太貞》及長詩《幽燕美人歌》，自注：「為姬人殷太貞作，太貞即前詩所謂良玉樓也。」

八大胡同

第一章

八大胡同的區域

清末民初的八大胡同有兩個概念，從狹義上說，所謂八大胡同，並非某一條胡同的名稱，而是由八條胡同組成的，因為中國人愛將同類事物歸類然後說個大概數，如天橋八大怪、唐宋八大家、八大祥、燕京八景。其實，「八」字在這裡是個虛數，只是表示其多。這八條胡同位於前門外大柵欄附近，因妓館密集而成一大銷金窟。

一、八大胡同的區域

　　清末民初的八大胡同有兩個概念，從狹義上說，所謂八大胡同，並非某一條胡同的名稱，而是由八條胡同組成的，因為中國人愛將同類事物歸類然後說個大概數，如天橋八大怪、唐宋八大家、八大祥、燕京八景。其實，「八」字　在這裡是個虛數，只是表示其多。這八條胡同位於前門外大柵欄附近，因妓館密集而成一大銷金窟。

　　《京都勝跡》一書引用過當時的一首打油詩曰：

　　「八大胡同自古名，

　　陝西百順石頭城。（陝西巷、百順胡同、石頭胡同）

　　韓家潭畔弦歌雜，（韓家潭）

　　王廣斜街燈火明。（王廣福斜街）

　　萬佛寺前車輻輳，（萬佛寺係一小橫巷）

　　二條營外路縱橫。（大外廊營、小外廊營）

　　貂裘豪客知多少，

　　簇簇胭脂坡上行。」（胭脂胡同）

　　從廣義上講，八大胡同是指從鐵樹斜街以南，珠市口西大街以北，南新華街以東，煤市街以西這一大片區域內的胡同內都有過明妓或暗娼。只是上面說的這八條胡同多為一二等妓院。

　　八大胡同因時間不同說法不一。

鐵樹斜街全景，此街以左有陝西巷、石頭胡同等街的北口。攝於2004年4月。

這是鐵樹斜街22號，是著名的老字號"同和軒"飯莊的原址。八大胡同與商業街就是以這條街為分隔點的。攝於2004年4月。

　　後來八大胡同附近又有相當的發展，社會上曾流行過「十條胡同」之說。即：王（皮胡同）、蔡（家胡同）、朱（家胡同）、百（順胡同）、柳（諧音：留守衛）、石（頭胡同）、廣（王廣福斜街）、火（神廟夾道）、燕（家胡同）、紗（小李紗帽胡同）。這十條胡同，雖不如「八大胡同」出名，也成了妓院的代稱。

　　此地區除公開營業的妓院之外，還有無照的暗娼及游娼。1949年，據北京市公安局調查，暗娼有17家，分布在延壽寺、施家胡同、掌扇胡同、虎坊橋等12條胡同。所以說清末民初在大柵欄這一帶就有三十多條的胡同中存有妓院。

早期男人俱樂部

北京北門

　　還有一種游娼，是以旅店為活動之地。大柵欄地區有110家大、中、小旅店，如惠中、擷英、國民、光明、春華、留香、遠東等大飯店，中美、林春、中西、慶安、玉華、雲龍等中等旅館，楊柳春、悅來、永裕、華北、新豐、金順、大同、大興、大生等小客店，均有游妓出沒，約有一百多人左右。

　　民國時在天橋地區還存在大量的暗娼，如大森里、蓮花間、四聖廟、花枝胡同、趙錐子胡同、金魚池大街、蒲黃榆的黃花樓，還有朝陽門外的東三里、神路街，這些都是二三等妓院所在區域。

　　當時妓院在北京的各區都有，惟獨前門外較多，而天橋地區與八大胡同只有一街之隔，是連成一片的。

　　另外，小觀胡同、今西興隆街、好景胡同、今磁器口新生巷、培樂園、西南門外黃土坑等，都曾是四等妓院的聚集地。

　　因為前門外大柵欄中的八大胡同是一個最為典型的地區，所以我們選取了這兒加以介紹。

八大胡同

第二章

八大胡同產生的時間

八大胡同應是在清初期奠基、清中期興起、清末與民國終成「大名」。

「風月場」雛形的形成有一個重要原因就是當時徽班進京下榻於八大胡同中的韓家潭、百順胡同一帶，此後四喜、春台等戲班相繼來京，分別下榻於八大胡同之百順胡同、陝西巷和李鐵拐斜街。

所以老北京有句俗語：「人不辭路，虎不辭山，唱戲的不離百順、韓家潭。」

可見八大胡同與戲劇，特別是京劇的形成發展的歷程有千絲萬縷的聯繫。

二、八大胡同產生的時間

八大胡同應是在清初期奠基、清中期興起、清末與民國終成「大名」。

「風月場」雛形的形成有一個重要原因就是當時徽班進京下榻於八大胡同中的韓家潭、百順胡同一帶，此後四喜、春台等戲班相繼來京，分別下榻於八大胡同之百順胡同、陝西巷和李鐵拐斜街。所以老北京有句俗語：

「人不辭路，虎不辭山，唱戲的不離百順、韓家潭。」

可見八大胡同與戲劇，特別是京劇的形成發展的歷

從煤市街最北端向南部看，在這條街以西有小椿樹胡同、博興胡同、大力胡同、小力胡同等。攝於2004年4月。

這是位於煤市街與培英胡同口結合處的一座小樓，解放前曾是一家肉鋪，再之前曾有朝鮮人在此賣過大煙土。攝於2005年3月。

當年的煤市街是一條商鋪林立，人流不息的傳統老街。現如今這條街也已面目全非。從這兒向西一拐就是八大胡同的區域。攝於2004年4月。

程有千絲萬縷的聯繫。 他們中的有些人就是以相公業為生的。

《清稗類鈔》言之甚詳：「伶人所居曰下處，懸牌於門曰某某堂，並懸一燈。客入其門，門房之僕起而侍立，有所問，垂手低聲，厥狀至謹。」

《夢華瑣簿》：「戲園分樓上、樓下。樓上最近臨戲台者，左右各以屏風隔為三四間，曰官座，豪客所聚集也。官座以下場門第二座為最

磚塔胡同44號附近清末所建的民居。攝於2003年10月。

磚塔胡同西端通向南四眼井的小道。攝於1999年10月。

貴，以其搴簾將入時便於擲心賣眼。」另開戲之前，戲園有「站條子」
（或稱「月台」）的惡習。主要男旦扮好戲裝站立台口讓「老斗」（指
嫖客）們品頭論足。一旦在台上看到相識的老斗，他們就會眉眼傳情，
作姿作態，並且還會直接下台前去侍候。當時在演出安排上，流行由主
要男旦演「壓軸兒」，之後的「大軸兒」（送客的大武戲）將散之際，
男旦換裝完畢與老斗登車，去附近酒樓或下處「銷魂」去了。

乾隆二十一年，北京內城禁止開設妓院。

因此，內城的妓院遷移到前門外大柵欄一帶。此地緊靠內城，又是
外地進京的咽喉，原本就喧囂繁華，風月場雛形於此形成。

乾嘉時期，京城東西青樓，在今東城燈市口一帶。咸同年間，三曲
多在城外。

據《燕京評春錄》記載，光緒初年又移於西城磚塔胡同。《塔西隨
記》中說：「曲中里巷，在西大市街。西自丁字街迤西磚塔胡同，磚塔
胡同南曰口袋底，曰城隍庵，曰錢串胡同，錢串胡同南曰大院胡同，大
院胡同西曰三道柵欄，其南曰小院胡同，三道柵欄胡同，曰玉帶胡同，
曲家鱗比約二十戶。初時共三五家，多京籍人。今則半津站人矣。初有

而今仍有者，天喜、三喜。初有而今無者，天順、三寶。初有而今易名者雙盛，舊為聚鳳，萬升舊為西連升也。」又說：「雙順、天喜、天順所居，為其世產。余皆賃之早大約於光緒初葉，一時宗戚朝士，趨之若鶩。後為御史指參，乃盡數驅逐出城。及今三十餘年，已盡改民居。」

按此說法，當時京城青樓妓院，光緒中葉時已被驅逐於城外。清光緒庚子年後，京師巡警廳將內城妓院全部遷至城外，給照收捐，已准公開營業。當時經官方許可開設的妓院共有300多家，分頭等、 二

磚塔胡同附近的三道柵欄胡同某號。這兒也是清代妓院的集中區。攝於2004年4月。

等、三等、四等。

　　此時，蘇杭一帶女子連袂雲集京師，與北地胭脂，形成明顯區別，所以有「南班子」、「北班子」的稱謂。因一等小班和二等茶室多集中在前門外大柵欄附近的上述八條胡同內，所以繼承了「八大胡同」的稱號。又因達官顯貴經常往來出入於此，特別是民初參眾兩院政治鬥爭和保皇派復辟帝制的幕後陰謀也多在此進行，所以「八大胡同」之名，不但享「譽」京城，而且聲震南北。

八大胡同

第三章

相公堂子

男妓，顧名思義，就是男性娼妓，古時叫「兔子」、「小唱」，即「小娼」。也有稱之為「小手」的。後稱為「像姑」，即像姑娘的意思。後諧音為相公，自稱「堂名中人」。寓處稱「相公堂子」或「下處」。

八國聯軍進入北京。侵略軍要滿足獸性需求；庚子賠款，清廷要稅收；再加上前門火車站的建成，使得北京娼業驟然膨脹。八大胡同妓院的檔次在北京首屆一指，自此暴得大名。

三、相公堂子

　　男妓，顧名思義，就是男性娼妓，古時叫「兔子」、「小唱」，即「小娼」。也有稱之為「小手」的。後稱為「像姑」，即像姑娘的意

"王桂官居粉坊街，又居果子巷。陳銀官當居東草廠，魏婉卿當居西珠市口。今則盡在櫻桃斜街、胭脂胡同、玉皇廟、韓家潭、石頭胡同、朱茅胡同、李鐵拐斜街、李紗帽胡同、陝西巷、百順胡同、王廣福斜街。每當華月照天，銀箏擁夜，家有愁春，巷無閑火，門外青驄嗚咽，正城頭畫角將闌矣。當有倦客侵晨經過此地，但聞鶯千燕萬，學語東風不覺泪隨清歌并落。嗟乎！是亦銷魂之橋，迷香之洞耶？"

《金台殘淚記》有關八大胡同的記載。

思。後諧音為相公，自稱「堂名中人」。寓處稱「相公堂子」或「下處」。

　　八大胡同之男妓，據史書記載，自嘉道時已興盛了。

　　華胥大夫於道光八年所作《

門鈸，嫖客可以拍動它等大茶壺來開門，這是朱家胡同某號。攝於2004年4月。

萬福巷雖小，但是它連接了石頭胡同與陝西巷兩條大胡同，屬於交通要道。攝於2004年4月。

金台殘淚記》中所載：「王桂官居粉坊街，又居果子巷。陳銀官當居東草廠，魏婉卿當居西珠市口。今則盡在櫻桃斜街、胭脂胡同、玉皇廟、韓家潭、石頭胡同、朱茅胡同、李鐵拐斜街、李紗帽胡同、陝西巷、百順胡同、王廣福斜街。每當華月照天，銀箏擁夜，家有愁春，巷無閑火，門外青驄嗚咽，正城頭畫角將闌矣。當有倦客侵晨經過此地，但聞鶯千燕萬，學語東風不覺淚隨清歌並落。嗟乎！是亦銷魂之橋，迷香之洞耶？」

男妓的下處與嫖規是：當時入妓館閒逛稱「打茶圍」，赴諸伶家閒聊，也稱「打茶圍」。

據《清稗類鈔》中記載：「客飲於旗亭，召伶侑酒曰『叫條子』。伶之應召曰『趕條子』。」

「光緒中葉例賞為京錢十千。就其中先付二千四百文，曰：車資。八千則後付。伶至，向客點頭，就案，取酒壺偏向坐客斟酒。斟畢，乃依『老斗』坐。（彼中互稱其狎客曰：老斗）唱一曲以侑酒。亦有不唱者，猜拳飲酒，亦為『老斗』代之。」又「『老斗』飲於下處，曰『吃酒』。酒可恣飲，無熱肴。陳於案者皆碟，所盛為水果乾果糖食冷葷之類。飲畢，啜雙弓米以充饑。」

綜上所述，京城男妓的下處、嫖規、設備等基本上是和女妓相同的。男妓衰亡後，又由女妓傳留下來，特別是八大胡同，一直延續到1949年前。八大胡同區域戲樓茶園、酒樓飯莊、堂寓下處這種鬥相麋至、打情罵俏、不堪入耳的場景當年是處處可見。

清亡，掛有"某某私寓"牌子的相公堂子也走到了盡頭。

時人蔣芷儕曾記：「八大胡同名稱最久，當時皆相公下處，豪客輒於此取樂。庚子拳亂後，南妓麋集，相公失權，於是八大胡同又為妓女所享有。」

光、宣之際，北京妓業的興盛程度已經超過相公業，清亡，民國肇造，娼妓徹底勝過相公。著名的戲劇藝術家田際雲，於民國元年四月十五日遞呈於北京外城巡警總廳，請禁韓家潭一帶相公寓，以重人道。後總廳

准呈，並於同月二十日發布告示，文曰：

「外城巡警總廳為出示嚴禁事：照得韓家潭、外廊營等處諸堂寓，往往有以戲為名，引誘良家幼子，飾其色相，授以聲歌。其初由墨客騷人偶作文會宴遊之地，沿流既久，遂為納汙藏垢之場。積習相仍，釀成一京師特別之風俗，玷污全國，貽笑外邦。名曰「像姑」，實乖人道。須知改良社會，戲曲之鼓吹有功；操業優伶，于國民之資格無損。若必以媚人為生活，效私倡之行為，則人格之卑，乃達極點。現當共和民國初立之際，舊染汙俗，允宜咸與維新。本廳有整齊風俗、保障人權之責，斷不容此種頹風尚現于首善國都之地。為此出示嚴禁，仰即痛改前非，各謀正業，尊重完全之人格，同為高尚之國民。自示之後，如再陽奉陰違，典買幼齡子弟，私開堂寓者，國律具在，本廳不能為爾等寬也。切切特示，右諭通知。」

1900年，八國聯軍進入北京。侵略軍要滿足獸性需求；庚子賠款，清廷要稅收；再加上前門火車站的建成，使得北京娼業驟然膨脹。

八大胡同妓院的檔次在北京首屈一指，自此暴得大名。

八大胡同

第四章

南、北兩班

賽金花之後，南國佳麗大舉北伐，民國後「北班」甘拜下風。南班的勝利，使得八大胡同檔次躍上了一個新的台階，花名冠譽京都。這一地區三鳳、萬人迷是北方佳人的代表人物。

三鳳，本是宦門之後，不料父親故後家道中落，遂入娼門。其姿綽約，能言善說，京師狎客無不為其傾倒，一時間芳名大噪，越發風流淫爛，凡遇節令時，必擺盛宴。官僚顯貴都與其關係甚密。最後被人納為妾室，其贖身費達七萬兩白銀。

四、南、北兩班

清末的妓女與嫖客。

民初的妓女與嫖客合奏一曲。

同治時，正是京城官僚由狎男色轉為嫖妓女的開端。

據《京華春夢錄》記載：「帝城春色，偏嗜餘桃。勝朝來葉，風靡寰宇。今之韓家潭、陝西巷等處，皆昔之私坊豔窟。鼎革後，雲散風流都成往事，於是娼家代興。香巢櫛比，南國佳人，慕首都風華，翩然蒞止。越姬吳娃，長安道上，豔幟遍張矣。更考其由，則始於20年前之賽金花。

「斯時南妓根蒂未固，僻處李鐵拐斜街、胭脂胡同等曲徑小巷，地勢鮮宜。韓家潭、百順胡同以東，似均為北妓根據地。鴻溝截然凜不可犯。然潛勢既伏，來者益眾。南之寓公，千里逢故，趨者麇集。而北人亦喜其苗條旖旎，與土妓之質樸濃麗，趣旨迥殊。其後南

清末京城名妓李文韻。

勢東侵，北勢漸絀。遞嬗至今，則韓家潭且無北妓立足之地。百順胡同、陝西巷亦南佔優勢。僅王廣福斜街短巷數扉，猶樹北幟，若石頭胡同本北妓淵藪，比亦臥榻之旁，客人酣睡，喧賓奪主亦可異已。」

從這段話可以看出，北京自清時的男妓鼎盛至衰微，而代之以女妓，從南妓北來至北妓漸絀的形勢，可謂之高度概括。這個時候北方妓女出現了色藝雙全的名妓。

據史料記載，三鳳、萬人迷等均使王公大人、豪商鉅賈拜倒在其裙

清末歌女，俗稱賣唱的。

145

佳人燕赵古来多，余韵流风今若何
八大胡同闲走遍，几回慷慨发悲歌
坎肩马褂套长袍，小小坤鞋尖又瘦
干妈大了又跟妈，堪叹扶持无绿叶
跑厅喊道几爷来，打骂真成见面礼
佳局八元盘子一，若干牌子亲香过
纵非小白也多情，外脸子怎那礼罢
姑娘要菜客心欢，唱罢一簧还打钱
几辈茶客纷纷去，换上座灯落保险
开销处处要洋钱，生客偏多熟客少
南朝金粉野鸡高，雾里看花云里说
三尺横拖白札腰，行来一步一魂消
枯瘦痫肥黑目麻，枝枝辜负牡丹花
款步相迎笑脸开，暗中上劲要人猜
北洋不及站人优，算到明天是账头
缺嫩何妨竟碰钉，娇喉如哧上林莺
纸片飞来叫过班，老师多赚两元钱
一点钟敲半夜过，圆成好事要张罗
端午中秋又过年，下车容易上车难
北地胭脂唤奈何，贾家妹妹胜哥哥

长林富贵松濑墅，为访名花镇日过
个个大人充彼少，韩家潭畔马车多
辰光蛮好是新年，恩客来哉开酒战
喜听阿姨解颐语，果然密密又甜甜
檀香瓜子碟装来，敬客香烟三炮台
自拨琵琶自家唱，一声声是呀都歪
茶园日日携朋友，去去来来总一淘
临出门时呼走好，叮咛相会是明朝
春宵一刻原无价，破费千金也便宜
只要消魂果真个，洋钱念块啥稀奇
怪煞宵来发异香，梦中惊醒好鸳鸯
罗襦襟褓解闻荟泽，头上芳邻马子房
迎宾门面对金台，更有中西旅馆开
喊得东洋车一部，阿侬要好自家来
儿花家具皆洋式，该搭房间色色新
弗许碰和许吃酒，摆来牌饭更开心
短衣窄袖时髦样，天足蹁跹踏软尘
出局今朝哈场合，上林春及胜环林
清倌阿是普通名，真个消魂岂未会
勿要当心防鼠疫，大人原本是瘟生

下。

當時，京城的娼妓一般還都是北方人，稱北地佳人。據《燕台評春錄》記載：「都中妓多皖齊燕代產。蓮涇、竹西，絕無僅有。至珠江春色，亦於此一見云。」説明當時京城妓院南方人很少。

再者，這段時期裡，擅長歌舞音樂的妓女也不多。《燕台評春錄》還記載：「雅仙能唱南曲，彈琵琶，此他處所弗能及也。蓋南中妓悉能刻官引征，竹肉相宜，令人聽之忘倦，都下多不知歌管。余初至時，置酒尚有肴饌，使出局承應，尚繫裙侍飲，尚行令拇戰。近概蠲免，餘戲曰：『實事求是，愊幅無華。』然多見士大夫，舉止大方，是其所長。」由此可見這時的北方妓女多是「專承侍寢」，注重「實事求是」的功夫，咸同年時，早已如此了。

《都門不錄》中，有南腔北調人所作「北京清吟小班竹枝詞」，形象地概括和描述了清代光宣年間，京城及八大胡同中南班與北班的狀

況。

這兩段竹枝詞，雖像是順口溜的戲作，但對當時八大胡同等妓院的狀況，包括妓院內部的禮儀、服裝、待客、住局、吃喝、陳設、娛樂、出條子等等，記載得十分清楚，成為那段歷史的珍貴的材料和佐證。

《京華春夢錄》記載，八大胡同中，南北兩幫妓女曾「鴻溝儼然，凜不可犯」。「北班」相當大一部分來自旗人，相貌較好，但文化不高；「南班」妓女主要來自江南，有才有色，更解風情。

清末江浙一帶的妓女移師北京，以苗條的身段，能歌善舞的才情壓倒了「質樸濃麗」的北方妓女，當時人稱「南班」。

這本書的第二篇《八埠豔語》，描寫的一段南妓和北妓的不同，十分生動：「妓家向分南北幫。從前界限頗嚴，南不侵北，北不擾南。間嘗評論南北幫之優劣，各有短長。大抵南幫活潑，而流於浮滑；北幫誠實，而不免固執。南幫應客，周旋極殷，如論風頭，則洵非北幫可及。至北幫則除床第外無他技能，除偎抱外無他酬酢。」

妓女在中國的文化史上，向來是一道不可或缺的風景。不知從何時起，南北妓女有了如此大的差別。

北宋名妓李師師是洛陽人，靖康之亂後逃到湖湘，從此北方再無名妓。

明末四大名妓李香君、柳如是、陳圓圓、董小宛都是江南人。

清末民初京師名妓賽金花、小鳳仙也都來自江浙。

這裡的妓女，以蘇州、揚州或杭州一帶人氏居多，即所謂南班子。

南班子的養家，對買來的雛妓，從小即教其練習笙管絲弦或書畫等，所以蘇州、揚州妓女多善蘇州民歌和民樂，有的還會水墨丹青、書法或者詩詞。

三鳳，因家道中落，遂入娼門。1999攝於大百順胡同，已拆改。

如今的百順胡同某號，民國時為一等清吟小班，現已"舊人駕鶴，新人住入"現為民居。攝於2002年2月。

百順胡同49號細部，這是建於民國晚期的一個高級妓院的遺址，現為民居。攝於2004年10月。

　　但到了20世紀30年代末，一等南班子內妓女中善於琴棋書畫者已為鳳毛麟角，到了40年代，已基本消失了。

　　民國元年後，北班子也曾熱鬧一時，其中妓女大多來自北方各省地，以山西、天津、保定等處為多。

　　開始時，南班子比北班子佔優勢，到了後來，因妓女來源及社會變革的原因，南班子與北班子逐漸融為一體。但各個妓院之南北優劣，仍有分別。

　　賽金花之後，南國佳麗大舉北伐，民國後「北班」甘拜下風。南班的勝利，使得八大胡同檔次躍上了一個新的台階，花名冠譽京都。

　　這一地區三鳳、萬人迷是北方佳人的代表人物。

　　三鳳，本是宦門之後，不料父親故後家道中落，遂入娼門。其姿綽約，能言善說，京師狎客無不為其傾倒，一時間芳名大噪，越發風流淫爛，凡遇節令時，必擺盛宴。官僚顯貴都與其關係甚密。最後被人納為

百順胡同某號掛花牌的地方掛上了鳥籠。攝於2004年10月。

妾室，其贖身費達七萬兩白銀。

對萬人迷，京城曾傳有一句諺語：「六部三司官，大榮、小那、端老四，九城五名妓，雙鳳、二姐、萬人迷。」

萬人迷身世已無以考證，傳為一都統的婢女，因與僕人私通，被逐出家門。萬人迷自己投身於百順胡同一妓院，得金四百，並以百金送與原私通僕人，另三百金，購買衣服和首飾。不久，萬人迷以色藝雙全名聲大噪，一內務府郎中為暱萬人迷而傾家蕩產。

不論是南班還是北班，是她們的存在使民國年間的八大胡同內的高等妓院鱗次櫛比，燈紅酒綠。她們的門前懸掛著「瀟湘院」、「鳳鳴院」、「鑫雅閣」、「群青班」之類的名稱。白天這裡一片寂靜，到了晚上卻熱鬧非凡，分布在妓院周圍的商店更是應接不暇，賣香菸的、拉包車的、賣唱的紛紛湧來。身著各種服裝的嫖客帶著悠然自得的神氣大搖大擺地湧向這私。接客、送客的吆喝聲此起彼伏，與小販的叫賣聲、叮噹作響的人力車鈴聲響成一片。

八大胡同

第五章

妓女的訓養

《清稗類鈔》中又說:「同光間,京師曲部每蓄幼童十餘人,人習曲二三折,務求其精。其眉目華美、皮色潔白,則另有術焉。蓋幼童皆買自他方,而蘇杭皖鄂為最。擇五官端正,令其學語,學步,學視。晨興以淡肉汁洗面,飲以蛋清。湯肴饌,亦極醴粹夜則敷藥遍體,惟留手足不塗,云火毒。三四月後,婉好如處女。回眸一顧,百媚橫生,惟貌之妍媸,聲之清純,秉賦不同,各就其相近者習之。」

五、妓女的訓養

　　《清稗類鈔》中又說：「同光間，京師曲部每蓄幼童十餘人，人習曲二三折，務求其精。其眉目華美、皮色潔白，則另有術焉。蓋幼童皆買自他方，而蘇杭皖鄂為最。擇五官端正，令其學語，學步，學視。晨

韓家胡同21號是一等妓院"慶元春"所在，這是它的磚雕牌匾，由一個叫李鐘豫的人所題寫，後來我在鮮魚口一帶也見到了他題寫的匾額。

百順胡同中部路西某號，原為二等茶室，右側為天窗。攝於2004年10月。

趙錐子胡同某號，1949年這兒的妓院老板被鎮壓。攝於2004年4月。

興以淡肉汁洗面，飲以蛋清。湯肴饌，亦極體粹夜則敷藥遍體，惟留手足不塗，云火毒。三四月後，婉好如處女。回眸一顧，百媚橫生，惟貌之妍嬲，聲之清純，秉賦不同，各就其相近者習之。」

按照上面的說法，與妓院中老鴇對雛妓的訓練，如歌曲、化妝、應酬、陪酒行拳令及伴宿等，不但沒有什麼大的區別，而且恐怕更為講究，更為嚴格。

曾有詩云：「萬古寒滲氣，都歸黑相公。打圍宵寂寂，下館畫匆匆。飛眼無『專斗』，翻身是軟蓬。陡然條子至，開發不成空。」

北京藝人為妓女編了一個小調，哭訴她們的悲慘遭遇，名叫妓女悲秋：「初一十五廟門開，牛頭馬面兩邊排，大鬼拿著生死簿，小鬼拿著

領魂牌。閻王老爺當中坐，一陣風颳進一個小鬼來。頭頂狀紙地下跑，遵聲閻王聽明白，下輩子叫我脫生為牛馬犬，千萬別再脫生女裙釵。一歲兩歲娘懷抱，三歲四歲離娘懷，五歲六歲街上跑，七歲八歲母疼愛，九歲十歲把我賣。未掙到錢媽媽狠打，皮鞭沾水把我排，一鞭打下我學鬼叫，皮鞭打得皮肉開，十三十四就地清官賣，小小年紀就開懷。三天沒吃陽間飯，五天到了陰間來，一領蘆蓆把奴家捲，扔在荒郊無人埋。南來的烏鴉啄奴的眼，北來的惡狗抓開奴家的懷。問聲閻王你說我犯的哪條罪，這樣待我該不該。情願來生做牛馬，不願做女人到陽間來。」

走進韓家胡同中部就可以看到這個建築，它原是一家一等小班所在。攝於2004年10月。

八大胡同

第六章

妓院的等級

一等小班的院落和房屋都十分講究。根據其名聲大小而定，妓女所佔用的房屋面積也有所不同，有的紅妓女要獨佔一所跨院，而一所跨院，房屋一般都為五間以上。一般都是整齊的四合院或小洋樓。有兩進、三進或帶小跨院的，也有少數中式二層樓。

六、妓院的等級

　　一等妓院，過去稱小班，小班之前又冠以「清吟」二字，通稱為「清吟小班」，意思是只賣笑不賣身。

　　一等小班的院落和房屋都十分講究。根據其名聲大小而定，妓女所佔用的房屋面積也有所不同，有的紅妓女要獨佔一所跨院，而一所跨院，房屋一般都為五間以上。一般都是整齊的四合院或小洋樓。有兩進、三進或帶小跨院的，也有少數中式二層樓。

　　小班院門的特點，是門楣上端有乳白色電燈數盞，燈上有紅漆書寫的本班字型大小，周圍掛串燈。門檳左右各掛一長方形銅牌子上有紅漆

這是朱家胡同45號門區的特寫，仔細看還可以看出"二等茶室"的字樣。攝於2004年4月。

朱家胡同45號曾是二等茶室，這座兩層樓上，每一間房也就有10平米，很是狹小。

橫寫「一等」二字，下面是豎寫的「清吟小班」字樣。門楣上還掛有紅綠彩綢，垂向兩側。門口外牆上掛銅牌或木製鏡框，上面書寫著本妓院內妓女的花名，周圍掛串燈或紅綠綢子。

　　一等小班居室內陳設華麗，有餐桌、牌桌、梳妝抬、靠背椅、座鐘、沙發、掛鐘、銅床或鐵木床、繡花幔帳、絲

朱茅胡同9號大門近景，這是一家二等“茶室”。

小力胡同3號，原為二等妓院"泉升樓"攝於2004年2月，

緞衾枕、衣架、盆架、茶具、果
盤等，有的還掛有社會名流的題
字和書畫掛屏等。再有，就是妓
女本人的彩色大幅照片。

　　小班的妓女，一般都有貼身
女傭，或叫老媽子的專門侍候。
能享有這種專門侍候的，都是很
紅的妓女。而一般的妓女，雖也
是一等，但也只是好幾個人才有
一個女傭侍候。

　　二等妓院叫茶室，多為一等
小班裡篩下來的。從年齡、姿
色、身材、服飾等都比一等小班
遜色多了。

　　茶室的大門口，設施跟一等
小班差不多，但沒有紅綠彩綢，
也很少有點串燈的。對紅妓女來
說，好點的也只佔兩三間房子。

這是天橋地區的四勝胡同，原名叫四聖廟，
這兒多為三等或四等“茶室”。攝於2003年
10月。

房間內部的擺設就沒那麼講究了。

　　過去有句老話說：「人老珠黃不值錢。」真是一點不假。這也是妓
女們的生活由豪華走向悲慘的必然。

　　三等妓院稱下處。比起二等茶室，就更為簡陋了。妓女所佔房間一
般為一大間或兩小間。房子一般又矮又破，裝飾上也差得多。室內的陳
設粗糙，茶具桌椅都十分普通。

四勝胡同南口在趙錐子胡同中部，這兒是暗娼聚集處。攝於2003年10月。

　　但三等妓院的生意並不是很差，主要集中在王廣福斜街和朱家胡同。這裡也有個說法，以今天的西珠市口大街為界，街北的裝飾好些，生意多，街南的雖也有不少三等，但各方面比街北的就差多了，一般生意很少。

　　四等妓院叫土娼或小下處。這些妓院房屋更加簡陋、破舊，妓女們容顏衰老，衣著平常，只能靠塗敷脂粉招徠生意。涉足者，一般為下層勞動者。

　　在八大胡同裡，很少有這種小下處，但在其附近卻很多，如火神廟夾道，即現在的清風夾道內。

　　1949年前清風夾道內的妓院幾乎是一家挨一家，當然也有三等在這裡，但大部分屬四等的土娼小下處。

　　另外，還有「半掩門」和「暗門子」。舊社會，京城裡除去公開的

妓院外，還有大量的半公開或不公開的妓院，這就是上面所說的「半掩門」和「暗門子」。

「暗門子」，多為小四合院，大門口外無任何標記，看上去像是普通的居民戶，但裡面卻很講究。來逛「暗門子」的客人，一般是相互介紹的熟客，再有是「拉皮條」者所為。室內舒適，有菸、茶、水果、點心等侍候，也可為來客備飯、備酒、擺設牌局。

「暗門子」收費沒一定標準，客人一般隨意付給。這等地方，雖無等級，但妓女一般不比二等或三等的差，還和當地軍警憲特等勾結，與幫會勢力串通，有時也接待大人物。一般人既不清楚也不敢去逛。所以，沒人招惹，當地治安部門也不予查究。

八大胡同

第七章

妓院裡的專用名詞

「賣清倌」

所謂「清倌」，是指處女。清倌出入必須有女傭相隨，鴇母對清倌的看守特別嚴格，一般的清倌都不輕易「應條子」。但是，如果遇到嫖客中的豪門子弟、鉅商富賈等有人看上了某個清倌後，老闆和鴇母會以此清倌為釣餌，在這些人身上大撈錢財。

七、妓院裡的專用名詞

在趙錐子胡同，一位老人對我說：那條胡同的西邊好多幹這個的，都住在民居中，土匪保護她們也敲詐她們。

1.「賣清倌」

一等小班中的妓女，有「清倌」與「渾倌」之分。

所謂「清倌」，是指處女。清倌出入必須有女傭相隨，鴇母對清倌的看守特別嚴格，一般的清倌都不輕易「應條子」。但是，如果遇到嫖客中的豪門子弟、鉅商富賈等有人看上了某個清倌後，老闆和鴇母會以此清倌為釣餌，在這些人身上大撈錢財。

這種人除了得經常給清倌買衣料、皮貨、珠寶、翡翠等物品外，還需花錢買通老闆、領家、傭人、夥計等。等嫖客的錢花到一定程度時，老闆和領家才會開出價錢，把清倌賣身與他。當然這種開價一般很高。

2.「住局」

嫖客在妓院過夜，叫「住局」。

在一等小班和二等茶室裡，嫖客必須與妓女相識一段時間後才能住局。

一般說來，一等小班的妓女與嫖客接觸的時間，要比二等茶室的時間長。也就是說，嫖客必須付夠了茶資，又叫盤兒錢，才能住局。

3.「上車」與「下車」

每年的春節、端午、中秋三節，嫖客都要去妓院給相識的妓女捧場，三節前稱「上車」，三節後稱「下車」，這時的費用要比平時的茶資加倍付給。有的嫖客為了捧妓女上下車，就在節日期間請許多朋友到妓院打牌，一般以打麻雀牌為多，並從中抽頭兒付給妓院或妓女和夥計等。

這類活動對嫖客來說是「耗資買臉兒」，老闆則藉此機會，大撈錢財。

4.「叫條子」和「應條子」

在一等小班裡，有叫條子、應條子之説法。

「叫條子」是指嫖客在飯莊宴客時，點名叫某妓院某妓女到飯莊陪客。

一般由飯莊夥計拿著紅帖到妓院去傳達給妓女，也有的是用車夫去叫，飯莊門口或妓院門口都設有專幹此類的洋車。如果席間有八九個人，那麼至少也得有五六個妓女來「應條子」。有的鉅商富賈每逢宴客都要派人去妓院接與自己相好的妓女。八大胡同妓院裡，這種風氣很盛。「叫條子」單給錢，來回車費也得單給，這時候拉車的就可以比平常多掙幾個錢。

趙錐子胡同附近的九灣胡同全景。攝於2003年10月。

5.「掛牌」和「喊牌」

每個妓院都有一間類似帳房或休息室門房一樣的房間，專門有老闆或領家媽在此間休息。屋內備有一塊水牌子，與各行商戶的水牌基本相同。

木牌子上漆桐油，畫

紅線格，紅線格內寫著本妓院妓女的花名。另有花名小竹牌或小木牌，記載接客次數，以便結算當日收入。

如某妓女當晚留有住客，即將該妓女花名牌掛在水牌花名格下。如嫖客帶妓女外出，即將該妓女花名牌掛在外出格內。嫖客攜妓女出妓院，得首先要徵得老闆的同意，事先支付費用，並由夥計高呼：「××姑娘屋，××爺賞盤兒錢××（元）。」

這時候，八元一般可喊成一百元。這種「喊牌」，一半是喊給院內的其他嫖客聽，另一半是喊給其他妓女聽。

6.「趕早」和「開舖」

這是專指三等以下的妓院而說的。

三等妓院，除了夜間接客外，每天清晨和下午也接客。清早的便稱為「趕時」，費用為住局的一半或三分之二。下午的稱為「開舖」，費用也為住局的一半。

由此可見，三等以下的妓女，遭受的蹂躪是比較殘忍的，有些妓女偶爾得罪了嫖客，就會遭到老闆和鴇母的虐待。如果嫖客少了，也會受到老闆和鴇母的打罵。更有甚者，鴇母還專門指定接不到客的妓女為夥計陪宿。

至於懲罰妓女，名目更多，形同奴役，非常悲慘。

八大胡同

第八章

妓院的組織成員

領家，也叫領家媽媽，又稱養家、鴇母、大了。這些人大多出身於人口販子，靠買賣人口獲利，轉而開設妓院。也有的領家是混世半生的老妓女，她們生活靡爛，好吃懶做，樂於經營此道。經常出入南方各地，買來幼女做雛妓，養到一定程度，送入妓院接客，為其掙錢。

八、妓院的組織成員

開妓院的老闆，一般是社會上的地痞流氓，或是有一定背景的人物。他們與軍警憲特勾結在一起，或者有特殊的密切關係。老闆一般擁有妓院的房產，也有租賃的房產。有專門開妓院由養家提供妓女的，也有又開妓院又當養家的。他們的共同特點，是結交人販子，拐賣良家婦女。

領家，也叫領家媽媽，又稱養家、鴇母、大了。這些人大多出身於人口販子，靠買賣人口獲利，轉而開設妓院。也有的領家是混世半生的老妓女，她們生活靡爛，好吃懶做，樂於經營此道。經常出入南方各地，買來幼女做雛妓，養到一定程度，送入妓院接客，為其掙錢。

暗娼所在的院子即有破破爛爛的，也有如左下圖華美院落。1999年攝於趙錐子胡同中部路南某號。

老闆與領家，關係密切，有的還長期姘居。老闆是領家的靠山，對外應酬或周旋地　面，都由老闆負責，所以又叫「扠桿兒」。領家媽媽管妓院裡的妓女。也有個別夥計長期與領家及鴇母等廝混，成為「扠桿兒」的。地面上大小事，一般盡由「扠桿兒」出面協調。

妓院裡還有一種人叫「站院子的」，或者叫「大茶壺」。做這類工作的人，一般都穿得乾淨整齊，待客都是笑臉相迎，笑臉相送。

八大胡同

第九章

八大胡同的管理與經營

在第一次接客前，鴇母都給妓女喝「敗毒湯」，使其終生絕育。下等妓女，有的年紀小的不到10歲就開始接客，經期都不得偷懶。違反「管理規定」的，懲罰方式駭人聽聞，妓女被逼自殺屢見不鮮。

1949年前，八大胡同三等妓院華清館老闆黃樹卿、黃宛氏惡名昭彰：妓女楊翠蘭懷孕4個月，被黃宛氏一棍子把胎打掉，還強迫她接客；妓女張義逃走，抓回後暴打一頓，人還沒死就活埋了。

九、八大胡同的管理與經營

在了解妓院經營方式之前我們要首先了解妓女與妓院的關係。她們的人身依附關係主要有兩種：一是賣身給妓院，成為老闆的私有財產；二是「自混」，與老闆屬於員工與經理的關係。自混的妓女，掙的錢與老闆對分後，還得打發夥計、跟媽、大師傅、更夫，還要付零食費、茶葉費、痰桶錢、香錢等給妓院。最終往往還是落得自賣自身。

管理妓院確實需要一定的行政才幹和技巧。老鴇挑選風水好的營業地點，租房子、家具，做室內裝潢，雇用（有時也買下）妓女、娘姨和

好景胡同某號的石獅子雖然掉了頭，但**靜靜地臥在**院門口見**證這百餘**年時光。攝於1999年2月。

傭僕，在實施有照經營的地方和時期，要取得執照，掛招牌，滿足對生意的各種要求。

當時《晶報》曾登載過：「地痞流氓看到哪家妓院生意好，幾天後，他們會派自己的人假裝嫖客，來到該妓院，大把花錢，還聲稱喜歡上了某妓女。這時那幫流氓打上門來，那假扮嫖客的同夥便像個英雄似的將流氓趕走了，這一來老鴇對他感激不盡，說不定還委身於他，為了報答妓院在性和金錢方面所做的補償，也就同意做妓院的長期庇護人。」

另一種情況是老鴇找出在場面上吃得開的「白相人」或「靠山」，有了這樣的關係，地痞就不敢隨意來犯，即便有了麻煩，也好幫忙過難關。這種靠山俗稱「娼門撐頭」。

不管妓院有沒有撐頭，老練的鴇母也必須同各方拉關係，如菜館、她的姑娘演唱的戲院、替她拉客源的旅社以及其他各種生意場所。

開辦、管理和保護妓院，尤其是生意紅火的妓院，既費金錢也需要社會經驗。所以鴇母一般都是「飽嘗風塵的半老徐娘」，經過風雨，見過世面。

八大胡同老闆們買到漂亮女孩子，會給她好吃好喝，教她識字念書，詩詞歌賦、吹拉彈唱、書法繪畫、女紅廚藝，期望她們成為「高學歷專業人士」。老闆甚至還縱容這些妓女的小性子，有性格才好賣，才能加倍收回成本。

一等妓院的妓女們更是自小就要學習笙管絲弦或書畫。嫖客多為軍政人員、士紳、大商人、黃金掮客。這裡是他們恣意取樂的地方，也是他們談生意、賣官買官、貪污受賄、投靠敵偽、挑撥內戰的場所。

二等妓院的妓女大都來自一等妓院中「人老珠黃」的妓女，嫖客都

為地主、商賈、浪蕩公子等有錢人。

三等妓院妓女年紀都比較大，或者年紀輕但長得不漂亮。嫖客主要是一些小商人、店員、在京做買賣的生意人等。

四等妓院是妓院的底層，是最昏暗雜亂的地方，就是破屋子寒窯髒土坑而已，俗稱「老媽堂」、「窯子」、「土娼」。這裡的妓女年齡較大、長相不好，嫖客也是些掙錢不多的體力勞動者，如三輪車夫、腳夫、短工等。

妓院是有錢有勢之人尋歡作樂的地方，更是罪惡的源泉。

人民政府封閉妓院後，教養院開批門老板、領家的大會，罪大惡極的黃樹卿、黃宛氏最終被槍斃。

二等妓院中的妓女，儘管較少挨打挨罵，且穿戴漂亮，但是，一旦她們被榨乾了血汗，年紀大了，就門前冷落，如果患病，更是無人理睬，生活極為艱難。

對於三、四等妓女，老闆主要靠毒打的辦法來對付她們，逼她們多接客。

民國時期的包車夫在拉車。

　　在第一次接客前，鴇母都給妓女喝「敗毒湯」，使其終生絕育。下等妓女，有的年紀小的不到10歲就開始接客，經期都不得偷懶。違反「管理規定」的，懲罰方式駭人聽聞，妓女被逼自殺屢見不鮮。

　　1949年前，八大胡同三等妓院華清館老闆黃樹卿、黃宛氏惡名昭彰：妓女楊翠蘭懷孕４個月，被黃宛氏一棍子把胎打掉，還強迫她接客；妓女張義逃走，抓回後暴打一頓，人還沒死就活埋了。

　　在妓院內部的生活圈中，老闆、領家、老鴇是妓院的主宰者；司賬、跟媽、夥計、妓女是勞動者。營業項目細化得很，遠遠超過「三陪」；計價方式也多種多樣。嫖客有可能是任何有需求的男人，商人、學生、文人、政客、百姓。

　　上世紀20年代初，北京高級的魚翅席每桌才１２元。而當時妓院花幾十元就能買個終身幼女，買來開發利用。嫖娼費用從幾元到一擲萬金

清末北方班的紅妓女。

不等，開妓院一本萬利。

　　嫖客來到妓院，門房會高聲喊道：「客來啦！」裡邊的管事聽到後將嫖客領入客廳，由管事先遞菸、端茶、應酬，問清嫖客的姓名後，再叫來妓院裡所有的妓女，站列一排，由嫖客任意挑選，並向嫖客介紹每個妓女的姓名。嫖客選中某個妓女後，就由妓女陪著進自己的房間。嫖客或者讓妓女演奏樂器、唱小曲，或者與妓女閒聊。

　　有的嫖客要吸鴉片菸，妓院會提供菸槍、菸燈。嫖客如果要在妓院裡住夜，要另付幾塊銀元的過夜錢。有的客人在飯館裡設宴招待朋友，寫一張請柬，讓黃包車夫到妓院請幾個妓女去飯館陪席，這俗稱「叫條子」。在飯桌上妓女給客人斟酒、划拳助興，或者彈琴、唱曲，客人臨走時要給妓女兩塊銀元。

全北京城掛牌妓院的妓女，要定期到騾馬市大街上的妓女檢查所進行檢查，也有私人開設的小診所，這是位於西草廠的日本人開設的性病診所。攝於2003年10月。

二等妓院的妓女一般也會唱曲、彈琴。茶室裡的妓女住的房間沒有清吟小班那樣寬敞，室內家具、陳設也比較簡單。嫖客進茶室後，由妓女做陪，請嫖客抽菸、喝茶稱之為「打茶圍」，妓院也就因此稱為「茶室」了。

在清末，打一次茶圍要付5吊錢，嫖客如果要留宿，再付10吊錢。白天在妓院睡覺也要付10吊錢。另外還要給侍候妓女的老媽子小費，逛茶室的嫖客一般都是社會上中等階層的人士。

防止妓女得病或為她們治病的地方叫妓良所，就是電視劇《四世同堂》中大赤包任所長的那個機構，全稱是妓良衛生檢驗所。地點在今天的兩廣路大街騾馬市路北，因修馬路已拆除。這是一座四合院，紅油漆大門，是官辦的，全京城掛牌營業的妓院的所有妓女，都要定期到那裡檢查是否有性病。每個妓女持有一張卡片證明，持卡檢查，合格的在卡上蓋章。回到院中貼在牆上，這是合法經營的執照。不合格的不給蓋章，再接待客人為非法，名為住「涼房」。

這種檢查只是走走形式，實際上是官府榨取妓院、妓女錢財的一種手段，檢查所每月都可獲得可觀的收入。

所收檢驗費：

一等妓女每人每月八百元，二等六百元，三等四百元，四等二百元。

性病以三、四等妓女較多，每週檢驗一次。捐稅由老闆繳納，檢驗費由妓女繳納。

後來妓院按月分期分批用馬車把妓女拉去檢查，西城檢查時間是星期四，其他區域按星期一二三四五順序天天都有，車輛來來往往絡繹不絕。

八大胡同

第十章

八大胡同的「社會」與「人文環境」

娼妓和鴉片能滿足部分城市下層市民的生存需要。近代城市社會在縱向上的分化較大，官僚、商人、資本家及軍閥腰纏萬貫，揮金如土。相反，普通老百姓的生活水準極其低下，這也是有許多男性單身生活的原因。而幾角錢即可逛一次妓院，則可滿足貧窮光棍漢的衝動。這便為娼妓賣淫提供了廣大的市場。

十、八大胡同的「社會」與「人文環境」

　　在辛亥革命推翻封建君主政權以後，伴隨著政治權威的喪失，與其一體的部分道德倫理觀念亦開始解體，以至有人言「國民道德之墮落至今日已達極點，人心不古，連殺人放火嫖妓騙錢以及一切鬼混的人，也都乘機作惡，真是人心日下了。」

　　在近代城市轉型過程中，傳統道德淪喪，而新的價值觀念又難以短時間形成，價值的多元或真空往往使市民無所依從，為越軌行為開了方便之門。市民對「妓」和「菸」的態度也在發生變化，以至於作為社會問題甚或社會病態的吸毒和賣淫，逐漸獲得了民間的遷就以至認同。

民國時期的達官顯貴揮金如土地貪食鴉片。

民國時期吞雲吐霧的一對夫妻。

石頭胡同81號在敵偽時期是家大煙館。院裡一間房裡有2－3個煙榻，吸大煙的人一躺就是半天。
攝於2004年10月。

市民觀念的轉變使公開狎妓成為尋常之事，嫖客不以為恥，反以為榮。狎妓漸成為人們日常生活中的一種文化形態，以至無妓不歡，進妓院已和進飯館無甚差別。無形之中，妓女身分得到許多市民認同，甚或成為某種象徵與潮流。

石頭胡同81號的側面。攝於2004年10月。

首先，娼妓和鴉片能滿足部分城市下層市民的生存需要。近代城市社會在縱向上的分化較大，官僚、商人、資本家及軍閥腰纏萬貫，揮金如土。相反，普通老百姓的生活水準極其低下，這也是有許多男性單身生活的原因。而幾角錢即可逛一次妓院，則可滿足貧窮光棍漢的衝動。這便為娼妓賣淫提供了廣大的市場。

其次，妓院和菸館也往往是情感發洩的重要去處，許多市民吸毒、嫖妓，表現消極墮落，及時行樂，表達對人生的無望和對社會的不滿與報復。

妓院和菸館在某種程度上排除了這些焦慮與不安，對病態社會的維

石頭胡同83號"公記號"大煙館，現在仍可見到當年的牌匾。攝於2004年10月。

這是"公記號"大煙館的內部。攝於2004年10月。

持卻有一定的安全閥作用。這也是城市問題加劇的一個內部根源。

　　這些妓院還使很多商人破產，在大柵欄有一家紙行的掌櫃的因常去石頭胡同某家妓院，被合夥人知道後撤股而散。

　　還有的家庭原有萬貫家財，在與妓女有了感情後出賣家產，不惜萬金為她買身。這樣的例子在八大胡同中並不少見。但老鴇此時都要狠狠地敲嫖客一筆錢。

　　八大胡同中的客源可謂上至達官貴人甚至皇帝，下至平民百姓。

　　據野史說，同治為了尋找歡樂，溜出皇宮，到北京八大胡同，找妓女嫖娼，得了梅毒，後不治而亡。

　　又據《馮玉祥自傳》中記載，他第一次也是唯一的一次去八大胡同是出席答謝宴會，主人設席於石頭胡同。席間到處鶯歌燕語，婉轉嬌啼，他「簡直待不住了」，離席而去。

馮玉祥對八大胡同深惡痛絕，為諸多迷失在胡同裡的前血性青年痛心疾首。他在自傳中記載：有一位叫李六庚的老先生，這位先生每天早上提著一面鑼，到八大胡同去打六更，嚷著說：「你們這些青年革命者還不醒醒嗎，國家馬上就要完了！」有時大白天裡，他老先生打著燈籠，在大街上跑來跑去，眼淚汪汪地告訴別人：「我找人！我成天看不見人，這地方儘是鬼！」

後來李老先生竟因此精神失常，憂憤而死。

八大胡同

第十一章

八大胡同的伴生物

這裡賭博的方式和跑馬場一樣。「狗」是玩具狗,上面騎玩具小人,電鈕一開,十幾隻狗便馱著小人飛跑起來,究竟哪隻狗能得頭彩,買狗票的人並不知道。買狗票全靠瞎猜,買幾號狗票自己要記住,開賽之後,如果這隻狗跑了頭名,那你就中彩了,分錢多少得看買的人多少。但是,這狗跑的快與慢,全都控制在局內人手裡,中彩的畢竟是少數,多數人的錢全落進了東家的腰包。因為這裡是妓院區,所以很多妓女也隨同嫖客一起前來碰運氣。

十一、八大胡同的伴生物

　　舊時八大胡同生物鏈囊括了妓院老闆、妓院服務人員、妓女、嫖
客、黑社會、周邊服務行業，如大菸館、賭場等。

　　妓女是生態核心，又是生物鏈的最底層。在這個三教九流、魚龍混
雜的亂圈子裡，拉皮條的、賣香菸的、拉黃包車的、說書的、賣唱的、
打把式賣藝的、賣壯陽藥的紛至遝來，都在八大胡同中討生活。

煙館大都多在四合院或二層小樓上，低檔的也有在小院中的土炕上的。2002年10月攝於鐵
樹斜街中的小巷。

西安市場裡的白面房子大多與日本人有關。攝於1999年10月。

1. 菸館

從清代到民國，政府對吸毒時禁時弛。中國不僅是發布禁菸令最早的國家，也是發布禁菸令最多的國家。

自1729年雍正帝頒布在全世界的確良第一個禁菸令以後，先後又有道光年間的林則徐禁菸，

民國時期三個蜷縮牆旮旯，骨瘦如柴的吸毒者。

1906-1917年的清末民初十年禁菸，1935-1941年國民黨六年禁菸計畫等多次禁菸。都因時局動盪、政風腐敗等使得菸毒禁令成一紙空文。特別是官場吸毒的示範效應，使吸毒具有了法律之外的「合法性」。十年禁毒期間，據禁菸大臣端方報告，全國已戒菸者500萬人，其中官員就有100餘萬人。

近代城市中的菸館，不僅是滿足菸癮，而且表現吸食者的品味。這些菸館適應不同顧客的需要，當時吸毒已成為一種身分、地位的象徵。鴉片成為應酬客人的必需品，吸毒成了有錢有閒有地位的象徵，以致媒人說媒到以日吸幾錢菸膏為衡量家財的標準，遇紅白喜事，又以排出多少張菸榻為場面大小。

因為公娼的合法性及吸毒的社會認同，在高級妓院，「往來無白丁」，通過狎妓冶遊、「叫局」、「吃花酒」、「打茶圍」等，不僅可以銷金洩慾，而且能洽談生意、買官賣爵。

在北京娼業最為昌盛的民國六七年間，八大胡同的嫖客有「兩院一堂」之說。同樣，吸毒也兼有談買

位於百順胡同與韓家胡同的結合部原有一家大煙館。當地居民稱之為"大煙樓"。現已不存在。

賣、拉關係、聯舊誼、結新知的社交功能，菸館成為一種兼有消遣、娛樂、社交、議政等多種功能的「公共空間」。

上世紀20年代有句俗語：「不會抽菸的人當不了大官」，菸土成為通行的招待品，不會抽菸就等於不善交際。而後者隨著社會的默契認同，鴉片和妓女成了一種符號象徵。

菸毒氾濫，使無數財富化為烏有，尤其在上 世紀20年代末30年代初，菸毒最劇之時，全國有8000萬吸毒者，以每人每天平均耗毒資0.1元計，則一年便消耗29億元，遠超出政府的財政收入。日本統治之前，北京就有吸毒的。當時的政府設有緝毒所，地點在西直門外紫竹院西邊萬壽寺內，發現吸毒上癮的就送到緝毒所，戒了毒癮再放出來，進去三次後仍然還吸毒的，被緝毒所抓到不審問，直接拉到天壇根就地槍斃，懲

在這安然的生活之前的歲月，外國人竟可以在我們的國土上公開地讓我們的同胞吸食毒品，但它是真實發生過的。2004年10月攝於西興隆街。

南京城的一個吸毒館

罰得很嚴厲。

　　那時候只有吸鴉片菸的，日本鬼子進北京之後，將白麵帶來北京。
白麵房子就像瘟疫一樣迅速傳開，開設在天橋幾個市場內和主要街道
的白麵房子，共有十三處；西四現在的勝利電影院，那塊地方原來是一
個大院，叫西安市場，裡邊設有白麵房子。西直門內樺皮廠胡同，這條
幾百米的小胡同，就有三家白麵房子。院內經營此業的清一色全是韓國
人，當時北京人管他們叫高麗棒子。他們依仗日本的勢力，以高出幾倍
或十幾倍的房價租用民房開白麵房子。房主見利忘義，誰給的錢多就租
給誰，把原來的房客攆走出租給韓國人開白麵房子用。只要哪個院裡一
住上韓國人，吸毒的人就紛紛而至，不用宣傳廣告，門前也沒有招牌幌

這種小閣樓也是煙鬼們藏身之處。韓家胡同西部路北某號，現為民居。攝於2002年
10月。

子，吸毒的進進出出。這種買賣偽員警管不了，他們也不敢過問。

　　韓國人與日本鬼子差不多，橫行霸道，無法無天。吸白麵的人要上
了癮，就離不了他們。先是用錢買，可以在他屋裡吸，去幾次沒錢了，
就偷拿家裡的東西，典當到白麵房子。什麼東西他都要。

　　　吸毒的人上了癮就不能稱之為人了，甚至有的居民夏天在院中生
火做飯，一不注意，他會把火給你倒掉，爐子搬走，換成白麵。有的連
狗都不如，把親生的兒子女兒押在那兒，作為吸毒的開支。家裡人發現
孩子不見了，就到附近白麵房子中打聽，找到以後，韓國人看你的穿著
打扮像是有錢的，就提出高價，限幾天之內交接領人；看到對方真是窮
苦就少要點。

　　當時有個叫張子培的，民國初年在八大胡同中的韓家胡同開設慶餘
堂妓院。染上了吸鴉片的嗜好。白天，到親友家去過癮，到了夜深人

197

青風夾道，這兒曾是倒賣煙土的煙販與二、三等妓院的集中之地。攝於2004年10月。

靜，他就在家中吸食。當時收藏菸具是法令所不許可的，所以他的菸具都是一些代用品。用手油燈作菸燈，棉花線作撚兒，鴨蛋殼作菸燈罩。他常自解嘲似地說：「這算什麼？我總算還有一桿菸槍，有的人連槍都沒有，拿茶壺嘴作菸槍呢！」

張子培的後人回憶說：「妓院的掌班、老鴇，十個之中，有八九個是離開鴉片不能過日子的。」他們從妓女身上殘酷剝削下來的金錢，有很大一部分就從菸槍中噴了出去。為了供給他們的需要，在八大胡同中，真是菸館林立。

韓家潭、百順胡同哪一條胡同都有幾家。名為菸館，其實只是二三間屋子。菸館的主人多數是自己吸食了鴉片，不能另謀生計，就索性在家裡開燈供客，賣上了大菸。設備是非常簡陋的，漆黑的一間小屋子，床舖上放著一份充滿油垢齷齪不堪的菸具。前來吸菸的人，都是些社會的渣滓、小偷、人口販子等。

這些大菸鬼，都是彎腰曲背，雙肩緊聳。凡抽白麵兒者，無不骨瘦

鐵樹斜街76號，原為前店後廠的經商之所，後又做過會館，現為民居。有些商人在明面上經商，暗地裡就倒賣煙土。攝於2004年11月。

這是百順胡同通往大百順胡同的一條小巷,不知道當年有多少妓女與嫖客從這兒走過。攝於2004年4月。

如柴、面如土色,故有「白麵兒鬼」之稱。白麵兒鬼抽白麵兒的方法有兩種:一種是先將一枝菸捲磕空了一頭兒,然後將白麵兒小心翼翼地倒進去,以火點燃慢慢吸之;另一種是將一包白麵兒全倒在錫紙上,劃著火柴燒烤錫紙的背面,白麵兒受熱後即化成菸霧,張嘴吸之,即可全部進入肺臟。

開菸館的利潤是很大的,當時鴉片的價格,以普通菸土計算,是三塊錢一兩;菸館賣出時,照例羼上菸灰,八錢菸土可以變成一兩四錢菸,一錢菸就可以賣到一

清末,妓院中嫖客摟著妓女,怡然自得地泛吸著鴉片。

八大胡同最盛時，樓上樓下都是煙客。1999年4月攝於大力胡同某號。

塊錢之多。這還不算，菸館為了拉攏主顧，有的對上甘油，使菸膏甜潤適口；有的則往菸膏裡放上白乾酒，講究一點的還使用白蘭地酒。

一兩菸土可以羼上一兩酒，這樣下次菸客不來這家吸菸，就會覺得不過癮，甚至於肚子疼……

當時八大胡同裡最有名氣的叫駱駝阿四。他賣菸的時間最久，所用的菸土比較講究，因此馳名。他就是在煮菸時羼對白蘭地酒。他所以有名，還有一個原因，就是他的靠山硬。他是青幫，曾拜吳金寶為師，吳金寶是妓院裡面稱霸的人物。有了金寶給駱駝阿四撐腰，所以他在這些菸館中間勢力最大。

又如韓家潭16號的黑皮老太，丈夫在飯館當帳房。因她吸上鴉片，丈夫供應不起，她就開了菸館，邊賣邊抽。

上面所說這種菸館，設備都很簡陋，南方話稱之為『燕子窠』，那

昔日的煙館就像一個個化石與我們一起跨入了又一個世紀。2004年10月攝於鐵樹斜街。

是很低級的。一般穿長衫的大人先生們，自然不便前去了。

　　到了民國二十四五年間（1935-1936年），在石頭胡同『天和玉』飯莊的舊址，開了一家大菸館，裡面備有銅床、鐵床，有雅座，有散座……來吸菸的人，還可以叫條子招娼妓，正好適合當時社會頹廢墮落的風氣，所以門庭若市。不到一年光景，韓家潭、百順胡同、陝西巷等處，就先後開設了好幾家這樣的大菸館。於是「燕子窠」的營業，自然相形見絀了。散座是一間大屋子，屋子裡有一個大炕，炕上有許多菸鬼，脊背靠脊背，躺在那裡吸菸，就像罐頭沙丁魚一樣。夥計蹲在炕的下邊，給客人燒菸。旁邊有個小桌，可以隨便叫酒叫菜。一個菸館裡面，掌櫃、帳房、夥計，大概要用十幾個人。

　　不過有些抽慣了「燕子窠」的人，還是不上大菸館。

　　「燕子窠」大菸館固然可以從賣菸上得到很大利潤，但他們所賣的

菸土還是從專賣大菸土的地方批發來的。這些專門出售大菸土的人，比開個菸館利潤大得多了。這些出賣菸土的人，和地面官警的關係也就更密切，他們都另有其他公開營業作為掩護。

民國時印在名信片上的妓女形象。

據住在這裡的老住戶講，在韓家潭對面的『義和坊』油鹽店的東家，人稱張大胖子的，開著兩家油鹽店，還在前門外煤市街開了一家紙舖。表面上，他是個股實商人，實際上卻是專賣菸土的。每一個賣菸土的，手下都用著很多人，隨時把貨送到顧客家裡。

他們也常利用報販給他們送貨。報販到門口，嘴裡嚷一聲『送報』，顧客前去接報，鴉片就隨著報紙遞過去了。即使同住

清末時像人又像要的煙客。

的院鄰，也不會發覺。

李鐵拐斜街57號原有個金鴻斌，是個專門批發菸土的大賣主，他是以在騾馬市大街開洋貨舖為掩護的。當時，像張大胖子、金鴻斌這樣的商人，為數很多。

還有個王大森，在虎坊橋開了個「王大森醫院」，表面上是個專門戒菸的醫院，其實也是他賣菸土的掩護。在他的醫院裡有個大花池子，裡面裝的全是菸土。出賣菸土的方式很多，賣菸泡，是用蠟紙一塊一塊分別包好；菸膏子則裝在鐵匣子裡。

如果説，開菸館不如賣菸土賺錢多，那麼，賣菸土又不如運大菸的利潤大了。運大菸更是非有政治背景不可。

民國初年，講究抽「人頭土」、「馬蹄土」，那都是從印度進口的，價錢最貴，據抽菸的人説，這種菸最過癮。這些鴉片利益主要被帝國主義和買辦階級所壟斷。

到中國軍閥割據時代，各地紛紛種菸。市面上盛行東北的「凍土」，雲南的「雲土」，廣東的「廣土」。據説，東北菸土的特點是勁頭兒最足，抽了菸之後，菸灰還可以抽，能夠反覆抽好幾次，因此受到很多買主的歡迎。

華北淪陷以後，日本人進一步毒化中國，大量販運銷售海洛因。與此同時，吸食鴉片的惡習更普遍，更公開了。但運賣鴉片卻非勾結日本軍部或者身穿日本軍衣不可，否則很難偷帶鴉片。大菸土販自然也非走日本軍部的門路不可。

日本人對運鴉片，查得緊，限得嚴，賣鴉片的人就想出方法來應付。韓家潭10號「聯三元」錢舖的掌櫃李某，原來和外二區（民國時大柵欄地區）的員警官是兒女親家，他藉這個勢力，販賣菸土。

賣菸、運菸的人，只顧自己賺錢，把鴉片這種毒品，散布到各地，使一些人染上這種嗜好，它的危害之大，是無法想像的。好好的一個人，吸上了菸，不久就面目黧黑，走了人樣。吸菸的時候，更是醜態百出。

吸菸不僅消耗金錢，而且使精神頹敗，整天無精打采，什麼事都不想做了。所以妓院老鴇為了籠絡買來的妓女，讓她永遠俯首貼耳被自己剝削，就故意讓她吸食鴉片，鴉片抽上了癮，這個妓女就不想嫁人了，因為嫁了人，有這口癮，也不能安分過日子，誰願意娶這樣一個女人呢？這樣，她就一輩子陷在苦海裡面。

例如青風巷有個鴇母人稱晁四小姐，買了個養女叫麗娟，人長得很美，晁四小姐就教唆她吸菸；她有點私房也都在菸槍裡噴出去了。還有個妓女，名叫春鳳，因為抽上鴉片，人老珠黃後，便只好當野妓，因沒存下一分錢，連個住處也沒有。有時，深夜裡她還坐在人家門口台階上，過路的人遠遠看見她，像個鬼一樣，猛一見，真會嚇一跳。

1949年，北平是華北地區的毒品（鴉片）主要集散地之一。1942年，北平的菸膏、菸土店多達320家。1949年後，毒販們紛紛轉入地下，以開設茶莊、毛皮店、藥舖等為掩護，繼續販毒。

1950年2月24日，政務院頒布了《嚴禁鴉片菸毒的通令》。但是，仍有相當數量的毒犯惡習不改，直到1952年左右吸食、販賣鴉片的現象才漸漸銷亡。

2. 賭

　　梁實秋在《北平年景》裡說：「打麻將應該到八大胡同去，在那裡有上好的骨牌，硬木的牌桌，還有佳麗環列。」

　　民國時期，韓家胡同20號則是一家跑馬場，也就是賭場。在它的斜對門是韓家胡同21號，是一家頭等妓院。這兩個門相隔約10米，可以想見當年的嫖客是如何的將賭與嫖「完美」地結合起來。

當時北京內外城均有後台很硬的俱樂部。民國時期有，抗戰時期有，國民黨時期也有。這類俱樂部，門口掛著大牌子，被來客們稱為「安全地帶」，安全是指此地的後台一般都是沒人敢惹的主兒。所以，賭徒們都樂意到俱樂部玩。這種俱樂部往往是賭場、大菸館與妓院的三合體。

　　在八大胡同裡，最有名的俱樂部是王廣福斜街西口路南的俱樂部。

　　進這種俱樂部，需有熟人引路。進門得先買籌碼，買的數目不能

少於百八十元，不然是不會有人跟你賭的。這裡面賭法俱全，賭的最大的是牌九和撲克。由於這裡後台較硬，所以不管是誰，贏了錢賭場都要按百分之五抽頭，過錢時是只認籌碼不認人。

這是韓家胡同20號的內部，沿樓梯上去後可向兩邊通過遊廊進入各房間。這也是此胡同中保存最大最好的賭場，現為民居。攝於2004年10月。

　　俱樂部裡供應大菸、白麵、名酒點心。專門設有菸榻和菸具，另設妓女陪客單間，這裡的妓女一般為二等或三等。

　　一等妓女，一般由大人物臨時叫條子。一些有頭有臉的大人物在來俱樂部前，都提前打電話通知，讓俱樂部事先做好準備。這樣，一般的賭博要立即停止。門口處，除了大人物所帶隨從、衛士之外，地方警署還要加崗警衛。

　　民國時期，曾有幾位大人物來此尋歡作樂，除了賭博之外，還召集八大胡同一等班子裡的紅妓女們前去跳舞、抽大菸，通宵作樂。這裡在日寇侵佔北平期間，還一度成為日本軍人俱樂部。

　　在這個時期天橋的賭博業也十分興旺。買賣不錯的「寶局」有兩處，一處在西市場南街，另一處是板章路南口最有名的「德義樓」旅店，從八大胡同說是在棕樹二條南口處正對面。

　　據暸解，「德義樓」是一個叫金大頭的日本人開的，是一家以旅店為名的賭場。裡面有押寶、搖攤、骨牌、麻將牌等多種賭博方式。玩的人最多最熱鬧的要數押寶。所以，很多

賭場有時也掛一個大燈籠做為標誌。這是懸掛標誌的鐵環。2004年10月攝於大力胡同。

這是民初的建築。有的賭場，由於股東財力雄厚，反映在建築上就是裝飾上的華美，在大森裡等地都可以看到。攝於2004年4月。

老北京都管這裡叫「寶局」。

押寶是一種性質極為惡劣的賭博，在舊社會屬被當局查禁之列。因此，「德義樓」的東家為牟取暴利，與管界內大小官僚及巡警上下相互勾結，並定期賄賂他們。

據老北京們講：「金大頭是個手眼通天的人物，交遊廣泛，誰也不敢惹他。」的確，一旦逢上司查辦時，必有為其通風報信之人，並為之大開綠燈，以示關照。

1938年春天，日偽聯合清查北京大小賭場，前門外一帶各號賭場均被清查，唯有「德義樓」秋毫無犯。可見金大頭絕非一般之日本浪人。從此「德義樓」由不公開的旅客賭場變成京城上下盡人皆知的公開賭場。

　　在「德義樓」生意最為興盛的時期，曾流傳一句話：「星加尖，賽神仙。」星，假的；尖，真的。就是寶盒裡按點數或方位壓注，寶局裡的人從中搞鬼作假。人們將幹這種事情的人俗稱為「吃老妖」，這種人專門坑害賭博者，與老闆和東家是串通一氣的。

　　在日寇侵佔北平時期，八大胡同之一的王廣福斜街東頭有一家跑狗遊藝廳，這家遊藝廳表面看是遊樂場所，實際上卻是一家賭場。

　　這裡賭博的方式和跑馬場一樣。「狗」是玩具狗，上面騎玩具小人，電鈕一開，十幾隻狗便馱著小人飛跑起來，究竟哪隻狗能得頭彩，買狗票的人並不知道。買狗票全靠瞎猜，買幾號狗票自己要記住，開賽之後，如果這隻狗跑了頭名，那你就中彩了，分錢多少得看買的人多少。但是，這狗跑的快與慢，全都控制在局內人手裡，中彩的畢竟是少數，多數人的錢全落進了東家的腰包。因為這裡是妓院區，所以很多妓女也隨同嫖客一起前來碰運氣。

　　這個跑狗廳開業後十分火爆，大約一年以後由於查賭而關門。類似這種賭博遊戲的還有西珠市口路南的「日光」遊藝場，東家也是日本人，名叫高崗，經營者是中國人。每日盈利按四六分成。這是一種用氣槍打瓶子的遊戲。籌碼從一毛到幾元錢不等，以用槍把瓶子從木架上打一下為勝負。

3. 八大胡同的員警

　　民國時期作為妓院的主管機構是北平特別市公安局，這個時期對妓

煤市街111號，日本侵華時為警視廳，1949年後改為民居，現已拆除。攝於2004年2月。

院的管理還算正規,有時公安局在一個月就連發幾次管理辦法。在日本侵華時,日本人、朝鮮人也紛紛在八大胡同開設妓院,公安局給這些妓院頒布一些注意事項。

1930年1月北平特別市政府發布了「關於增訂管理妓院規則第十四條並修正條文的指令」。當時主管大柵欄地區和八大胡同妓院的是外二區警署。

這個時期最多的是偵緝隊與流氓侵擾妓院的事件,如外

晚清時期的中國警察

二區員警分局就有「關於李自臣控張進良冒充偵緝隊查娼」的事件。

因八大胡同這個特殊行業,這裡形成了與其他地區警署不同的管理與謀權方式。署內的員警,官職大小,其生財之道也各有不同。

但無論怎樣,他們的敲詐對象基本上順序為,一商號、二妓院、三小舖、四妓女、五平頭百姓。他們還與小偷竊賊流氓地痞相互勾結、利用,以各種名義詐取錢財。

警署內,警長透過保甲長直接出面向其所轄大小商店、茶館、飯舖、作坊、住房要小錢兒。

警長有帶領警士巡邏、查店、傳訊等權力,所以一般小門小戶絕不敢得罪。即使是生意蕭條,也要拿出血汗錢,以求平安無事。官職大一

些的巡官和警官，敲詐的方式為「捧牌」。此法是通過打麻將只輸不贏的辦法，由商人和作坊老闆為警方籌措數額較大的現款，這些人為求立足，不得不向員警頭子吹噓奉迎，所以謂之為捧牌。

警官們搞的這種伎倆，絕不由個人出頭露面。一般由同僚代為操辦。大凡搞這種事情，一般先將意圖告訴給一兩個在轄區內有影響的商人，由他們出面聯絡若干同業，並確定麻將的圈數和賭資數額，不出一至二天，即可將款子湊齊。

昔日八大胡同一帶的捧牌者，除各大妓院的老闆外，還有各行業店主與老闆、戲劇界伶人、老鴇和紅妓女，這些人不但要經常給警官或巡官捧牌，而且還要為有錢有勢的地頭蛇額外巡官捧牌。

額外巡官，一般是上層軍政要人的親屬或嫡系，後台硬，無人敢惹，就是地方員警也要讓其幾分，這種巡官拿錢不多，但權力大於正式巡官。因此，對於一般的妓院老闆和妓女來說，籠絡住這種人尤為重要。

員警署長對於錢財的貪婪，比起下屬們則更是有過之而無不及。其敲詐範圍之廣，名目花樣之繁多，更是挖空心思，巧取豪奪。如果遇到署長本人及其眷屬壽誕之日、子女婚配、兒孫滿月、喬遷新居，或是父母死亡或冥誕之事，則其下屬大肆宣揚，並有專人全面張羅，警署內外同心協力遞送請帖通知各行各業屆時光臨私邸或惠中飯店、東方飯店、同福居飯莊、新豐樓飯莊參加慶賀或祭奠。各家所供奉的禮金，多為銀元，數量從幾十至上百元不等，所送禮品，一般為金銀首飾、珠寶玉器、綾羅綢緞、名人書畫等，百物雜陳，集精品於一堂。

一些走紅的小班妓女和一些坤角藝人，在此時以交際花身分出現，絕不可能怠慢地為喜慶之事錦上添花，除送來禮品外，還要陪酒陪笑，

在此獻藝。更有為討好上司而專開單間，讓紅妓女陪酒陪睡，以求升遷。

這些應邀前來的座上客，一般都是本地區的上層人物，妓女與坤伶並不例外。

舊社會時講笑貧不笑娼，何況八大胡同內百分之八十以上均為此等皮肉生意，只有等級貧富之別，而走紅的妓女有的比達官顯貴更值錢更有地位。赴會者，除榮幸之外，都自以為機緣湊巧，受寵若驚，認為能和生殺予奪的員警署長交往，便可攀龍附鳳，日後必大吉大利，萬事亨通了。但一般等待他們的是接二連三的敲詐和勒索。

在八大胡同地區，向妓院和妓女藉故勒索，是當地員警署的一條重要生財之道，也是警署在此管理的重要內容與特色。大凡妓院的開業、停業、撤銷、領取執照、更換手續，包括妓女開舖、轉換妓院、檢查身體、上戶口及開證明等諸多事項，都要由警署批准和辦理。

欲開妓院者，如不事先請客送禮打通關結，便休想領取營業執照。平常日子裡，妓院的鴇母為了自己所養妓女的生意，必隔三差五對警署大小官職進行賄賂，以求平安無事。不然，警署便以「姑娘太刁」，「姑娘有病了吧！」等各種理由強行勒令其停止賣淫。

在妓院裡，如屢次發生地痞流氓滋事生非，警署必下令其停止營業，或下令撤銷其執照，使妓院關張倒閉。老闆和鴇母如欲東山再起，則必須以重金相賄，方可如願以償。

在此地區火神廟夾道和青龍巷、朱茅胡同及西羊毛胡同等處，還有暗娼十餘家，這是屬於被禁之列的違法經營，但這些暗娼和領家無不上下打點，以使警方裝聾作啞，為其大開方便之門。

八大胡同

第十二章

日本侵華時在北京開設的風月場

原來自日本人進城以後，北京城裡南方人經營的妓院清吟小班就關了個一乾二淨。妓女們都在小房子裡躲著。老闆們不能從妓女身上剝削榨取，還要供她們一天三餐飯，個個叫苦連天。有些妓女則另開碼頭，到天津租界的大飯店裡作流娼去了；有些就在北京耗著等機會。等到北京城裡的恐怖情勢稍微緩和一點，留春園首先開了張，開始時只有四個妓女，兩個是老闆的養女，兩個是外邊搭班的。

十二、日本侵華時在北京開設的風月場

八年抗戰時，日本人在北京開設了許多家妓院，現在八大胡同中的石頭胡同、韓家胡同、百順胡同都可以找到他們的遺存，與這些妓院一起開設的還有菸館、銀行等。

陝西巷67號就是一家日本人開的妓院，這座二層樓至今還保留著當年的風格，現為民居，攝於2004年10月。

日本人開設的妓院有時與中國人開的雜陳在一起。2004年10月攝於朱家胡同內。

陝西巷50號原是一家日本人開的銀行,現為民居。攝於2004年4月。

在北京內、外城的周邊,如大興、通縣、豐台等地也有不少日本人開設的對民間或只對日本軍隊開設的妓院。

據民國時的宛平縣政府祕書洪大中回憶:在蘆溝橋事變後,日本佔領

1949年後,在封閉妓院時,由軍人給妓院貼封條。

軍把晉陽胡同改名為校書里（意指笑淑里）胡同。日本人還將正陽街的
兩個胡同分別劃為日本人的妓院區和中國人的妓院區。日本妓院、大菸
館、白麵館佔興隆胡同。白麵館有胡記、得意樓、元豐、德合四處，分

30年代的北平街市。

散在南孔莊子、福順後
街、興隆中街、李家胡
同等地。

另將中國人的鴻
禧、同樂、雙全、泉
香、福喜、雙喜堂等
6家妓院集中到校書里
胡同，校書里胡同原名
晉陽胡同，源於青樓校
書，更名校書里。

日本人的妓院專門
是接待日本軍人的，當
然這些軍人也可到民間
的妓院當中。

每到夜晚，男人們在茶館裡聽完書後，就逛到八大胡同中
的某個妓院。

日本人的妓院主要
有兩種，一種叫「軍人寮」，一種叫「綠寮」，所謂「寮里」就是日本
妓院的代稱，也有稱「料理」的，乃「寮里」的誤讀。

關於日本侵華時北京妓院的具體情況，由張文鈞老人講述、李宜琛
先生整理完成的《淪陷時期北京清吟小班見聞雜記》對這段歷史記載得
相當清楚，本書引用時作了增刪、整理。

1937年蘆溝橋事變發生以後，我們全家便逃難到天津租界。

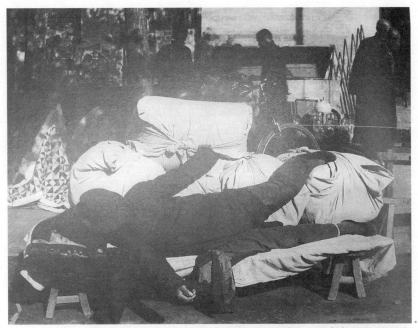

日本侵華後，日貨也隨之跟進來，對中國的市場造成很大衝擊，一個賣布的攤主因沒有生意，在冬天的太陽下午睡。

12月間，我們母女三人就又轉回北京。

在北京替我們看家的是「留春園」的妓女紅玉。她見我們回來，十分高興。由於我們過去一直生活在北京八大胡同清吟小班這處特殊生活圈子裡面，所以她一看見我們，就向我們詳細介紹了清吟小班的現狀。

原來自日本人進城以後，北京城裡南方人經營的妓院清吟小班

在北平街頭行乞的老道。

一般妓院有六到七名妓女。這是當時三等妓院。2002年攝於王皮胡同。

就關了個一乾二淨。妓女們都在小房子裡躲著。老闆們不能從妓女身上剝削榨取，還要供她們一天三餐飯，個個叫苦連天。有些妓女則另開碼頭，到天津租界的大飯店裡作流娼去了；有些就在北京耗著等機會。等到北京城裡的恐怖情勢稍微緩和一點，留春園首先開了張，開始時只有

上世紀30年代北京街頭的有軌電

四個妓女，兩個是老闆的養女，兩個是外邊搭班的。

　　剛一開張，就有大卡車開到，車上滿坐著日本人，來找花姑娘。「留春園」沒有這麼多妓女，就把二等的妓女找來充數。本來清吟小班有許多清規戒律，要費很多周折，妓女才肯和客人發生關係。但日本人到來卻是純粹人肉買賣。當時的行話，叫作「拉鋪」。拉鋪一次，付20塊錢，從8點鐘起，開始交易，12點以後，就減價到12塊。本來妓女看見日本人

抗日戰爭時期北京的棺材鋪。

這是攝於1939年北京的廟會，你可以看到圖中所掛的日本國旗。

就害怕，鴇母也有些發怵。但鴇母看見有錢可掙，早已眉開眼笑，不管妓女是否害怕，也強迫她們接日本人。一個妓女，往往一天開三次舖。妓女原來接客的房間不敷分配，連帳房都臨時搭舖。這樣，留春園老闆每天至少可以收入一二百塊。別的老闆，鴇母看見眼紅，於是滿春院、環翠閣、群芳班、瀟湘館等都相繼復業了。家家門口還安上霓虹燈，

抗戰時期的北京老婦人。

留聲機裡放送的是日本流行歌曲。同時，在八大相同裡北洋番菜館、新華番菜館、小樂意南飯館，也相繼開業。在子夜時分，妓女總要想叫客人請他們吃一餐「消夜」。往往一要就是十個「炸大蝦」或者十盤炒麵，連第二天的午飯都有了。

聽紅玉一說，我們個個感到

詫異。特別是我母親，她看慣了過去的清吟小班，對於目前妓院的情況，真是不勝今昔之感。連聲說：「這還成什麼世界！」紅玉本人對於這種情形，也有些鄙夷不屑。她也另有一套作法。原來北京妓院雖然已經復了業，但以日本人開舖為主。過去北京社會上的有錢有名的闊人們自然不願去問津，特別是怕遇見日本人，纏繞不清。但他們這班傢伙離開玩弄女人是沒法過日子的，於是就有些妓女不在妓院做生意，改在旅館、飯店等處和他們交接，經常碰頭的地方就是中央公園。這種女人當時有個名稱叫作交際花。紅玉當時就是過著交際花的生活。她還把她往來的一些闊人，張大爺、王三爺的情況，一一說給我們聽。

抗戰時期在北京的街頭為生活所迫，走街串巷賣唱的。

紅玉的話，頭一個打動了金寶的心。這一年她已經25歲了，很希望能像我姐姐一樣嫁一個有財有勢的闊人，享受一輩子。因此，她在回到北京以後，就經常和紅玉一道

日偽時期，北京的很多深宅大院都是漢奸們聚集的場所。2004年10月攝於鮮魚地區中蘆草園胡同內。

出入公園、飯店，當上了交際花。我有時被她們拉著一路去玩，遇見了我娘開慶餘堂時一些舊客人，都是過去北京社會上出風頭的人物，如首善醫院方石珊、交通銀行王碧侯、新華信託儲蓄銀行經理曹幼安（人稱曹大帥）、汪時景、李達三、邵文凱等人，因為他們的關係，還認識了有名的漢奸殷同、陳中孚。此後這些人便常常在我家中打牌、吃飯，等於一個小型的俱樂部。他們還請我到飯館吃飯，把我讓到上座，口口聲聲稱我「三小姐」，實際上等於變相的叫條子。

有的老鴇就在這樣的房子中開設一些只**對熟人開放**的妓院。2001年攝於櫻桃斜街某號。

有一天，我和金寶在王府井南京理髮館理髮完，一時高興，一路到利迪飯店去看歐陽慶。

歐陽慶是北京車站的站長，人長得很漂亮，紅玉正在追求他，常把他帶我家裡玩，因此和我們也混得很熟。到他房間裡，一看還有兩個人，一個是曾任河南督辦的寇英傑，一個是吳佩孚的繼子吳道時。他們三個人正在那裡嘰嘰喳喳討論什

麼機密呢。我們從他們的談話中聽出，這一次華北漢奸組織成立，寇英傑也不甘寂寞特地從天津前來，鑽頭覓縫想當一個漢奸。他們談到一個門路，可惜沒有縫子往裡鑽，似乎這個人很難見。寇英傑說：「最好找個美女，會應酬的，要是個日本女人就更好了。總之，不從女人身上打主意，就接近不了這個人。」歐陽慶也很同意，說：「只要有美女，我可以當介紹人。」他們似乎是絞盡了腦汁，想不出辦法。我忍不住插了一句嘴問寇說：「督辦，誰這麼愛女人哪？」寇英傑鄭重其事地說：「陳中孚，陳二爺！」我一聽，忍不住要笑，要見陳中孚還不容易，我差不多天天和他見面，只是沒有說出來。這時桌上擺著一張報紙，寇英傑拿過一看，上面有殷同的照片，寇說：「唉，要能見著他就更好辦了。」我也沒有說什麼，便和金寶出來回家了。

路上我對金寶說：「別告訴媽。」因為我從碧雲露那裡早就認識寇英傑，對他印象很壞。吳道時曾在班子裡娶過一個妓女，名叫紫羅蘭，娶時說好了做「兩頭大」，娶過去，對待她比丫頭還不如，每天要替他洗刷汽車。有一次回家看她媽，便被他打了個半死，把一個紫羅蘭整得癡癡呆呆，仿佛神經病一樣。因此，我雖然很容易把他們介紹給陳中孚、殷同，卻偏不理這個事兒。到了晚間，寇英傑等三人來到我家。我母親

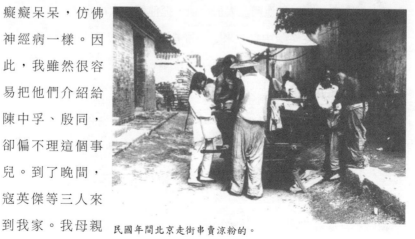

民國年間北京走街串賣涼粉的。

225

攝於好景胡同。在好景胡同的西部就有好幾家三等與四等妓院，現為民居。

知道寇英傑是個窮督辦，吳道時是個窯痞，歐陽慶是個拆白黨，專從女人身上打主意，所以對他們三人很冷淡，把他們三人冷走了。

　　他們前腳剛走，陳中孚就來了，帶著汪時景的秘書胡四爺。我一見陳來了，便把白天所見的情形告訴了陳中孚。他聽罷，整著臉向我說：「你幹嘛要上那種地方去呀。寇英傑這個人我很知道，吳道時我也曉得，只是歐陽慶我不知道是怎樣一個人。」胡四爺在旁說：「我跟他熟，他專吃女人的錢。」陳中孚說：「他把我也看成他們一類了，這太寒磣人了！」過了兩天，吳道時又來了。直吹日本人要請吳佩孚出來做大總統，那一來，他自己就是小總統了。

　　當時想當漢奸的還不僅寇英傑、吳道時一兩個人，有很多北洋政府或

國民黨時代的大官都想在日本人手下吃碗殘羹剩飯。交通銀行的王碧侯常到我家裡來，也常常向我談到這些大小漢奸們的情況，最後一句話總是說：「這些人將來都不能夠躺著死！」意思是，當漢奸的人總免不了要受到制裁。王碧侯和殷同最好。他給殷同介紹了兩個人做幫手，其中之一就是後來有名的大漢奸王蔭泰。

當時王碧侯和王

民國時期北京裝著講究的老紳士。

清代妓女和跟包、龜奴被遊街羞辱的場面。妓女在社會最底層屈辱、畸形地生存。

蔭泰等經常在興隆街徐家花園碰頭，徐家花園的主人，人稱徐四爺，他的太太是個妓女出身，蒔花館的墨蘭老八。墨蘭最早嫁過張學銘，不到一個月，張作霖被炸身死，她又出來做妓女。後來嫁了電車公司的宗伯潔。宗到上海訂貨，把她託付徐四照顧，墨蘭便和徐四發生關係，宗伯潔回來發覺了這件事，便將墨蘭送給了徐四，正好徐四老婆死去，便把墨蘭接到家裡當了徐四太太。方石珊、虞誠之、鄭河先、醬油廠的李二爺、王碧侯、王蔭泰、程豔秋都是他家的牌手。不久以後，王蔭泰便和墨蘭發生了關係。徐四知道，反而故意躲出去，以後在他家打牌的便是李二爺、程豔秋、王蔭泰和墨蘭四個人，別人都不大去了。後來王蔭泰當了漢奸，徐四也跟著做了官，王經常派徐出差，以便和墨蘭隨便玩樂。勝利以後，王蔭泰被捕，墨蘭又姘識了一個醫生。徐四前妻生有兩個女兒都遭受墨蘭虐待。她倆忍無可忍，有一天拿小尖刀在墨蘭臉上劃了個大十字。這是後話，順便在這裡交待一句。

抗戰時漢奸總是與名妓有些牽扯，他們發財後蓋起了很多這樣的中西合璧的小樓。2004年10月攝於韓家胡同。

　　至於王蔭泰，妓院裡的人一般認為他是個「西門慶」，最無情無義的人。他和外國太太互不相犯。他曾在春豔院娶過一個妓女菊弟老三。王蔭泰誘惑女人很有一套手腕，菊弟真被他迷住了，嫁了他。不料嫁後對她很不好。

　　後來菊弟就離開了王蔭泰。王為什麼對菊弟這麼兇狠呢？因為他在上海又姘識了一個徐律師的姨太太，等到他和墨蘭老八發生關係以後，又把徐姨太太撇了。王蔭泰專玩弄有夫之婦，而墨蘭也好結識有婦之夫，即使在當時那種荒淫無恥的社會裡，也是比較突出的。

　　當時和我比較接近的，除了王珍侯，還有陳中孚。陳中孚原來對紅玉不錯，因此就有很多人為了巴結陳中孚，極力逢迎紅玉，紅玉也就得意忘形，儼然以陳的姨太太自居。

　　有一個青島漢奸局長許禿子，最好鬧，跟紅玉開玩笑，紅玉急了，把他大罵一頓。許礙著陳的面子，不敢還嘴。陳中孚因此認為紅玉不懂事，便和她疏遠了。常常和日本人在日本妓院請陳吃飯，陳常把我帶去，介紹我是他的「太太」。我説：「這

當年哪個大宅門裡沒有"姨太太"。2004年10月攝於天橋地區校尉營胡同。

這時的清吟小班的妓女已沒有了民國初年的待遇與氣派。2004年10月攝於八大胡同中的東壁營胡同某號。

個冒牌太太,當著沒什麼意思。」他說:「你覺得沒意思,紅玉想當還當不上呢。我認為她太無知識,嘴巴太敞,我知道你是不會對別人說出來的。」他這話一方面是捧我,一方面是警告我,關於他的行動別向別人說。其實在座沒有一個中國人,也沒有人說中國話。陳中孚在這種場合怎樣和日本人勾結,我當然也一無所知,只知道在座日本人對他都親熱,很恭維。

中國女人的小腳

日寇侵入華北的第二年,北京的情況在表面上稍趨穩

唐阿寶的妹妹嫁給上海租界區的一名當官的，住著一幢這樣的大洋樓。2004年10月攝於天橋地區的民壽街。

定，供給日寇發洩獸性的娼寮妓院也就生意興隆。拿別人的肉體作為他們發財致富工具的龜奴鴇母，為了金錢便不惜想盡辦法誘良為娼，清吟小班的妓女來源都在蘇州上海，這些鴇母們便紛紛到南方去誘買窮苦人家的女孩子來做他們剝削的工具。

蘇州有些流氓拐匪，供應他們，只要兩三百塊錢，就可買到一個女孩子。他們有個話，叫作「逮小豬」，互相問詢：「你又逮了幾口小豬？」被逮的「小豬」，一旦落入火坑，只有自恨命苦，不知哪天才能重見天日。在這個人吃人的社會，龜鴇們想「逮小豬」，就常常遇到一些手段比他們更高妙的流氓，流氓賣女孩的錢一到手，小姑娘找個機會就偷跑掉了。這種情況，也有句行話，叫作「放白鴿」。「逮小豬」的遇見了「白鴿」，只好自認倒楣。「放白鴿」的事情不斷發生，這些鴇

上世紀40年代初的北京前門大街，馬路上已有有軌電車、汽車。

母就又想出一個辦法。

北京的鴇母唐阿寶有個妹妹嫁到上海的一個包租頭兒，在租界住著一幢大洋樓，門口還有紅頭阿三（印度巡捕）把門。這幢洋樓旁邊有一幢二層小樓，本來是堆放家具的閒屋子，唐阿寶就和她妹妹講妥，作為她們買賣人口的根據地。

妓院生意興隆，北京城裡過去吃這碗飯的人都不免瞧著眼熱。1938年8月，有個妓院中出名惡毒的掌班王阿春來找我母親要借用慶餘堂執的照合夥開一家妓院。王阿春本來開廣寒仙館，現已歇業，自己還有執照，卻偏說要借我娘的「洪福」一塊合夥。我娘被她糾纏不過，答應加入500塊錢作為一股，王阿春自己出2000塊錢四股，另外還有帳房陸福生等人湊了五股，在百順胡同開了一家鳴鳳院。

當時每家妓院有12個妓女，上捐64元。鳴鳳院每月上雙捐，可以容納

24個妓女。金寶起了個名字叫梅妃，也上捐了。我作為她的「大姐」，按照上海的規矩，雖不上捐，但也一樣出條子應酬客人。我母親買了個小丫頭叫小鳳，才13歲，嗓子很好，也跟著出條子唱戲。於是我們就由「交際花」正式回到了妓院。我們那些熟人王碧侯等免不了要去捧場。這時北京秩序在日本人的刺刀下面逐漸穩定下來，那些闊人們膽子也大了一些，敢於在八大胡同出入了。

在我的記憶中，當時最闊的條子是齊燮元在懷仁堂請客，每次要叫一二十個妓女。到了懷仁堂以後，先在廂房裡等候。齊燮元本人正在上房陪著日本人談話。戲台前面擺上四桌酒席，正中一桌由齊本人招待日本大官，中國人只有他和翻譯做陪，另外三桌大概是次要的日本軍官，由他部下幾個局長、祕書做陪。入席以後，就把妓女叫出來，分配到各個席面上陪酒；齊燮元這一桌的妓女當然要多一些、好一些。桌上有兩把酒壺，他自己拿著一把敬酒，另外一把就由妓女輪流斟酒。敬罷

日本人開的妓院大多為民國後期的建築風格，所不同的是在多為二層或三層樓房，建築細部也有微小的區別。2002年攝於韓家胡同。

了酒，他先站起來，說句日本話「多左」（請），還說幾句不倫不類的話：「今天叫來許多美人兒，陪伴太君，她們還可以唱幾段給太君助興，請多乾幾杯。」日本人不住鼓掌。敬罷酒，台上胡琴一響，會唱的妓女們便輪流上台唱幾段。日本人不醉裝醉，連說帶笑，漸漸手腳就不老實起來。齊燮元對日本人殷勤獻媚，那種醜態，連妓女都做不出來。

酒席散後，有些日本人分坐幾輛汽車把妓女送回來。在汽車上，日

有客人來後，妓女們就沿前廊站好，然後由大茶壺在門口高喊，客人從中選滿意者先進入客廳喝茶、吃瓜子，之後再開舖。2001年攝於丁興隆街某號，這兒在民國期間曾開過一家二等茶室，現為民居。

本人又唱又鬧，一直唱到百順胡同鳴鳳院，各自招呼一個姑娘開舖，臨走時，就由同來的中國人付錢。過去妓院裡從沒有請客住夜的。只有日本來後漢奸們才興出來這麼一個規矩。一般日本人開舖在12時以後只付12塊錢，我們帶回來這批，起碼20塊，所以特別受到鴇母、老闆的歡迎。

在鳴鳳院開張時，陳中孚不在北京。10月間，他由外地回來，到我家一看，只有一個看門的。一問，才知道我們都在鳴鳳院。他也來到百順胡同班子裡找我。他想一年給我5000塊錢，不讓我再到妓院去，當時就付了我1000塊錢。

我回來把陳中孚的話告訴了我娘，我娘很高興，說：「我那年洗了手，本不想再吃這碗飯了。陳二爺既然這麼說，咱們就不幹了。鮑七爺說過幾天要在咱們那兒請客，等過了請客的日子咱們就回家吧。」

第二天，金寶去出條子，回來時，有幾個客人陪她回來，都是五十多歲人，山西口音，派頭十足。我娘和我當然都殷勤招待。為首的一個人稱蘇二爺，一眼就看中了我，問我叫什麼名字。旁邊有人說：「官中都稱她三小姐。」他點點頭說：「我明天請三小姐吃飯，賞不賞臉？」我說：「蘇二爺賞飯吃，我一定到。」這時我娘忙準備大菸，請他們過癮。他們坐了一會兒，就走了。臨走時，蘇二爺拿出來一張鈔票放在盤子底下，夥計進來收盤子，一看是一張100塊的大票子，變顏變色地問我娘：「是不是要把大菸錢除去？」我娘一看，也不由得喜上眉梢，說：「我早就瞧出來這個老頭兒很有派頭，以後得好好應酬人家。」因在事變以後，一般開盤子都是兩塊、5塊、10塊錢以上的就很少了。100塊

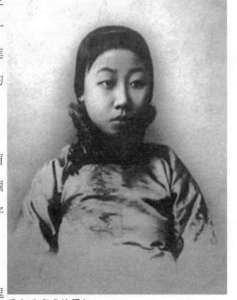

民初北京名妓鳳仙。

這是民國時期的藥品廣告畫，說的是吃了這種藥，就連和尚也想要找美女。

錢的盤子，在我娘和夥計眼中那真是罕見的豪舉了。原來這個蘇二爺就是大漢奸蘇體仁。

第二天，蘇體仁請我在日本料理店吃飯，飯後，送回來，又開了100塊錢的盤子。和他同來的是梁三爺（梁上棟）、吳十爺和他的弟弟蘇四爺。蘇體仁在北京住了7天，每天來我這裡坐一兩個鐘頭，就回山西去了。十幾天後又來，每次的一場牌，算120塊錢，其實打個三把五把算了。蘇向我說：「我有三個老婆，都不中我的意，最喜歡你，你跟我到山西去怎樣？只要你跟我去山西，一趟給你娘三萬塊錢，那你娘還不夠過的麼？這一來，你們娘兒倆也有安身之地了。」我說：「天氣冷了，下次去吧，我得做點衣服。」他說：「好吧，你揀細毛的多做幾件，錢，我有。」於是他立刻請我到豐澤園吃飯，梁三爺等人立刻改口稱呼我「蘇二奶奶」。

有一天，王碧侯從天津來了，問常來的有哪些人。我就把蘇體仁等

的名字説了出來，但沒有説我要嫁他。王碧侯聽罷直搖頭，説：「這些人將來都不會好死。出賣了中國，圖個人享受，還好得了麼？」我忍不住替蘇體仁辯護説：「蘇二爺是因為家裡財產太多，不出來，怕日本人跟他過不去。」王説：「當漢奸的都有一套理由，為了保護財產就可以當漢奸，當了漢奸又去搶別人的財產，像話嗎？」

王碧侯的話並沒有説動我的心，因為我姐姐香妃嫁給董士恩，很瞧不起我，我和金寶總想嫁個闊人，比董家更闊，爭這一口氣。心裡總想當了蘇二奶奶，有多少人趨炎附勢，而現在蘇左右的幾個人一口一個「蘇二奶奶」已經把我叫得飄飄然了。這一天，蘇四請我在豐澤園吃飯，蘇體仁已經回山西去了，不在場。梁上棟非常慎重地把我介紹給首座的一個日本老頭兒，説：「這就是蘇二奶奶。」據説，這個日本老頭是蘇體仁的頂頭上司，日本在山西的殺人頭子。在座的人對他非常恭敬，説一句話鞠一個九十度的躬。我也以蘇二奶奶自居，對他敬了幾杯酒，這個日本人樂得嘴都閉不上了，露出一嘴金牙，直打哈哈。

吃罷飯，他們送我回鳴鳳院。老日本和蘇四講了幾句日本話，蘇四便把我扯到旁邊説：「太君非常喜歡你，他是二哥的頂頭上司，回頭你跟他到日本旅館裡去吧。」我一聽，肺都氣炸了，還有弟弟叫嫂子陪別人睡覺的麼？可是我又不好發作，只説：「我跟二爺定好了，跟他到山西去。你問問二爺

從這幅圖中可以看到清末民初的前門東車站。

日本的高級軍官常到一等妓院去消遣，而住軍附近往往有二等妓院或專門為軍人開辦的"慰安院"。1999年2月攝於韓家胡同某號。

吧，他怎麼說怎麼好。」蘇四把話翻譯給了日本人，日本人說：「好，好，我明天坐飛機走，一個禮拜的回來。」

　　他們走後，我娘和娘姨們都很高興，都說：「平常到妓院來的都是日本小癟三，很少有日本大官。現在有這麼闊的日本人要你，我們不是

那時的"雙鳳院"因日本人經常光顧，中國人來時則先要問一下有沒有日本人。1999年10月攝於百順胡同。

都跟著發財了麼？」我滿肚子不高興，嘴裡不說什麼，心裡卻很穩定。心想：蘇二爺説最喜歡我，還能拿我送禮麼？

不到一個星期，梁上棟、吳十爺請我到廊房二條玉興號珠寶店挑選了好些鑽石、珠翠首飾。我心想蘇體仁叫我準備嫁妝呢，我説：「這是蘇二爺叫你們預備的吧？」梁上棟説：「不是，蘇二爺願你嫁給日本太君，因為那是他的長官，他做的官、發的財都是靠著這個老日本。」我一聽蘇體仁同意我嫁給日本人，可把我的心寒透了，就説：「我得問問我媽。」就回去了。當天晚上，那個日本人又來了，叫我當天跟他走。我説：「我準備準備，明天吧。」

當天把日本人應付走了。第二天一早，我只穿著隨身衣服叫了個洋車跑到東車站，買了張車票，溜到天津，住在六國飯店。姐姐那裡，我是不便去找的。想來想去，只有王碧侯屢次罵漢奸，還像一個中國人，

239

民國時期天橋一帶就有許多治療性病的醫生，2004年
10月攝於天橋東市場。

便打電話把他找來，把上面情況介紹了一下，我說：「我沒想到漢奸這樣不要臉，能把自己的女人送禮！」他笑了，沒說什麼，只問我打算怎樣。我說：「我向來一心一意為著我娘，沒想到她就知道要錢，不顧我的終生，我在這兒住住再說吧。」

我以後就暫住天津，不久，嫁了王碧侯。我娘到死都不原諒王碧侯，說他是個「攪家精」。

當時還有個妓女，為了不願接日本客人，也嫁給交通銀行的人了。那就是星輝閣的月月，嫁了曹汝霖的兒子曹權。抗戰勝利後，她因為飛機失事摔死了。

淪陷時期本來客人就少，清吟小班中的妓女如果沒有留住客人，不但鴇母發脾氣，連夥計們這一關都不好過。一過晚上11點鐘，日本人來「見客」，這都是為開舖來的。有客的，可以不出來見，沒有客的，夥計提出名字來叫。夥計還可以和他們講價錢，硬把客人留下來，妓女怎麼能說不留人住夜呢？妓女沒有住夜客人，老鴇打罵，掌班的白眼相待，連夥計的氣都要受著。

患了很重的性病，還免不了要接客。例如鳴鳳院的寶珠，是花選中的榜眼（狀元是露琴），長了魚口，開了刀，在陰戶裡塞上紗布，渾

身發燒，還要接客。王阿春
的老婆人稱麻老四，就是一
個非常狠毒的鴇母，她買了
一個十五六歲的女孩子做生
意，名叫映月，得了惡性的
梅毒，已經夠四個十字了。
因為找醫生打一針要10塊
錢，麻老四捨不得，便到天
橋花幾毛錢買了一副「大敗
毒」。據說是用蜈蚣、蠍子
等配成的。一天亮，就給映
月灌了下去，吃完了，麻老
四就和王阿春拽著她從百順
胡同走到中央公園，徒步走
一個來回，據說這樣就可以
把藥力發散出來。回來時，
走到煤市街，藥性發作，映
月走不動了，麻老四連拖帶
拽把她帶回來，回到鳴鳳院
沒有幾分鐘，映月便嚷要
「泄」。麻老四給她準備了幾
個馬桶，直把映月「泄」得
筋疲力盡，但不許她睡。據
說，一睡下，牙與頭髮都會

實際上 "檢驗" 並沒有擋住任何人，沒門路的
就 "上捐"，有門路的就走後門，實在什麼都沒
有的就偷偷地幹。2002年攝於鐵樹斜街某號。

嫖客和妓女們經常到不遠處的大柵欄 "三慶
園" 去看戲。這是上世紀30年代的三慶園。

241

民國時的北京少女身穿旗袍，倚門而立
顯得婷婷玉立，婀娜多姿。

脫落。要看著她過了12點，才許她上床睡下，一覺醒來，到晚上仍舊要接客。

妓院裡梅毒氾濫，也不免影響到日本人的身體健康，因此日本人就開了一個檢驗所，由衛生局領導。所長鄭河先，有一個女大夫姓龐，對妓女定期檢查，有梅毒的停止接客。妓女一停止接客，鴇母就將斷絕財源。於是便想法給龐大夫送禮。李鐵拐斜街69號住著一個老鴇名叫滕老大，專負責替鴇母行賄。賄賂送到了，便可免去停止接客的處分。這樣檢驗也就等於有名無實了。至於被停止接客的，不過由所裡發給一張紙條，上面蓋著所裡的圖章，按照規定，妓女應當把它貼在牆上，以為客人看見自己不敢住夜了。妓院更有辦法，往往在紙條上面掛上一個月份牌，結果等於沒貼一樣，仍然留客。

協和醫院的幾個大夫如劉瑞華等，很講衛生，自以為有專門知識，有恃無恐。住夜時，總要對妓女進行消毒，使妓女們對他們非常厭惡。但這些大夫也沒有僥倖逃脫，每一個人最後仍舊染了輕重程度不同的性病。

鄭河先和我很熟。他雖不收賄，但常常利用他的地位把妓女叫到飯店開房間，從不付錢。這就是當時檢驗制度。我因不上捐，沒有到檢驗所去過。據梅妃向我說，檢驗所裡面更是悽慘萬分。她說，有一次遇見

一個三等妓女在檢驗，病情非常嚴重，所裡要停止她接客，她一聽見就哭了。她自己說：「爺們拉車交不上車份，還被日本人打了一頓，打傷了，不能拉了。無可奈何，我到三等裡混了。公公、婆婆、丈夫，還有三個孩子，指著我一個人，這一來，一家大小不得餓死麼！」

三等、四等妓女固然是生活在地獄裡，所謂頭等清吟小班也僅僅是略上一層的地獄而已。鴇母把一女孩子

深藏罪惡的小巷之一。1999年10月攝於鐵樹斜街某號，當時為二等茶室，現為民居。

買到手，立即開始虐待。如我認識一個吟香老五已嫁人了，她常回到娘家來，邀我們到她家打牌。吟香的娘也是個鴇母，家裡有一個買來的女孩子只有13歲，名叫安妮。我們打牌打到三更半夜，安妮也要待候到通宵，小孩子熬不住，往往坐在地下就睡著了。

打牌打到半夜，餓了要吃夜宵，這又是安妮的差使，她披頭散髮冒著寒風去買夜宵，臉都凍青了，鼻涕直流。妓院買來的孩子，上身穿個薄棉襖，下面穿條單褲，三九天也是光著兩隻腳不穿襪子，因此妓院出來的女人沒有兩條腿長得齊正的，都是小時候凍壞的。大人們吃大米白麵，這些孩子兩頓窩頭還不能吃飽。客人不走盡，不許睡覺，睡時，

南新華街東側，由此向東就是八大胡同的區域，攝於2005年2月。

也是四個凳子一拼，從來沒有睡過床舖。這些孩子個個盼著早點長大，上捐「做生意」，寧可去受日本人折磨，也比這樣受凍挨餓強。

其實，上了捐，做了生意，天天拿自己的皮肉給鴇母掙錢，仍然免不了受虐待。鳴鳳院的鴇母唐阿根，有天從東城回來買了幾塊巧克力糖，一時高興分給她三個養女每人一塊，讓她們嘗嘗滋味。其中一個養女名叫弟弟，才15歲，已經上捐做生意了，從來沒吃過巧克力，覺得很好吃，趁唐阿根不在，又偷吃了一塊。唐阿根發覺巧克力少了一塊，把這三個孩子一審，那兩個怕打，就說是弟弟吃的。唐阿根就把弟弟帶回小房子用懶驢愁抽打了三個小時，把弟弟直打得在地上翻滾。打完之後，讓她洗完了臉，搽了粉，仍舊帶回班子去接客。每個鴇母都有根懶驢愁，多橫的孩子也怕懶驢愁。

在未上捐時，這些小孩子盼望上了捐生活可以好一些，實際上，上了捐也改善不了多少，只是可以不在板凳上睡覺而已。在清吟小班興盛時，掌班要供應鴇母、妓女們茶飯，每天大魚大肉，可以吃得飽。淪陷時期改吃小米飯、大鍋熬白菜；自己要吃得好一點，自己預備。於是妓院裡每個房間，自己做菜。到後來，又改吃混合麵，儘管老闆們大米白麵存了若干袋，妓女則以能吃上小米飯為頭等待遇。老闆剋扣鴇母，鴇母也想法子對付老闆。5塊的盤子只交兩塊，10塊的盤子頂多拿出4塊，

20塊住夜也照12塊拿出去，只苦了妓女。

　　妓院的規矩，五天一分賬。以拉舖12塊錢計算，娘姨、夥計各分一塊，老鴇、老闆各分5塊，從老闆的5塊中提5毛錢給妓女，作為她的零用錢。這就是妓女出賣肉體一次的代價，而她的理髮、洗澡、買糖果零食等一切開支，都由這5毛錢中開銷。

西草廠在八大胡同的西部，中間有南新華街相隔，有許多老鴇住在這條街上。2002年8月攝於西草廠街。

　　妓女們正在青春，食欲旺盛，加上每天體力、精神的大量消耗，需要補充。而每天的伙食非常清苦，老鴇子還要限制飲食，營養不足，免不了要吃些零食，但每天出賣肉體的錢往往不夠這筆額外開支。碰巧日本人住夜以後，可以「心交」兩三塊錢小費，這就使得妓女們為了幾塊錢小費，甘心接待日本人。但這筆小費如被老鴇發現，那是絕對不許可的。鳴鳳院有個素素只有16歲，有天從日本人手裡得到手兩塊錢，老鴇麻老四疑心她昧下了，問她，不承認，翻，也沒翻出來。拿起籐條就打，把她打得從鼻子往下淌血。旁邊看的人說：「有，就拿出來吧，省得受折磨。」

妓女們很少走下這個樓梯。2002年8月攝於大柵欄西街某號。

她仍咬定了牙説：「沒有」，麻老四翻了又翻，始終沒翻出來，只好罷手，後來素素向姐妹們談起，才知道她把錢塞在鞋底裡了。她説：「不弄兩塊錢在手裡，五點吃的小米飯，餓到晚上十二點，哪裡頂得住呢！」

紅妃説得不錯，如鳳鳴院的老闆金生娘買了個姑娘叫停雲，很會做生意。從16歲開始給金生娘掙錢，這時已三十多了，還不能嫁出去。有客接客，沒客就陪鴇母的兒子睡覺。金生娘還讓她吸大菸，好讓她永遠不能嫁人。像停雲這樣的人，當然不是個別的情況。

三四十年代的北京街景。

妓女有病要帶病接客，有了身孕，還免不了要接客。月份大了，行動不便，就找日本醫生打胎。當時在西草廠有個日本大夫名叫原田，專門給妓院打胎，打一個胎，只消10塊錢。打罷了胎，沒有絲毫休息，不管妓女身體虧損到什麼程度，照舊要接客。有很多妓女就因打胎後營養虧損，送掉了性命。加以性病的猖獗，每年妓女的死亡率是相當驚人的。

在過去，清吟小班的妓女，因為生活浮華，享受舒適，龜鴇們把她們當作「小姐」一樣看待，再加上妓女輕易就可以成為達官貴人的姨太太，受很多人的趨奉。這樣，就迷惑了她們的本性，忘記了她們精神、肉體各個方面受到的侮辱。但是，日本鬼子來後，這一切舒適享受的生活都被剝奪乾淨了，只有含羞忍辱，日日夜夜出賣自己的肉體，這都是日本鬼子給她們的災難。因此，她們給日本人起個名字叫作「千刀頭」。

「千刀頭」也有種種。頭等的日本客人是漢奸機關裡的顧問和大商

人。當時各省、市機關、公司以至於較大的商店都要請日本顧問。這些機關的主管為了應酬日本顧問，總要請他們到妓院來逛，特別是河南、山西等外省的機關，要陪顧問到北京，照例要到妓院來消遣。請他們吃飯時，也要叫條子、敬酒、唱戲。他們還把清吟小班妓女當作日本的藝妓看待，重視妓女應酬的手腕和歌唱的技藝。雙鳳院的若士，滿春院的珍珠（唱老生）、醉妃（唱花臉），星輝閣的蓮香、蓮月都以能自拉自唱享有聲名。因為對方是日本人，這些妓女還學會幾句日本應酬話和日本的流行歌曲，在中國居住多年的日本大商人也常『』來逛。如北池子大倉洋行的小林，說一口北京話，來鳴鳳院還給大家變戲法。這種日本人也屬於頭等客人。

其次，是日本的大公司定期在妓院裡「慰勞」他們機關裡的職員。這時，總是二十多個人同來，一起拉舖，事畢以後，由一個負責會計的人集體付款。這種情況，手頭比較闊綽，夥計上前說聲「心交、心交」就給20塊；妓女也可以得到「心交」三塊五塊不等。這種客人一來，鴇母、老闆可以有大筆收入，非常歡迎。我記得鳴鳳院經常接待的有三菱洋行等。

最普遍的情況是把妓院當作「慰勞所」。日本的士兵本來是由徵調而來，一張「紅紙條」（日本話叫作「赤紙」即

這應是攝於上世紀20年代或30年代位於大柵欄內的一家戲院，名稱不詳。

召集令狀）不管你現在從事什麼職業都要立刻入伍當兵賣命。為了鼓舞這些「炮灰」的「士氣」，不但設有隨營娼妓，而且每到一處，就利用當地的妓院為「慰勞所」。這種情況，總是用大卡車把日本人運來，一卡車裝了好幾十個人。由一個翻譯出頭向妓院交代「任務」，於是妓院裡立刻忙成一團，所有房間都搭上舖。一般妓女，都是一間臥室，一間較大的類似客廳的房間，現在就把大房間用屏風隔開，臨時搭上兩張舖，連帳房都要利用上。布置完了，日本人就分別與妓女「開舖」。人數較多，一次不能接待完畢，還要分批進行。本院的妓女不夠，就從別的妓院找人。用不了一個鐘頭，就紛紛事畢。這些日本人又被集合起來，用大卡車運走。妓院裡面立刻又忙做一團，把各個房間恢復原狀。這種情況，雖然也付錢，但數目不多，妓女、夥計也沒有可以「心交」的額外收入了。

能靠為別人洗衣服而生存的婦女已相當好了，妓院中的女人則連這個自由也沒有。

當然，每天晚上還有許多日本人三三兩兩也前來發洩性慾。這些日本人大都不醉裝醉，又唱又鬧，很難應付。但最難應付的還是所謂「高麗棒子」（朝鮮人）。他們這時也都起了個日本名字，但從服裝、舉動，一望而知為朝鮮人，他們絕大多數是販賣白麵（海洛因），專做各種壞事的傢伙，一到妓院就拿出主子對奴才的派頭，所有妓女都要來應酬他，有客他也不管。一高興，拿起酒、菜來往夥計的脖子裡

澆下去。夥計、妓女都是急不得惱不得，惹翻了他，白挨一頓好打。尋樂完畢，往往是揚長而去，一個錢也不付。應付不好，他們就可能砸窯子。有一次，鳴鳳院來了3個高麗棒子，不知怎麼，發起酒瘋來了：砸電燈、摔茶碗、打夥計，把妓女嚇得往小房子裡跑。有一個妓女，長得像日本人，又會說幾句日本話，起了個日本名字叫松子，也跟著往外跑。在門口遇見一個日本人，問她跑什麼？她如此這般一說，日本人說：「不要緊，你叫夥計把門插上。」一會兒工夫，日本憲兵隊來了。這時3個朝鮮人酒也嚇醒了，連向憲兵隊認錯。憲兵隊吩咐他們把臉湊過去，每人狠狠地挨了十幾個嘴巴，打得順嘴角流血，這才把他們帶回憲兵隊處理去了。

日本憲兵很是威風。有一次，憲兵隊一個武官從星輝閣打茶圍出來，發現自己的自行車沒有了。一問門房夥計，說沒看見。他便解開皮帶打人，見人就打，客人嚇得都跑了。最後還是老闆出來再三求情，問明白自行車的牌子，答應明天包賠一輛。這個憲兵才悻悻地走了。第二天，老闆把北京城都走遍了，也買不著這個牌子的自行車，心裡十五個吊桶，七上八下，心想晚上一定在劫難逃。天剛黑，這個憲兵果然來了。老闆一見，立刻嚇得面無人色，但這個憲兵卻若無其事，老闆忙上前要解釋說：「自行車……」他把手一擺說：「哦，那是我的朋友從這裡路過，認識我的車子，

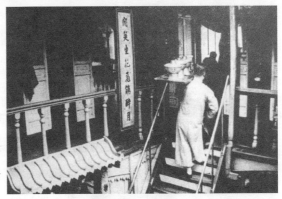

一等小班的妓女常被嫖客請到像煤市街致美齋這樣的大飯館吃飯。

開玩笑，他騎走了。」老闆這才一塊石頭落了地。至於他昨天為此發威風打了許多人，他自己一字不提，老闆但求無事，當然更不敢吭一個字了。

日本鬼子在妓院裡作威作福，橫行霸道，但妓院的老闆、鴇母們，提起日本人來都是恭維的，因為日本人給他們帶來了發財的機會。在他們的眼光中，日本人對於妓院是保護的。在他們中間還有一個傳說，據說，有次日本國發生了一次大亂，幸虧有一個妓女出頭，弄了好多錢，把國家救了，所以日本國非常看重妓女，所到之處，對妓院特別保護。其實，這完全是他們自欺欺人往臉上貼金的鬼話。日本鬼子主要是利用妓院維持它市面的繁榮，讓妓院作為它們「慰勞」炮灰的工具，同時，還可以麻醉許多中國人的「抗日」思想，讓他們醉生夢死，昏天黑地，腐爛下去。因此，淪陷區裡，娼妓和鴉片、海洛因、賭場都得到敵偽組織的保護。

交通銀行在日本侵華時期曾一度被漢奸控制。2004年10月攝於西河沿，此建築仍為銀行使用。

正因為敵偽組織的保護，在妓院裡才有成千上萬的女孩子精神上、肉體上天天受到侮辱、摧殘，再加上饑餓、疾病，使她們每天生活在人間地獄裡求死不得。對於自己這種非人的生活，敢於挺起身來和自己的命運做鬥爭的，據我所知，只有群芳班的倩心。倩心的鴇母名叫大番，原是個粗作娘姨。看見日本人來後，妓院生意好，她也看著眼紅，便和另外一個娘姨，合夥在蘇

州典買來一個叫倩心的女孩。倩心已經念完了初中，因為日寇侵入，父親失了業，母親多病，無法生活，父母狠心把倩心押出去，得了300塊錢，講明三年之後仍可原價贖她回去。倩心一上捐，生意就好極了，她和鴇母講明，我一天保證給你們賣20個盤子，可是你們不能讓我破身，日本人來，你們也要想法庇護我。當時鴇母對於妓女非打即罵，這兩鴇母新出茅廬，手段還不毒辣。倩心長得特別美，兩隻眼睛最為動人，日本的老篤眼藥就拿她的相片做廣告。倩心每天能給鴇母掙錢，鴇母倒轉過來，有時反要看她的眼色。後來倩心嫁給了電車公司宗伯潔，脫離了妓院。

在我嫁給王碧侯以後，梅妃還在鳴鳳院裡混了一年多。從她的生活中也可以看出當時在妓院裡面流連忘返的都是怎樣的中國人。

她當初的熟客是王桂林，王是齊燮元手下的一個局長。和王同來的當然都是漢奸。其中一個是秦華，曾在奉軍中當過憲兵司令，現在也是局長。秦華來到鳴鳳院，我們五間北上房簡直不夠他一個人反的。他總是連說帶鬧，還常常悄悄畫張春宮貼在牆上。

後來梅妃認識了一個客人，姓任，寧波人，遠東飯店的東家。本來想要嫁他，因他老婆來了，一吵，想到嫁過去沒有好結果，吹了。姓任

舊時的妓院大多設有煙榻，供嫖客們吸食。

的名義是開旅館的，實際上卻是個白麵客。遠東飯店號稱是個旅館，其實只是一個幌子，用來遮掩外人耳目。飯店土山底下就是製造白麵的機關。在淪陷時期，白麵客是妓院裡面最受歡迎的上客，代替了民國初年的政界要人、銀行買辦。他們每請一次客，花上二三千元，毫不吝惜，比漢奸們的手筆還大。當時白麵客中有三個人最有名，一個叫作王海珊，京滬線上沒有一個人不買他的賬的。他老婆是上海妓院出身。一個叫作李協貴，老婆是天津的紅舞女名叫玫瑰。還有一個叫作曹鳳翔。

1939年9月，漢奸李律閣用汽車把我娘接到東四十一條他的公館裡，說有一個老朋友想看看你。一看，原來是曾任匯豐銀行買辦的鄧君翔，

他是因為九六公債做虧了逃走了。當天他就到鳴鳳院來了，看見梅妃，挺喜歡她，就說：「我家裡不能生育，這個孩子挺好，讓她跟我怎麼樣？」我娘信口說：「鄧三爺要賞臉，我一個子兒也不要。」我娘雖勸梅妃不讓她嫁鄧，但是梅妃卻認定了鄧三爺。

鄧君翔還是真有意，第二天又到我們家裡來玩，一來二去就和我娘說妥了，把梅妃　嫁給了

30年代大柵欄的廊房二條。一位紙鋪的伙計說我們的買賣就是因為東家老逛八大胡同而敗家的。

他。鄧君翔過去是北京銀行幫頭號闊人，雖然一度虧款潛逃，但餓死的駱駝比馬大，他手裡的浮財還有若干萬。梅妃嫁她，在生活享受上當然是不成問題的。

梅妃一嫁人，我娘也不到鳴鳳院去了。房子一收，家具拉回家來。每月王碧侯給她寄100塊錢供家用，她一個人帶著小鳳富富有餘，她下定決心不再吃妓院的飯了。但鳴鳳院還有股子，要退也退不了。王阿春以外的三個老闆都怕我娘退了股，他們鬥不過王阿春，不定要怎樣受欺負呢。因為他們三個這樣說。

日本人來了以後，舊日的迷信照舊保存，如正月燒香，大仙爺面前上供，都仍按時辦理。可是給仙佛所準備的供品，遠不如往年的豐盛。大概老闆、鴇母們也悟省到使他們發財的並不是什麼仙佛，而是日本鬼子。

1942年，王阿春忽然提議拆夥：「吃窰子飯是賣人的血肉，造孽錢不能再掙了。」這倒不是他大徹大悟，真要「放下屠刀，立地成佛」，而是他近來囤積居奇，大發其財，他計算一下，與其費盡心想從妓女們身上剝削，不如買下貨物放著不動，更能一本萬利。原來妓院規矩是

北京街道

櫃上收入每節一分賬，櫃上每天賣的進項，他都用來囤積貨物。什麼大米、麵粉、香油、粉條、肥皂、香菸，他相容並包，無所不收。他在南柳巷買了一所房子，除了身下所住幾間以外，全做了他囤積貨物的倉庫。百順胡同附近義聚昌、雨華馨兩家雜貨舖看他見貨物就抓，胃口大得驚人，都有點發慌。這兩年物價飛漲，偽幣貶值，王阿春打打算盤，囤積比開妓院更有利可圖，所以他認識到開窰子造孽，洗手不幹了。

王阿春要洗手，我娘頭一個贊成，那三個老闆也無話可說。王阿春將鳳鳴院盤給一個姓曹的，改名「雲香閣」，仍舊繼續營業，妓女全都不動。盤了5000塊錢，每股份了500塊，王阿春一人分了3000塊。那三個老闆平素對王阿春多吃多佔，早就不滿意，這時就有人提出來：「囤積的東西怎麼辦呢？」因為那些貨物都是王阿春利用鳴鳳院資本販存的。王阿春也不好完全否認，就說：「那就分吧。」於是幾家老闆都分了些煤、米、粉條、香菸還有若干瓶味之素。其實這只是其中很少的一部分，他本人早就吃飽了。王阿春把鳴鳳院盤出以後，便每天買進賣出，投機謀利，先做布匹，還覺得不過癮，便又倒賣金子，由窰子老闆變成一個投機商人。

鳴鳳院以外的清吟小班老闆們，都沒有王阿春聰明，還一直開下去。這時北京八大胡同的清吟小班，計有開設在韓家潭的熒彩閣、滿春園、留春園、春豔院、環翠園、蒔花館、星輝閣、美仙院；開設在百順胡同的有瀟湘館、雙鳳院、雲香閣、鳳鳴院、群芳班、新雅閣等共14家，每家有妓女2人至20人。

這14家的200餘名妓女，在敵偽時期受盡了日寇有形無形直接間接的摧殘，盼來了日本投降，「千刀頭」從此在八大胡同銷聲匿跡了。但很快就有漢奸、商號老闆們又在八大胡同裡歡迎「八年抗戰」的「接收大

員」，「五子登科」成為這些新貴重要活動內容之一。與劫搜大員先後
來到的，是美國兵、吉普車，爵士音樂代替了日本流行歌曲……200多
名妓女依然在精神、肉體的摧殘、凌辱下面呻吟喘息，並不比日本投降
前有所好轉。但這已是黎明之前的黑暗了。

八大胡同

第十三章

高級妓女的生活

姑娘們的衣服，不但要好，而且要多。其實，衣服鞋襪，究竟所費有限，最貴重的還是首飾。民國以後，雖然不講究頭面了。但手上的戒指、耳邊的耳環，都要嵌上金鋼鑽，才夠上一個紅姑娘的派頭。立刻置辦不起的，向商人手上去租，也要能戴上，才算是行頭齊備。

有一些高級妓女不想吃平常的飯了，就到泰豐樓、致美樓、豐澤園、杏花村之類的地方，換換口味，「吃大菜」。當時的西餐，叫大菜，陝西巷開有一家新華番菜館，就是以妓院為對象。但紅姑娘們看不上，總要上東城的正昌飯店、大陸飯店吃真正外口風味的大菜，才夠派頭。

十三、高級妓女的生活

1.「清吟小班」

我們在前面的關於南北班子與妓院的分類中對「清吟小班」作過一點零碎的介紹，因為「清吟小班」多接待軍政要人、鉅賈、漢奸等大人物，許多歷史上的風雲人物也與她們有染，所以比較二等、三等妓院，人們更關注「清吟小班」的生活，我們在這兒對「清吟小班」再加以詳盡介紹。

內城的人，有的就是坐著這樣的人力車，來到大柵欄的八大胡同。

一等妓院「清吟小班」絕大多數在八大胡同中的韓家潭、百順胡同、陝西巷內，而且多為蘇幫和揚幫。

清末庚子事變前後，南方的娼妓從上海與蘇杭到北京來淘

從清代以來，大柵欄地區就是商賈雲集的寶地，每日人流不息。在這條街西南部就是聞名全國的"八大胡同"。

金，也有人稱之為蘇幫；因為在上海混得時間長了，年老色衰，生意漸趨冷落，就想出外闖闖世界；恰好北京過去沒有南方娼妓，物以稀為貴，而北京又是王公貴族、鉅賈豪紳聚集的國都，如果機緣湊巧，遇見一兩個較好的戶頭，未嘗不可以撈上一筆。抱著這種心理，她們北上來到京城。她們最初在西城一帶，賃住民房，鋪設擺飾，儼然是大家的

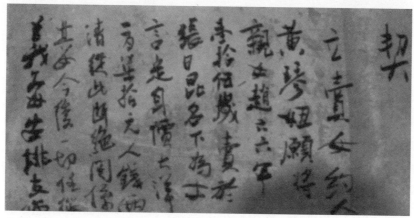

這是一張將女兒賣給妓院的無情的賣身契。

經過幾年的培養，小姑娘變成了"紅姑娘"。這是清末民初清吟小班中的高級妓女的形象。

公館；客人要去作樂，開始必須經過熟人的介紹，一般都是偷偷摸摸的，並不公開；和相公堂子的公然筵會，顯然不同。所以在這個時期，娼妓人數不多，相當於北京所謂「暗門子」性質，只是一種私娼。

庚子以後，北京保障社會治安設立了警察局；當時的北京當局，打出了「寓禁於徵」的招牌，凡是娼妓，都要上捐領照，如果不上捐，一旦被員警抓住，就要按照私娼嚴格法辦。那時北京的南方娼妓不多，所以生意都很好。

妓院領到執照，就可以公開營業了。一般的一等小班雇有一個內帳房、一個外帳房、兩三個廚師、四個跑廳、四個夥計、一個更夫，此外還有幾個娘姨。打更的，專管值夜；四個夥計，負責掃院子，揩地板，買東西等等，跑廳的則負責接待客人，如有客人來了，打簾子，打手巾，賞錢謝賞等等，外帳房專管來客的車飯錢、局錢；內帳房是管理這一個妓院的會計出納，妓院老闆和妓女、老鴇之間利益如何分配，這一筆賬都由內帳房經管；娘姨代為照料一些事務。北方女傭人叫作粗做娘

姨，只做些掃院子、打水、洗衣物的粗活。她們的待遇很低，工資也很少，一般不在客人面前出入。

　　每一個妓院裡也必須有一兩個叫得響的紅妓女，才能維持妓院的開銷，才能談得到賺錢。一個妓院一般至少有十幾間房間，所以至少需有五六個妓女，才能把場面支撐起來。紅妓女總住在妓院的正房或者樓上最大的房間；生意好的，還可以多佔兩個房間。而其餘妓女則分配在廂房、前院，房間狹小，鋪設也不甚華麗，等於戲台的配角或跑龍套的演員。如果是自由妓女，是自己出來混的，在南方妓院叫作「自家身體」，為了應酬招待客人，她可以自雇娘姨，不過這種「自家身體」的妓女，通常年齡較大。「自家妓女」多為生活所迫，也有好吃懶作之人，但為數不多。還有些鴇母和妓女是嫡親母女關係，但絕大多數的妓女是鴇母買來或典押來的。這種鴇母稱作「領家」。有「

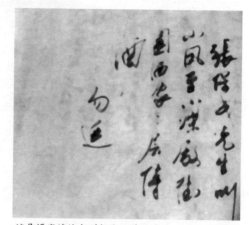

這是嫖客請妓女到飯店陪侍的條子。

清代的藝妓班子。

領家」的妓女，所有對妓院老闆的交涉，都由鴇母出面，妓女成了鴇母賺錢的工具。有些妓女，年紀大了，便自己買兩個女孩子來做妓女，自己成為鴇母；也有跟隨妓女多年的娘姨，在妓院裡混久了，對這個行業很熟，便也買一兩個妓女，上捐做生意，自己便由侍候人的娘姨，升為鴇母。妓女，以賣絕者居多，但也有些人因為生活逼迫，只能出賣自己

從賭場出來再到妓院中挑選妓女"開鋪"。這是帖在妓院門口的"花名"

清末的妓女。

的親生骨肉，做這項最不堪的生意。也有不願骨肉永久分離，不肯賣絕，便把女兒押給鴇母，言明三年五載之後，可以原價贖回。

舊時一份賣身契約如下：

立賣女約人×××，願將親女×××，年××歲，賣於×××名下為義女，言定身價大洋×××元。當即人錢兩交不欠，從此斷絕關係，其女今後一切任從義父母安排支使，均與賣主無干。如天災人禍，因病死亡或逃跑失蹤，或自尋短見，均與義父母無

干，空口無憑，立紙為證。

　　賣主×××證人×××

　　買主×××介紹人×××

　　這樣的賣身契在那個社會並不鮮見，在其他行業中也流行同樣內容的賣身合約。

　　北京的蘇幫妓院，在清末稱為書寓，這是沿襲了上海的一些的習慣叫法，表示妓女只是出堂差、賣唱的，賣藝不賣身。在警察局公開承認妓女是一種「營業」以後，

清代前門市景圖，左下是大柵欄地區。

蘇幫的妓院，稱為清吟小班，也表示是以賣唱為主。在民國初年，大柵欄地區的清吟小班多設在陝西巷、韓家潭、百順胡同。

　　清吟小班中的妓女和客人的關係，主要是打牌、吃酒、出條子。客人到妓院閒坐，雖然也有菸、茶招待，但只作為一般的應酬。清吟小班，吸收了北方班子的作法，請客人到妓院吃茶閒話，作為客人進

上世紀20年代繁華的前門大街，路西就是大柵欄地區。

陪嫖客打麻將，也是妓女工作的一部分。

入妓院、認識妓女的第一步，名為「打茶圍」。由於客人來後，妓女要拿出一盤瓜子兒來招待，客人臨走時要付出一筆費用，這用妓院的行話說叫作「開盤子」。「盤子錢」規定是1塊錢，後來客人為了表示闊綽，一般都給2塊錢，就叫作雙盤。北方的班子與二等茶室一般都保持一塊錢的盤子錢，而清吟小班普遍都是雙盤，偶然有人照規定付1塊錢，妓女背後就稱他作「膏藥」客人，顯然含有輕視的意思；而一些達官、豪商，打一個茶圍，臨走給一張5塊、10塊票的也未嘗沒有，但是很罕見。

清吟小班的慣例是，客人們走進妓院，門口照例有夥計們大喊一聲「來客」，如果這批客人是第一次走進這家妓院，便由大茶壺把他們讓進一間房間，隨後要問一句：「老爺們有熟人沒有？」如果客人搖搖頭，表示沒有，大茶壺便大喊一聲：「見客」。這時妓院的妓女們便一個一個從這間房子門前走過，在每一個妓女走過時，大茶壺便高聲唱出

茶藝表演

妓女的「花名」：「翠仙」、「小紅」、「如意」、「金寶」之類。對一般妓女來說，「見客」是她們獲得主顧的重要途徑，所以在見客時，各個賣弄風姿，飛拋媚眼希望引起客人的注意；而紅妓女，生意忙，就往往不見客，即使客人指明提出來，大茶壺也往往回答「出條子了」。如果一定要得到當紅妓女，則要先打點跑堂的與領家，求他們通報，再給當紅妓女一些錢物或有熟人介紹才會得以相見，爾後再圖發展關係。

在妓女們都見過客以後，客人們如有中意的人，可以告訴大茶壺，便被請讓到這個妓女的房間；房間如另有客人佔有在先，那就仍留在原來的房間裡。隨後便有這個妓女的娘姨或鴇母，拿出一盤子瓜子來，並給客人倒上一杯茶，這就叫作上盤子，表示這個客人已經在這個妓院裡挑中一個妓女了。但是，如果客人們

民初北京妓女李蘋香。

清代的嫖客與妓女。

並沒有喜歡的人，可以向大茶壺搖搖頭，表示都不中意；隨後客人們便揚長走出妓院，無需付出任何費用。在當時也有些窮極無聊的人，每到晚間，成群結夥，到妓院中「見客」，結果是一連走了幾家，並不挑中任何姑娘，就分頭散去。妓院裡對這種人雖然頭疼，但也無法可施。不過，一般說來，「既在江邊坐，必有觀景心」，走了一兩家之後，總要挑姑娘，打打茶圍的。

如果一起來的客人多，在娘姨上盤子以後，總要向客人們問一聲：「哪位老爺招呼？」如果座中有人點頭示意之後，這個客人便成為他所招呼的妓女的「客人」，而其餘陪同前來的，則稱為「朋友」。在妓院也有一套自己的規矩。一個客人挑識一個妓女以後，今後只有他在這裡可以享受「嫖客」的「權利」，盡「嫖客」的義務，算是和這個妓女發生了一種特殊的關係；朋友們則只是從旁談笑湊趣，叫作「鑲邊」或「喝邊」。中國有句俗語叫作「朋友妻，不可欺」，這個道德觀念也被推廣到了妓院裡面。朋友所招呼的妓女，便不可以再行「招呼」；否則便違反了「道義」。有人看中了朋友認識的妓女，願意招呼她，這個妓女根據「道義」，也要表示拒絕，必須經過一番周折，玩弄一些花樣，才能對這個妓女上盤子，這叫做「割靴腰子。」

如果，兩個人共同認識一個妓女，往往故意一塊打茶圍，這叫作「會靴」。一般說來，客人的「朋友」來到這個妓院看這個妓女，也可以用菸茶招待談笑而去，但絕不拿出瓜子盤來招待，客人也不用開盤子。在特殊情況下，可以借一個「盤子」。

一旦上了盤子，嫖客與妓女就彷彿成立了一個臨時家庭，妓女便拿出香菸來，一枝一枝向客人及其朋友們遞過，點上，並含笑問：「貴姓？」按照規矩，必須一一敬過朋友之後，才輪到「客人」，彷彿客人

中國戲劇《漁家樂》

便是這個屋子的臨時「主人」，而妓女則是臨時的「主婦」了。一般妓女，照例也要對朋友特別殷勤，惟恐「朋友」挑眼，「客人」會礙於情面不再光臨。

妓女對客人招待殷勤，叫作「上勁」、「灌米湯」；如果冷冷淡淡，不甚敷衍，便稱作「冰桶」、「松香架子」。但第一次見面，一般也只作些照例的寒暄。如是僅僅來過一次，妓女和客人的關係，還不算確定，必須在第二天或出去後再來一次，叫作「回頭」，這樣才算把關係固定了下來。如果一去而不回頭，表示對於這個妓女的侮辱，也使妓院對她輕視，認為她攏不住客人，所以妓女對於這種情況是非常怨恨的。

民國初年，妓院對「打茶圍」的客人，並不重視。因為盤子錢沒有多少也就是一兩塊錢，減去所搭上的瓜子與香菸錢就所剩無幾了。所以

群妓圖

妓院和妓女對此並不看在眼裡。主要在於「做花頭」。

　　所謂做花頭就是前面所說的打牌、吃酒了。在舊社會裡，打麻將成了最普遍的娛樂。在妓院裡作樂，首先離不開打麻將。打麻將就要抽頭，在妓女那裡打一場牌，原來規定是12塊；後來提高到14塊，這筆開銷就是由頭錢裡支付。推牌九或打撲克，因為輸贏較大，所以費用四倍於打牌。以一場牌計算，這十多塊錢按一定的比例分配，老闆、妓女得大頭，而闊綽的客人在開銷時，往往比規定多若干倍，如銀行幫就有個習慣，打一場牌一律給120塊，超過規定10倍，難怪妓院中都把銀行幫當作財神看待了。在打牌的時候，妓院照例備有一桌「牌飯」，雖然是便飯性質，但也有四個涼碟幾道炒菜，相當豐盛。這樣牌飯，由老闆準

備，不另向嫖客收費。

　　吃酒的酒席，在妓院裡是以台計算的；一台酒，在清末要54兩銀子之多，而那時飯莊子裡的一桌席也不過幾兩銀子而已，可以想見它的價格是如何地昂貴了。民國以後，改用現洋，一台酒也要52塊錢。當時的洋麵，只賣兩元一袋，一台酒的開支就等於26袋洋麵。清末的南方妓院，主要還是以酒席來號台，既要勝過一般飯莊子肴饌的豐盛，又要賽過相公堂子設備的華麗，所以妓院對於酒席的作法，房間的布置，的確也挖空心思。慶餘堂的一桌酒席，有4乾果、4鮮果、4個涼盤、4個熱炒，10道大菜。燕菜、銀耳、魚翅、紫鮑之類，應有盡有。全堂銀家具，瓷器一律用江西細瓷，冬天則用錫器。酒飯是由老闆準備的，所有收入，除了酒飯成本，也按比例，由老闆、妓女、帳房、夥計等人分配。一桌酒席要52塊錢，似乎有些多得驚人了，但當是那些貴客，為了表示自己的手頭闊綽，為了博得妓女的歡心，往往不止擺一台酒，有的擺雙台，有的擺雙雙台，有的根本不必真的擺酒，只口頭說一句：「掛10台」或「20台」。便按照這個價格付款，那麼，這一筆開支下來，

民國時期的一等小班常請琴師教戲。

八大胡同名妓小鳳仙，被人們稱為女中豪傑。

往往就是一兩千元，可以稱得一個中等人家的全部財產了。有的妓院並不具備做這樣的酒席的條件，因為要有大的廚房與上好的大廚子，所以也就有大飯莊或專為妓院做酒席的廚子代為張羅。

「做花頭」本來屬於自願；當時有些紅妓女，生意忙，要想在她房間裡擺桌酒請回客，還必須前若干天通知，預先排定日期，才能辦到。但這種紅妓女，究竟不多，一般妓女難得有一兩個肯做花頭的闊客。這樣就須由妓女要求客人給她做做花頭，捧捧場。做花頭，是妓院、妓女雙方都有好處的事情，所以清吟小班，每一節中都有三次機會。讓妓女向客人請求或暗示做花頭捧場，這叫作「開市」和「宣卷」。每家清吟小班，每一節總要開一次市；開市以後，每隔一個來月，要做一次花頭。時間雖然不固定，但前後都差不了幾天。「開市」的那一天，妓院裡要懸燈結綵，儼然一個喜氣洋洋的節日景象。「宣卷」的時候，還要在堂屋掛上神像，請一批老先生來「宣卷」，這些老先生都是南方人，專做這個買賣。「宣卷」時，口中念念有詞，大概也是一種「有本之學」吧，可是聽眾始終聽不清他們究竟唱了些什麼名堂。在「宣卷」那天，老闆要特別準備東西，請全班男女吃一餐，可是「宣卷」似乎也和迷信有關，也許是為了財神爺吧。如果客

人不自願來報效，妓女便會向他諷示，或者明白表示：「請幫幫忙！」這樣，除非這個客人不想繼續在這裡玩下去，否則硬著頭皮也少不了要應酬應酬。每逢「開市宣卷」的時候，全院的妓女都在暗自競爭，看誰的牌酒最多，誰最紅。由於各家妓院「開市宣卷」的日子都差不多，所以無形中在妓院之間也展開了一場競賽，看誰家牌多，花酒多，生意最好！

出條子是妓院與妓女的一項主要收入。出條子就是妓女走出妓院到客人指定的餐館、酒店或公館陪酒、陪聊與陪唱、打牌等。這時的客人往往捨得給錢，就是三輪車夫也願拉妓女出條子，因為可以得到一些賞錢。

那時的清吟小班規定有住夜的代價，一夜12元，比北方班子要多兩塊錢。

有些妓女，實際已不是處女，卻自稱是「小先生」，別人就嘲笑她是「尖先生」。北京的清吟小班，一般都說蘇州話，所以也沿用了上海妓院的稱呼，有什麼「小先生」、「大先生」的分別；但同時也接受了北京的習慣用語，把「小先生」稱為「清倌」；「大先生」稱為「紅倌」，「梳櫳」叫作「開苞」。客人給一個妓女「開苞」，當然要費很多周折，做許多「花頭」，而且要付出一筆相當大的代價，不太簡單。即使是「紅倌」，一般也要做了多少花頭以後，才能住夜。客人在開始住夜以後，便被稱為「恩相好」或「恩客」。清吟小班的妓女，當時很少留客住夜，因為住夜以後，也必須「回頭」，並把關係維持下去；否則，一去不返，則這個妓女感到很失面子，而且將被同院妓女傳為笑柄。所以她們寧可和客人在外面偷偷地開房間，「交易而退，各得其所」，也不願意公然留客過夜。

凡在妓院做事的，一般都稱作「烏龜」。他和他家中的子弟，都不許在妓院裡面打茶圍，充客人；否則，一經查出，就要罰他吃下一擔燈草灰去，不然絕不放他過關。

常在妓院出入的人，總喜歡說一句自我解嘲的話----逢場做戲，自從見客時起，用什麼走路的姿勢，見了客人用什麼樣的眼風來示意，要怎樣表現自己的美麗俊俏而又不顯露過分輕佻，怎樣能夠在第一次見面時抓住顧客這一切，都是以舞台上的台步、身段、表情演出的。客人上了「盤子」以後，不僅有「點菸捲」等等一系列的固定動作，而且從問「您貴姓」起，還有「十八句」一成不變的台記號。不僅初見面時如此，凡是妓女對侍客人，一舉一動，一言一笑，喜、怒、哀、樂各種各樣的表情，徹頭徹尾都是假的，都是在那裡「做戲」。而且不僅見客人時如此。凡是在公共場合裡出現，妓女的動作、談笑，也都是在那裡「做戲」。

其實，不僅妓女與客人見面，隨時由鴇母指導，在她上捐以前，早已經過鴇母的一番訓練：熟練之後，才能上捐做生意。就彷彿一個戲排演純熟以後，才能上舞台，和觀眾見面一樣。

在清末，鴇母對妓女的訓練，是非常嚴格的。一個女孩子被鴇母買來時，不過七、八歲，首先要裹腳。舊社會婦女，雖有纏足的習慣，但卻不像妓院裡那樣要求苛刻。當時有句俗話說，頭是頭，腳是腳。所以纏足必須要求纏小而端正。為了纏足，一個女孩子挨的打就多了。最後，纏足用帶子縫上，肉爛掉了才算。這種不人道的行為卻是妓院買來的女孩子進門以後頭一道關口。

北京的清吟小班，雖然也以「賣藝」作幌子，但學彈學唱，已經不像當年那樣嚴格了。一個被鴇母買來的女子，養到十一二歲，通常是請

生意不好的黑姑娘，按著妓院的習慣，被安排在一進門的外院廂房。2002年8月攝於石頭胡同。

妓院裡的師傅（琴師）教京劇。多數是學老生、青衣；次之，學小生、老旦，學花臉的很少。所謂學也只是學那麼幾段，唱老生不過是「兩國交鋒龍虎鬥」；學小嗓，就學「兒的夫，去投軍」，都是簡單的幾句原板，甚至會四句散板、幾句流水也可以算一段。連師傅都不懂什麼板眼，一般都談不上什麼韻味。而且民國以後，妓女出條子也不要求唱得多好，客人也不要求唱的多麼出色，師傅的報酬也不高，一個月三塊錢，下午3點就挾著胡琴來了。一杯茶一枝香菸，就是對師傅的報酬。師傅拉幾段就算盡了責任，又到另一家去掙錢。

　　至於學應酬，學規矩，那卻是一個妓女的看家本領。妓女應酬客人，一開頭有所謂十八句。就是在上盤子時所說：「您貴姓」那一套，直到臨走時，說一句「回頭請過來」，都是固定的台詞，絕不許說錯一字。例如妓女送客時只能說：「回頭見」（晏歇會），而不可以說「明

這是朱茅胡同9號，不了解這段歷史的人認為它是一家喝茶的茶館。攝於2002年8月。

天見」（明朝會），因為妓院裡把晚上當作白天，客人走後，一高興，也許回來再打一個茶圍；如果你說：「明天見」，客人就會挑眼說：「難道今天不許我再來了麼？」

為配合這「十八句」還有一些肢體語言如規矩、姿勢。要求「站有站樣，坐有坐樣」。站的時候，腰板要筆直；坐的時候，要端端正正的斜坐在椅子角上，不許坐滿一張椅子，手腳亂動，蹺腿斜靠，當然更不允許了。所以妓女出身的人，到了七八十歲，也是腰板不塌，這就是幼年間練了基本功的緣故。此外，吸菸、喝酒、划拳，都是自幼訓練的。而「見客」時的身段、表情，更是一個妓女必須學習的一課，在未上捐以前，就要在旁邊用心觀摩，才能心領神會。這樣自上捐之日起就能馬上進入角色。

在妓院裡，妓女被稱作「小姐」，也的確是拿舊社會「小姐」那一套規矩來教給妓女們。例如，在清吟小班有這麼一條規矩：「姑娘不許到三房。」所謂三房，就是廚房、門房、帳房。舊社會的小姐講究「大門不出，二門不邁」，妓女要見客，要出條子，這一條是做不到的了，但為了保持「小姐」的尊嚴，不許到廚房、門房、帳房，也算是沒違背那種講究。妓女既不許可到廚房，怎樣煮飯燒菜這一套自然是一竅不通的了。所以在很多妓女從良後還要從頭學習做飯之類的生活技能。

　　妓院中還有一些「清規戒律」，例如不許踩門檻，不許把腳擱在凳子橫檔上，據說，這樣就會踩掉客人。不許做針錢活，說這是縫窮，把客人都縫完了，等等。妓院裡還有一句「格言」，叫作「客人的腰，姑娘的苞」。一個清倌的「苞」是非常嚴重的，這倒不是為了對處女的崇拜，而是由於「經濟價值」的緣故。至於客人的腰呢，因為在妓院中出入的人，三教九流，無所不有；如果妓女摸了客人的腰，說不定會惹出什麼麻煩來。所以在妓院裡留下來這麼一條規矩，在訓練妓女的時候，少不得要反覆教導。

　　對於待客之道，妓女出身的鴇母，自身積有幾十年的經驗，當然可以把所有祕訣傳授給自己的養女；在妓女應酬客人的時候，還可以隨時指授機宜。所以這種鴇母名下的妓女，常有一套本領，成為紅妓女。

　　一個妓女初做生意的時候，往往只有十四五歲；在風月場中待久了，對於世面上的事也就油滑起來了。

2.妓女生活的點滴

　　高級妓女要十分講究穿戴。當時時興穿斗篷，一個紅姑娘的

妓女們常到南城的壽德記做衣服。2004年10月攝於小臘竹胡同。

民國年間的一家賭場。

皮斗篷,至少要有若干件灰鼠、貂皮衣服。今天出條子穿這件,明天如果再穿這一件,就有點不體面了。穿綢著緞,自不必說,而且講究一點的都要到力占洋行買進口的衣料。怎樣剪裁,滾什麼邊,繡什麼花,都要找裁縫來商量,仔細斟酌。有個壽德記,專做妓院的活。裁縫師傅很能迎合妓女的心理,滾邊等等都可由他代配,生意做得越來越好,有二十多副案子,用上三十多個工人。自古是「貧學富,富學娼」,妓院創出的新花樣,立刻成為公館小姐們模仿的目標,所以後來一些大家公館也都特意到南城來找壽德記做衣服。姑娘們的衣服,不但要好,而且要多。其實,衣服鞋襪,究竟所費有限,最貴重的還是首飾。民國以後,雖然不講究頭面了。但手上的戒指、耳邊的耳環,都要嵌上金鋼鑽,才夠上一個紅姑娘的派頭。立刻置辦不起的,向商人手上去租,也要能戴上,才算是行頭齊備。

有一些高級妓女不想吃平常的飯了,就到泰豐樓、致美樓、豐澤園、杏花村之類的地方,換換口味,「吃大菜」。當時的西餐,叫大菜,陝西巷開有一家新華番菜館,就是以妓院為對象。但紅姑娘們看不上,總要上東城的正昌飯店、大陸飯店吃真正外口風味的大菜,才夠派頭。

民國初年,汽車還不普及,時興坐馬車,後孫公園有家袁記馬車行,便專備妓院裡雇用。後來汽車漸多,香廠開了個小小汽車行,近水

樓台，妓院便成了他家最好的主顧。這個汽車行直到上世紀70年代還存在，只是歸國營了。租用時用戶口本登記約時間才行，這是後話。妓女出條子，人多了，可以雇馬車或汽車，一個人便坐人力車。韓家潭、百順胡同一帶照例有年輕力壯的人力車夫，拉著一輛嶄新耀眼的洋車，隨時等候顧客。但紅一點的妓女都有自用的人力車，車子新，擦得亮，車上的很多部件是包銅皮的，似和一般包車無二，但有一個特徵就是車上安裝的水石電燈特別多，至少是6盞，跑起來飛快，電燈耀人眼目，走過鬧市時，再一連踩幾下腳鈴，真是招搖過市。

　　妓女的生活本來是晝夜顛倒的，因此，每天最早要在兩點以後才起床。梳洗，用飯以後，就是要到中央公園去兜圈子。一個紅妓女到公園去，必須細心打扮，穿著自己喜愛的衣服，比出條子還更加注意化妝，因為這等於是一個「賽美大會」。那時公園有幾家茶館，它們就是春照館、長美軒、柏斯馨。在三家茶館之間，無形中有一條鴻溝，清吟小班的妓女必坐在柏斯馨，因為這是西式茶點，吃杯「禮拜六」，要盤「咖哩餃」。妓女到公園，陪客人們同去的自然也有，但一般都是自己帶著娘姨去，稍坐一坐，見著熟人，打個招呼，就回來了。有些遊客就

妓女與嫖客常到石頭胡同的照相館。

妓女死後埋藏在南崗子，也就是現在的陶然亭與原革製品廠所在地，現在就連革製品廠也不知所去。攝於2004年9月。

專門注意妓女，看見哪個漂亮，向茶房打聽清楚，晚間就可以到妓院去招呼。所以妓女逛公園與其說是娛樂，毋寧說是一場吸引顧客的展覽。當時在八大胡同不遠，還有一家「城南公園」，同樣有茶座，有冷飲，但到那裡去的都是二等三等或北方班子的妓女，清吟小班的妓女很少前往光顧。

不過，只有生意較好的紅姑娘，才能享受上面所述的豪華生活。有領家而又生意清冷的妓女，雖然同在一個院裡，但也沒有權力去這樣的地方。

衣服，不僅是她們的行頭，而且是「商品」的裝潢。但一般妓女要置備四季全套的衣服，就很費力。往往把這件送進當舖，再把那一件贖出來。斗篷，就往往置辦不起。逢有出條子的時候，為了撐場面，免不得要向同院的紅姑娘去借。借一次斗篷，要費許多好話，看許多白眼，借了來，穿在身上，還生怕沾上一點油漬，賠償不起，直到完整無缺還給人家，才算一塊石頭落了地。

每逢年假日妓院裡最熱鬧，而對這些姑娘來說，卻是關口。妓院

還有一個規矩，在開市以後，掌班總要做上一頓叫作「留菜」的飯，送到外接的姑娘屋裡，嘴裡還要説些客氣話，諸如「請以後多幫忙」之類，還要預祝她生意興隆，一天紅似一天。這就等於續訂了合同，下一節或明年還可以繼續留在這裡做生意。如果這餐飯沒有送，那就表示合同廢除，請你另尋生路。於是這個鴇母和妓女就要面臨「失業危機」，另想辦法了。所以每逢年節，對於一些妓女來説，簡直是個生死關頭。

迷信在這個地區無處不在，在大門的上邊也可以建一個小廟。2004年8月攝於廊坊三條。

　　鴇母、妓女雖然住在妓院，但妓院以外，她們還另有一個家，叫作「小房子」。她們的小房子大都在韓家潭、百順胡同附近，如大外廊營、小百順胡同、東皮條營、西皮條營一帶。一所房子，住上十幾家，都是吃妓院飯的。小房子是她們臨時的家。一切布置都因陋就簡，只有一張木板搭起的床，床旁邊放一張方桌。當時北京已大部分使用電燈了，而小房子卻點著一盞煤油燈。多年的煤油菸，把空洞洞的四面牆壁，熏成黑乎乎的。整個房間，除了一床一桌，幾個板凳之外，就只有鍋盆碗灶，一些必不可少的家具了。不管一家幾口，往往擁擠地住在一間小屋裡。而這就是那些粉妝玉

琢的妓女們的真實生活環境。清吟小班的紅妓女，平時當然很少回到小房裡來住；但一旦有病，不能做生意，也只好回到小屋子裡「休養」。由繁華場中突然轉換到這樣一個環境，面對孤燈，就不免把幾年來積壓在內心悲哀、苦痛，一時擁集到心頭。真是欲要痛哭一場，也哭不出眼淚來了。

大耳胡同50號，「伏魔大帝關聖帝廟」現為民居。妓院的鴇母、妓女遇有疑難不決的問題，必須到這兒請求上天的指示。攝於2004年9月。

3.燒香拜佛求保佑

中國人有一句罵人最狠的話：「男盜女娼」。似乎竊盜娼妓，最為卑賤，幾乎不齒於人類了。但是竊盜、娼妓，都存在著很濃厚的封建迷信。似乎他們是為人類所不齒，但是還可以得到神、佛的保佑。

她們首先是為了生意興隆，財源茂盛；其次是懺悔自己的罪惡；最後則是把個人的希望寄託在來生，大概惟恐因這一生的罪孽影響了今後輪迴吧。

妓院的迷信方式是多種多樣的，首先表現在日常生活方面，有著許多莫名其妙的禁忌。例如早晨起來不許說夢。用完的空火柴盒一定要隨手丟掉；誰要是偶然拿起一個洋火盒來點火而發現是空的，就認為晦

氣，這一天生意會不好，特別是打牌的時候，一定輸錢；做活的針，不許別在窗簾上；笤帚不許倒著放；鍋不許扣著擱；扣鍋，就沒有飯了……差不多一個妓女在訓練時期，就把這種生活禁忌，牢牢印在腦子裡面，一個妓女出身的人，大概終生也不會改掉這個習慣。

以上所說，還只是一些忌諱而已。主要的迷信還是請求神佛保佑，發大財。她們相信一切神佛，包括道教、佛教以及民間所信仰的大仙爺之類。這種種迷信，每逢過年過節，就可得到充分的展現。例如八月中秋，妓院照例要在院子裡拼上三張大桌子，每一個妓女都要請個香斗，插上旗幟，每人點一對大蠟，燒一炷高香，經宵不息。妓女如此，掌班鴇母也不例外。把一院子燒得菸氳繚繞，不知道的人還會以為是走進了一家佛寺呢。

到了過年，這個祭祀供奉神佛的儀式就更隆重了。

除此以外，平時妓院的老闆、鴇母、妓女遇有疑難不決的問題，必須請求上天的指示，那麼，又有一位專屬的神祇，擔任法律顧問，醫藥顧問，這

胡永昌是鑫鳳院的老板，早年在上海，入過青幫；清末來北京，靠著青幫勢力，成了南城妓院一惡霸，他曾住在鐵樹斜街與天橋一帶。

位神祇，就是「伏魔大帝關聖帝君」。北京城裡城外，關帝廟很多，但清吟小班的人們所信仰的，卻只有正陽門外與箭樓之間的那座關帝廟。廟宇規模不大，但卻建築得整齊精巧，東邊一座是觀音寺，西邊一座就是關帝廟，大概都是清初建的。妓院的人們從來不到觀音寺燒香，只到關帝廟去求神。有什麼疑團解不開，就到關帝廟去求個籤。每逢開妓院，買養女等重大問題，起碼要求得一支中平以上的籤，才敢下決心辦理；如果求了中下、下下之類，儘管原來看著很有苗頭，也只好忍痛放棄了。事有湊巧，求了籤之後，果然生意興隆，就到關帝廟去還願。在關帝廟裡掛有金字牌匾或者黃布裁成的標語式的匾額，上面寫著「有求必應」，下款寫著「信士」或「信女某某某敬獻」字樣，多數就是妓院的人們所獻。

妓院的人們，平時供奉各種仙佛，遇有疑難有關帝可備顧問，還不滿足。為了懺悔今生，虔修來世，有些掌櫃、老鴇，還要進一步皈依佛門。於是在百順胡同後河就有一個「洋和尚」在那裡擺了一座佛堂。「洋和尚」也是南方人。至於曾在哪家寺廟出家，就不可考了。總之，他

四在李鐵拐斜街五十號（老號），開了個俱樂部。

每天身穿法衣，項掛念珠，在香菸氤氳的佛堂裡，給妓院的掌班、老鴇們講經念佛。這些老鴇們手裡拿著佛珠，念著佛號，但彼此之間，多麼骯髒淫穢的話，都可以罵得出來。這個

洋和尚不僅白天向他們講經，到了晚間還要和他們另參其他佛法，那就不在話下了。

4.惡霸橫行、狼狗當道

平常的小夥計及為妓院提供間接服務的都會從中揩點油，但是夥計的好處是很有限的，帳房的油水就大得多了。當時1塊洋錢可以換240個銅子兒，而到妓院裡1塊洋錢只按60個銅子兒折合，這筆錢就是帳房掙的。當時一輛汽車要開兩塊錢車飯錢，帳房從客人那裡按照兩塊現洋如數領來，而開發時卻發給交通票，當時交通票只能按六折算，於是一輛汽車的車飯錢，帳房就可以賺到8毛錢。

閻四、耿四、楊四、李四都位在八大胡同附近，他們的院子還算講究。2004年2月攝於鐵樹斜街。

當時各個行業都已經有了行會的組織，妓院卻沒有行會；如果那家妓院出了什麼問題都找大亨們或當地的惡霸們出面解決。

在這些惡霸中頭一個要推「瞎子金寶」。瞎子金寶真名胡永昌，是鑫鳳院的老闆，早年在上海曾給四大金剛之一的名妓林黛玉當過轎夫，入過青幫，從清末就來到北京，開了妓院。由於他資歷深，再靠著青幫勢力，就成了南方妓院裡的頭一霸。瞎子金寶，其實一點也不瞎，他專門跟地面上拉攏，給外二區、派出所跑腿。地面上有事，他先知道；幾家妓院哪家有錢，他更清楚。幾家妓院哪家有什麼事，他都要插一腿藉機詐錢。甚至死了人買棺材，都要由他經手，所以棺材舖都逢年按節給他送禮。每年正月，由他邀局聚賭，從沒人敢抓。他自己卻不賭錢，只在門口一站，算是把風。輸了錢的不消說，誰要贏了錢，還有他的紅。他在南城的妓院一直威風了好幾十年。他認了好些乾兒子、乾閨女，收了好些青幫做徒弟。他的兒子、女兒都是抱養的，兒子後來繼承他開了妓院。在國民黨時期，他幫助國民黨抽壯

恆泰照相館的老板還買了些破房子，經修整後或出租或轉賣，賺了不少錢。2004年10月攝於西壁營胡同東口。

丁。贖個壯丁，要80袋麵。封閉妓院時，他存的白麵裝滿了一間屋子。

　　第二個惡霸是人稱王胖子的王阿春，他原是廣寒仙館的老闆。自幼練過武功，相貌又長得兇惡，叫人看了先有三分發怵。只是沒有入幫，所以不能不讓金寶一頭。金寶對於養女還不採取硬性虐待的辦法，而阿春在養女面前卻是一尊凶神惡煞。他把五六歲的小孩買了來，小孩想家，哭了，他就把小孩倒提起來，揪著兩條腿來回晃悠。等孩子大一點了，他就另有一套刑法。

　　那時的妓女真是死無葬身之地。南方妓院的鴇母、妓女死後，過去埋在南下窪子亂葬崗子。瞎子金寶就建議在廣安門外買一塊地，作為「江蘇義園」，向妓院裡面的老鴇、老闆們募捐。金寶募到錢後，在那裡買了地，蓋了房子，可供停靈下葬，這一來就使他陸陸續續賺了不少

錢。有一年，城南遊節園來了唱文明戲的萬金花，跟一個姓江的姨太太勾搭上了，被姓江的知道，把他們送到員警廳，萬金花遊街示眾以後，押在監獄，被折磨死了。

　　王阿春多少年來就和瞎子金寶明爭暗鬥，始終鬥不過他。自從辦了江蘇義園，瞎子金寶賺了更多的錢，王阿春就更眼紅了，又和他爭了多少年。

位於北火扇胡同的一家鼎盛當鋪，這條胡同在八大胡同的東北部，現存完好。

　　瞎子金寶、王胖子都是妓院內部的惡霸；在妓院外面，還有些人專門吃妓院，其中最有名的，叫做「四條狼」。所謂「四條狼」，其實是四個人，即閻四、耿四、楊四、李四，共同的特點是在妓院裡放閻王賬。閻四放印子錢，每天晚上提著口袋串八大胡同，挨門挨戶去取利息，借他100塊錢，一個月要10塊錢的利息。耿四是個木器舖老闆。他將家具出租給妓院，以一間房間計算，每月要十來塊錢租金。每逢妓院分賬的日子，耿四就到各家妓院一坐，誰要不付租金，他就搬家具。楊四不知道做什麼生意，但他放賬的資本最雄厚，無論頭二三等，妓女、老闆沒錢使，他都可以放，當然也要取利。李四在李鐵拐斜街50號，開了個俱樂部，天津客商來到北京，常常住在裡面。他那裡經常打牌抽頭，每天車水馬龍，一直熱鬧到敵偽時期。這四條狼在八大胡同，人人聽了害怕，但沒有錢的時候，還不能不找到他們。這四個人只有李四、耿四有兒子，大家就說：「那兩條狼，都是絕戶，缺德缺的！」

　　此外，還有個叫劉四的，就是前面所說桓泰照相館的老闆。他除了包辦了妓院上捐的照相以外，也經常放印子錢。他還買了些破房子，經他一修理，或出租，

晚清“清吟小班”中的姐妹。

或轉賣，也賺了不少錢，充他放閻王賬的資本。

周邊除了這些惡霸之外，還有若干人寄生在妓院裡面。倒如倒髒水、垃圾、掏糞，都有把頭，他們各佔一條胡同，別人侵害到他們管界，就集合起來把他打壞，也沒有人敢管。他們都向每個妓女按月要一塊錢。這些人，妓院都要按時應酬，每逢陰天下雨，或者客人正多的時候，這些人就堵著妓女門口大嚷「要酒錢」，如果不給就接著罵。

寄生蟲不光有武的，也有文的。他們專門替妓院裡寫賣身文契，寫借約......等等項目。妓女從良，要找到他們寫一張字據。他們只憑一管禿筆，就可以夠他們抽大菸、喝老酒的了。他們雖然墮落到妓院幫閒的程度，但老闆、老鴇們還對他尊而敬之，稱呼一聲「先生」，遇見有什麼法律糾紛，還要向他們討教。每逢這種情形，他們也可以出謀劃策，調詞架訟，從中得到不少好處。

此外，還有仗著胳膊粗勒索訛詐的流氓地痞，指著報紙騙吃騙喝騙錢的花報記者等等，總之在八大胡同周邊派生出了形形色色的人物與場所。

5.看不到岸的苦海

從良是當時每一個妓女的最終出路之一。跟什麼人從良？這是每一個妓女苦惱的問題。想找個年貌相當知心如意的「郎君」，恐怕是不可能的。因為年輕的男子，沒有足夠的財力從妓院將她贖出來，即使他有這樣的力量，他的家庭也不會允許。因此，妓女從良多半是嫁給比她

大幾十歲的官僚政客、買辦經理做第××房的姨太太，由大家的玩物變成個人的玩物。其中也許有些妓女嫁了闊人以後，成為許多人羨慕的闊太太，但絕大多數，由於在妓院裡過慣了淫逸享受的生活，一旦有錢有勢，可供自己揮霍，就更放蕩起來，亂搞男女關係，結果往往被丈夫拋棄或送與同僚或再次賣與紅塵。有些紅妓女，手裡有了錢，就有人圖她的錢，把她娶過去，結果把錢騙光，就隨意遺棄了。還有一些流氓，專門騙娶那些「自家身體」的妓女，騙到手，轉賣到天涯海角，永遠不能翻身。有一個叫蘇黛春的妓女，曾經嫁過袁世凱的二兒子袁克文；不到兩年，就離開了。她從袁家帶出很多古玩字畫、珠寶玉器，又在妓院裡混，仍然是個紅姑娘。她手裡的私蓄居然有十萬左右。之後，她嫁給了一個銀行、政界兩棲人物，叫作李宣威。李宣威也是當時在各個妓院中有頭有臉的人物。她找這樣一個男人，不求別的幸福，只求保住自己的私蓄，沒有料到嫁過去以後，沒有幾年，北洋政府垮台，李宣威的生活日漸窘迫，終於動用到蘇黛春的私蓄，幾年工夫，把這筆錢花得十去八九。又沒有料到，「七七事變」以後，成立了敵偽組織，李宣威當了一名不大不小的漢奸，又有錢又有勢；於是又恢復了他過去花天酒地揮金如土的生活。在外面大搞女人。抗戰勝利以後，李宣威被捕入獄，蘇黛春還到監獄裡陪他兩年多。李宣威出獄以後，又老又窮，倒沒有再搞什麼花樣，在1949年後不久才死去。

在八大胡同清吟小班的名妓中，從良的結果比較圓滿的有兩個人。一個是金秀卿。金秀卿是清末民初的名妓，是當時花榜上的一名狀元。當時花選選了四名狀元，評選容貌、口才、文學、彈唱四項才能，金秀卿就是「口才狀元」。她天性就非常健談，當時又學了許多新名詞，和國會議員們談起來，口若懸河。連那些議員老爺們都自愧不如。後來金

秀卿嫁了一個天津姓胡的琴師。這個胡某沒有什麼錢，怎麼生活呢？金秀卿異想天開，經過在市政當局活動批准她在李鐵拐斜街開了一家女澡堂子，叫作「潤身女浴所」。當時這一帶只有這一家女澡堂子，不僅她妓院中的夥伴們來捧場，公館裡的太太小姐也前來光顧，生意做得十分興隆。金秀卿不但品性好，善於應酬，而且也會經營，能夠迎合這些闊太太小姐的心理，樓下附帶售賣女人化妝品，樓上樓下一律預備的是巴黎進口的最上等的貨色。她的生意一直做到1949年後公私合營，總算平安無事過了一輩子。

清末滿族妓女紅寶的照片

　　另外一個是「寶鳳院」的妓女，名叫花彩貞。中國銀行的馮耿光曾經捧她，所以妓院裡也曾享過盛名。她有個女兒，惟恐自己嫁了人，女兒受委屈，便一直在妓院混，直到女兒嫁了人，她才準備從良。女兒嫁了天津一個有錢人，花彩貞自己卻愛上一個裁縫。這個裁縫在天津開了一家裁縫店，專做大公館的生意。花彩貞嫁給他的時候，已經三十多歲了。她本來認識許多公館的老爺太太，這些老爺太太聽說她嫁給一個裁

圖片的左側二層樓是位於青風巷中的一家桌椅鋪，附近許**多煙館與妓院**的家具就是從這兒買或租用的。

縫，都認為她自趨下流，不再同她來往，並且各大公館聯合起來，不許再找這個裁縫做活。這個裁縫的手藝是頭等的，公館的活不能做了，就改接各大飯店過路客人的活，生意還是很好。花彩貞嫁給他以後，一直安安逸逸，沒有為生活著過一天急。有人就說：「還是花彩貞有眼光，別看她嫁了一個裁縫，可是生活並不壞，她連手絹還不會洗呢。比那些嫁給闊人的更享福！」

但是很多妓女並不做什麼從良的打算，自己年紀大了，就買兩個女孩子，養大了，讓孩子們做生意，自己為鴇母，繼續吃這一碗妓院的飯。

當然，還有很多妓女，被蹂躪摧殘，折磨死了；或者不願忍辱偷生，過這賣淫的生活，抑鬱死了。也有在這種放蕩淫逸生活中，得了各

種性病，無力醫治，爛死了。當年在南下窪子一帶，有許多亂墳崗子，埋著許多曾被摧殘蹂躪的女性。一口狗碰頭的棺材，就是她們的結局。

離八大胡同不遠，在梁家園就有一個濟良所。凡是不堪虐待的，可以投到濟良所去。濟良所就是當時政府所辦的一個機關，專門收容妓女，由所裡教給她一些謀生技術，並負負替她們擇配。說起來，應該算是當時政府的一項「德政」了。但是事並不如此簡單。

一旦進入濟良所就失去了人身自由，一切服從所裡的支配。首先要學會繡花、縫紉等等手藝，然後替所方做活計。這些活計賣出以後，收入完全歸所裡所有，做工的人一個錢見不著。而每天只能吃上兩餐糙糧（窩窩頭），有時甚至於喝粥。一天還要勞動十幾個小時，稍微鬆懈一些，管理人員，非打即罵，其狠毒並不在一個鴇母之下。一個妓女入所以後，除了不接客以外，精神上肉體上的痛苦，並不在妓院之下。這些可憐的女孩子，哪一個不含著眼淚吞下這一天的窩頭，哪一個不滿腹辛酸地勉強入睡？她們都說：「本想離開了妓院，不再受客人的侮辱，躲開老鴇的虐待。不料出了苦海，又跳進了火炕！」

因為此時的中國正值國家苦難纏身，民眾水深火熱之際，她們為生活所迫入了妓院，但一旦進入就永世不得翻身。

八大胡同

第十四章

八大胡同的消亡

凡有身著便衣持槍游娼者，需迅速祕密報告；妓院不得做非法生意；不得虐待妓女；不得誘迫良家婦女為娼；不許阻攔妓女從良等等。公安局還對妓院進行登記。登記項目包括妓院名稱、老闆的姓名及住址、妓院人數和妓女來源等。為了阻止嫖客逛妓院，公安局還曾經採用過蓋章的辦法。凡是到妓院的嫖客，一經查出，進行教育後在嫖客所攜帶的證件上蓋上「嫖客查訖」的印章。如遇未帶證件者，則把章蓋在他的衣服上。慢慢地，逛妓院人數急劇減少，導致一些妓院關閉，或轉行，或全班人馬搬遷它地。

十四、八大胡同的消亡

　　2000年中國人權狀況白皮書《中國人權發展50年》的第一章高度肯定了這項成就：「1949年11月，北京市人民代表會議率先做出禁娼決定……在很短的時間內，就使這種在中國延續3000多年、嚴重摧殘婦女身心健康和尊嚴的罪惡淵藪絕跡。」

1949年妓女們走出妓院，獲得解放的姐妹們個個臉上帶著微笑，載歌載舞。鋪嗣傑攝

　　此後，對妓院實行了管制，並做出了一些規定：

　　各妓院要備有留宿住客登記簿，詳細記載住客姓名、年齡、職業、住址，並於每日22時前將登記簿送達當地派出所備核；凡有身著便衣持槍游娼者，需迅速祕密報告；妓院不得做非法生意；不得虐待妓女；不得誘迫良家婦女為娼；不許阻攔妓女從良等等。公安局還對妓院進行登記。登記項目包括妓院名稱、老闆的姓名及住址、妓院人數和妓女來源等。為了阻止嫖客逛妓院，公安局還曾經採用過蓋章的辦法。凡是到妓院的嫖客，一經

查出，進行教育後在嫖客所攜帶的證件上蓋上「嫖客查訖」的印章。如遇未帶證件者，則把章蓋在他的衣服上。慢慢地，

被解放後的妓女們的合影。

逛妓院人數急劇減少，導致一些妓院關閉，或轉行，或全班人馬搬遷它地。

1949年8月9日，北平市召開人民代表會議。在會上，有兩位代表提出了改造妓女的提案。

提案建議，設立妓女習藝所，收容妓女，並施之以教育，授以勞動技能，把她們改造、培養成為靠勞動生存的人。

被封閉的妓院。

貼上封條的妓院。

代表們經過熱烈的討論後，通過了這兩個提案。9月19日，《北平市處理妓女辦法》（草案）出爐。

《辦法》（草案）中明確指出：「先集中力量處理明娼，暗娼另行處理之。對妓女採取統一集中，分別處理的方針，對妓院老闆和領家，採取取締政策，除命令妓院停業外，對於罪惡昭彰、傷害人命者依法懲處，對其敲詐剝削非法致富的財產，予以沒收；對茶房、跟媽、夥計則一律遣散。」

《辦法》（草案）一經頒發，各方面人士立即投入工作。民政局、警察局、衛生局、企業局、婦聯、法院特別共同組建了「處理妓女委員會」。

P292 左下圖：被捕的妓院老板、領家。

妓女們在訴苦會上對老板、領家進行控訴。

查封時軍人們把守住各個門口。

10月15日，這些單位又共同組成了「封閉妓院總指揮部」。指揮部總指揮由警察部部長兼北平市警察局局長羅瑞卿擔任，民政局局長董汝勤、婦聯籌委會副主任楊蘊玉、市警察局治安處副處長武創辰等擔任副總指揮。

11月21日下午，在中山公園中山堂，北京市市民代表會議正在召開。決定當天下午 6時以分指揮部為單位，用召集開會方式，集中老闆、領家；8時開始集中妓女；對茶房、跟媽當晚集中管制。」

執行任務的有27個行動小組共2400多名幹部和員警。他們將各胡同口與妓院大門用荷槍實彈的士兵封鎖。

之後這些妓女被送進了設在韓家潭和百順胡同的 8個婦女生產教養院。妓院的老闆和領家們，則在大規模行動前就被集中到一起，由公安

北京市婦女生產教養院的牌子。

昔日的妓院管理者與被管理者。

總局警法科關押起來了。

　　這一晚，共集中了424名老闆和領家。到次日凌晨 5時全市封閉所有妓院224家，收容妓女1286人。

當年處決妓院老板時報刊上的報導。

　　當時，北京各界人士對妓女改造都非常關注。著名戲劇家馬少波，根據妓女的親身經歷，編寫了話劇《千年冰河開了凍》。劇中角色都由妓女本人扮演，場面催人淚下。

　　北京市軍事管制委員會軍法處審判了昔日妓院老闆、領家，其中將黃樹卿、黃宛氏判處死刑，立即執行。19人判處10年以上有期徒刑，74人判處5年以上徒刑，1260人判處1年以上徒刑，4人課以

罰金與勞役，20人處以緩刑、警告、教育釋放。此外，沒收房產168處共 1824間。

繼續留在教養院裡的昔日妓女，經過教育，她們終於有了覺悟，政府又為她們治好了病。政府還為她們購買織布機、織襪機82台，並建立起「新生棉織廠」，給她們安排了工作，生活有了著落。

到1950年6月底，1316名昔日的妓女都有了新的生活。其中596人出去後結了婚，她們的丈夫絕大多數是工人或農民；379 人被親屬領回家後參加勞動；62人加入文藝演出和醫務工作者的行列，8 人被送進安老院。因被查出是妓女兼領家已分別另案處理的有62人，94個未成年的孩子，有43人被送進了育幼所，24人隨母親離開，有 3人由農民領養。年齡大點的進了工廠。留下來的209人，在新生織布廠當了工人。

八大胡同

第十五章

京城風月場的殘跡

賽金花住過的怡香院，位於陝西巷中的一條叫榆樹巷的小巷之中，現在是民居。建造年代在1900年前後，為磚木結構二層小樓，樓北側有樓梯供上下。建造細部也極為講究。

現在的櫻桃斜街11號長宮飯店，始建於乾隆年間，原是貴州會館老館（此外還有貴州中館等），在清中後期改為旅館的經營，常有貴族與上層人士在此進行社交活動，所以小鳳仙才會經常來這兒。它為雙層純木結構，沒一根釘子，紅廊綠簷環繞，30多個房間戶戶面向天井。清代紀曉嵐也常來此飲樂。

十五、京城風月場的殘跡

　　昔日八大胡同中的百順胡同、胭脂胡同、韓家潭、陝西巷，集中著一等妓院，也叫「清吟小班」，以喝茶、宴飲、填詞弄曲為主營業務，並非只有皮肉生意，自然是達官顯貴出沒之地。

　　石頭胡同聚集著眾多「茶室」，多屬於二等妓院，嫖客以富人商賈為多。

　　王廣福斜街、朱家胡同、李紗帽胡同、充塞著三等妓院，嫖客主要是小商人、小掌櫃等「中產階級」。「老媽堂」和「暗門子」是上不得

博興胡同全景。2004年8月攝。

大力胡同，有人說這條胡同中有妓院，有人說沒有，但是它肯定是飯店最多的，也是為妓院提供相應服務最方便的地方。2004年10月攝。

朱家胡同45號內部的樓梯，上樓後其北側是五間小房。2004年10月攝。

八大胡同檯面的，那是體力勞動者們消遣的地方。

賽金花住過的怡香院，位於陝西巷中的一條叫榆樹巷的小巷之中，現在是民居。建造年代在1900年前後，為磚木結構二層小樓，樓北側有樓梯供上下。建造細部也極為講究。

現在的櫻桃斜街11號長宮飯店，始建於乾隆年間，原是貴州會館老館（此外還有貴州中館等），在清中後期改為旅館的經營，常有貴族與上層人士在此進行社交活動，所以小鳳仙才會經

韓家胡同95中學就是李漁的故居。2004年10月攝。

常來這兒。它為雙層純木結構，沒一根釘子，紅廊綠簷環繞，30多個房間戶戶面向天井。清代紀曉嵐也常來此飲樂。

朱家胡同臨春樓。2004年10月攝。

我們今天看到的許多作為妓院的二層小樓，建造之前就定好了使用功能。一般都有一個四面木樓圍起形成的天井，房間一般是8—10平方米，勉強容得下一床一桌一梳妝檯；每座樓這樣的小房間大約有12~20間左右。

韓家胡同曾是閒散文人

李漁的隱居之地。他生於明清之際，請張南垣為他在韓家潭壘石蓄水，仍以他在金陵的別墅「芥子園」為名題楹聯曰：「十載藤花樹，三春芥子園。」芥子園，恐怕可能是八大胡同地帶唯一的文化遺蹟。

朱茅家胡同9號，是家二等妓院，叫聚寶茶室，門框上面「聚寶茶室」四字猶存。

在一次房管局修繕房屋過程中，居住在裡面的居民憤怒地要求鏟掉門口這四個字，他們不願意這些象徵恥

百順胡同49號院的大門。2004年10月攝。

韓家胡同21號是一等班子"慶元春"所在，21號在這一帶是最大也是保存最好的遺跡之一。2004年10月攝。

百順胡同36號院，它還曾是一戲劇界人物的住宅。2004年10月攝。

四勝胡同18號是一個妓院老板的住宅，在查封妓院後將她執行了死型。2004年10月攝。

辱的痕跡仍舊保存著。

朱家胡同45號，原先的妓院叫「臨春樓」，在「臨春樓」這行大字上面還有一行小字「二等茶室」；這裡樓下與樓上都是五間房，每間房約9平方米，原先樓上樓下都是7間房，每間房只有6平方米，後來改成5間。

在百順胡同則是豪華的一等妓院之集中點，專為上流社會提供服務的。

百順胡同49號院，是四面環樓的院落，「每面四間房，樓上共16間，樓下也是16間，每間房均10平方米大。樓上還有雕花的欄杆。頭等妓院除了經營「老本行」，額外也提供餐飲遊樂。

韓家潭21號，即叫作「清吟小班」的地方，門口上面有個名叫李鐘豫的人題了「慶元春」三字，是這家妓院的名字。這裡院子比較寬敞，只有南北兩面有兩層樓房，每面都是樓上4間，樓下4間，兩面共16間房，房子比二等妓院要好一些，每間約有10平方米。這是富人們的銷金窟。

在今天的百順胡同36號，日本人開過一家妓院。現在除了上面的罩棚外，只存有兩間北房，在罩棚之下搭建了十幾間小房出租給外地人居住。

日本人在這一帶的活動遺蹟無處不在，出百順胡同東口是陝西巷，今天的陝西巷50號就曾是一家日本人開的銀行。

1949年以前，天橋地區處於城鄉交界，貿易繁盛，娛樂場所眾多，有小型的戲院、電影院、說書館數十家；摔跤、變戲法、耍武術、拉洋片、說相聲等擺地攤的有數十處；小旅館、各種小吃店和賣舊貨的小店舖遍地都是；五六條街巷幾乎挨家挨戶是操皮肉生涯的妓女暗娼，這些暗娼集中在四勝街（原四勝廟）、趙錐子胡同西部一帶。還有不計其數的流動 「野雞」。封建餘孽、地痞流氓等惡勢力肆虐橫行，欺男霸女，草菅人命。

今天我們仍能在天橋的市場東路看到殘留的書社與藥舖、小吃舖等建築，只是天橋的西面由於拆改已面目全非蹤跡皆無了。

八大胡同

第十六章

保護與消失

讓八大胡同重新曝光，不過是為了滿足某些現代人對妓女生活的好奇心與窺視欲，會產生毒害作用的。凡此種種，都恨不得將八大胡同夷為平地，最好是索性將其從中國人的記憶裡抹去。

抹，是抹不去的。八大胡同畢竟是北京特定歷史階段的產物。所以，本地雖然一直向外來遊客推薦「胡同遊」（坐在老式的人力車上，體驗一番老北京胡同風情），但八大胡同並未列入其中，即使不能算禁地，也屬於被（刻意）遺忘的角落。

十六、保護與消失

前一段時間，有人建議修繕八大胡
同妓院遺址，作為旅遊景點，吸引中外
觀光客。此言一出，在報端立即招致眾
人反對。

有人說：老北京的風俗，不能靠八
大胡同來表現，有趣味的地方多呢，天
橋、大柵欄、琉璃廠等等，夠玩的了。

也有人說：讓八大胡同重新曝光，
不過是為了滿足某些現代人對妓女生活
的好奇心與窺視欲，會產生毒害作用
的。凡此種種，都恨不得將八大胡同夷
為平地，最好是索性將其從中國人的記
憶裡抹去。

抹，是抹不去的。八大胡同畢竟是
北京特定歷史階段的產物。所以，本地
雖然一直向外來遊客推薦「胡同遊」（
坐在老式的人力車上，體驗一番老北京
胡同風情），但八大胡同並未列入其
中，即使不能算禁地，也屬於被（刻

四勝胡同某號，攝於2002年8月。

四勝胡同大約有三家到四家三等或四
等妓院，嫖客多是在天橋一帶的三教
九流人物。2004年10月攝。

傍晚時這些老房子的灰色與晚霞的暖色混在一起，像一幅古典油畫。這是趙錐子胡同中的一間老房。2004年10月攝。

意）遺忘的角落。

　　現在我們有意或無意地將八大胡同列入了古跡保護的範圍。但又絕不是因有八大胡同才將它列入，它是沾了大柵欄的光。我們可能是沒有勇氣直面慘痛的歷史與慘澹的人生。所以常常選擇迴避或遺忘來化解自己曾遭遇的尷尬與羞恥。

在攝影術傳入中國以前我們只有通過"畫"來作為一種記錄手段，這是清朝的畫匠。

八大胡同

第十七章

老照片

照片最為真實地反映了那時代的特徵，清末民初也是照相術在中國剛剛興起之時。生活在北京的平常人只有在辦理證照時或結婚時才會照一張，而妓女和交際花，或經商的，唱戲的之類人物才是照相館的主顧。

在中國的民間女子中，民女少有機會與這些洋物接觸，也不願上照相館。很難像妓女這麼大方。中國的照相館也就是在這個時期興起的。

十七、老照片

　　有關民國期間妓院、妓女的老照片很多，這與當時攝影術在中國社會中的發展不無關係。當時有人作詩：「顯微攝影喚真真，較勝丹青妙入神。客為探春爭購取，要憑圖畫訪佳人。」

　　「拍照之法泰西始，攝影鏡中真別致。華人效之亦甚佳，栩栩欲活

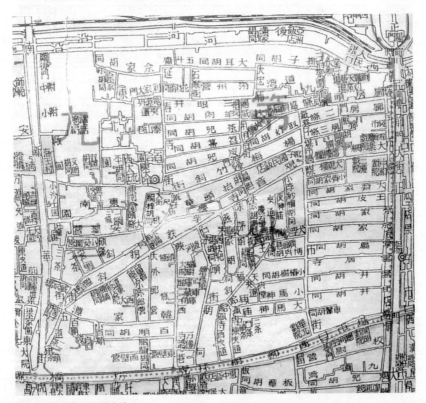

民國後期所繪大柵欄地圖。

北京茶館，法國攝影家布列松所拍。

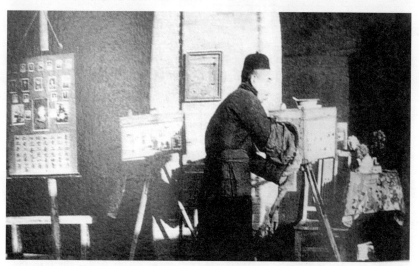

早期的照像行業用的是木盒子做的大坐機，膠片有書本大小，在六七十年代北京的許多照
相館還在用這種相機，由於攜帶不便，所以很難照街景或抓拍。

315

這是晚清時專門給人梳辮子的理髮匠。

像這種賣枕頭的小姑娘，中國人很少拍，這也反映了中西方攝影觀念上的不同，所以對下層人群或世俗社會的記錄則多是西方人拍的。

得神似。雖無男女分，男女不妨合一幀。不過留心家內胭脂虎，撕碎如花似玉人。」

照片最為真實地反映了那時代的特徵，清末民初也是照相術在中國剛剛興起之時。生活在北京的平常人只有在辦理證照時或結婚時才會照一張，而妓女和交際花，或經商的，唱戲的之類人物才是照相館的主顧。愛照相的當時有兩類女性。其一是宮廷女性，其二是菸花女子。前者是因為與洋人接觸的機會多，常常要攝影留

西方人不只為老北京照了很多相，還畫下了老北京的風俗畫，這幅畫畫的是帽店裡的掌櫃、客商、伙計、化緣的和尚等人物，都畫得活靈活現。

念。後者因為要送給嫖客或掛在營業場所，嫖客之間也有要來相好的照片相互贈送對比的。

在中國的民間女子中，民女少有機會與這些洋物接觸，也不願上照相館。很難像妓女這麼大方。中國的照相館也就是在這個時期興起的。

妓女的時尚對民間女性起了很大的示

這是民國時期北京書茶館的情景。

範作用。「女衣悉聽娼妓翻新，大家亦隨之」我們可以看到有一些無名女郎，穿著形形色色的旗袍，或中式棉襖，在畫棟雕樑間搔首弄姿。

客觀地說，北京妓女的打扮比較樸素，比同時期上海灘的摩登女郎要顯得土氣一些。

有一幅照片，內容是這樣的：兩位俄國大兵，各自正摟著一個強作笑顏的妓女，圍坐在八仙桌邊，高舉酒杯合影。只需看一眼，你就會明白，所謂的「鐵蹄」指的是什麼。當時，連紫禁城都在洋人的刺刀下顫慄，更何況八大胡同呢？這一回，他們帶來的不僅僅是照相機了，還有口徑更大的槍炮。

那時的照相館相對簡單，不大的房子，掛上用白布畫的布景，布景上畫有汽車、洋樓、風景，或直接坐在屋子中的八仙桌邊上，也有靠在

床上的，更多的是姐妹之間 的合影。從那時的老照片中，我們可以看
到一個時代的影子，一個無比屈辱因而無比漫長的瞬間。表情尷尬的女
性，她們承擔著從肉體到靈魂雙重的恥辱，因為她們不僅是飽受欺凌的
妓女，同時又是毫無尊嚴的亡國奴。我們還可以從中研究當時人們的生
活習俗、服飾、文化等等。

附錄

八大胡同區域圖

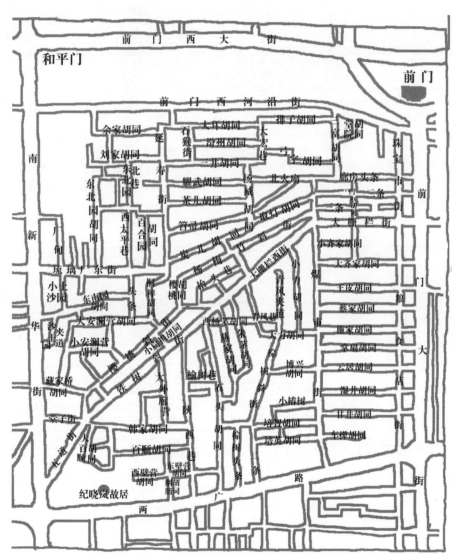

八大胡同區域圖（八大胡同在這幅圖中間偏下的部位）

八大胡同區域內的胡同簡介

百順胡同

　　百順胡同原名柏樹胡同。明朝稱柏樹胡同，因種有柏樹故得名。清初諧音取「百事順遂」的涵義，更名為百順胡同。

　　百順胡同位於大柵欄地區的西南部，全長245米，寬5.7米。

　　百順胡同的東口是陝西巷，西口開在大百順胡同，與它並行的北面是韓家胡同，南面是東壁營與西壁營胡同。

百順胡同40號俞菊笙故居，進大門時所看到的景象，最後面的是它的後院的二樓。

在八大胡同中百順胡同名氣最大，各個院落的歷史沿革也較複雜，很多院子自建造起經過多次易手，有一些老住戶也説不清它的來龍去脈。我們現在知道的是百順胡同最初曾設有太平會館、晉太會館。會館後來大多改為民居。山西太平會館建於清乾隆年間，初稱太平會館，後改名太平試館。著名藏書家、山東益都李文藻曾假寓館內。咸豐年間，移館王廣福斜街，定名「太平試館」。館區為大青石料。1952年在24號成立了新中華評劇

百順胡同40號二樓的走廊，這座樓的走廊與榆樹巷1號賽金花的小樓建於同一年代，甚至是同一批工匠所建。攝於2002年8月。

工作團，有演員67人。

　　據說李文藻進京朝見乾隆皇帝時，曾在這條胡同住過。著名的春台班就在這條胡同中。京劇名伶大都在八大胡同的韓家潭、百順胡同、石頭胡同、王廣福斜街等胡同內居住。「三慶班」原在韓家潭，後來也遷到百順胡同。梅蘭芳1900年遷至此地居住過。有許多古蹟已無處可尋，但當我進入40號院時不禁眼前一亮，它的寬大，它存貯下來的遺蹟似乎向你表明，它的主人像剛剛離開。

遲月亭故居，百順胡同38號。

　　俞菊笙(1838~1914)原名光耀，祖籍江蘇蘇州，生於北京。幼拜張二奎為師，出科後曾主持春台班多年，以武生挑班唱大軸。曾與汪桂芬、胡喜祿、黃三雄等合作演出。他為人豪爽，急公好義，人稱「俞毛包」。長靠、短打均長，演戲風格勇猛威武，矯健雄偉，世稱「俞派」。武生勾臉戲《鐵籠山》等亦由俞所創始。他戲路寬廣，善演神怪戲，常演劇碼有《挑滑車》、《

陳德霖故居，百順胡同55號。

325

百順胡同39號，程長庚故居。

長阪坡》、《豔陽樓》、《鐵籠山》等。弟子楊小樓、其子俞振庭亦受
其傳授。

遲月亭(1883~964)，譜名振源，乳名亮兒。原籍山東蓬萊，生於北
京。為武老生遲遇泉(春祥)之三子。幼從崇富貴、丁俊練功，後入小天
仙科班，與譚小培、閻嵐秋等同科，先習老生，後從楊隆壽習武生，以
短打戲見長⋯⋯

陳德霖(1862-1930)名鈞璋，小名石頭。原籍山東黃縣，出生於北
京。從程章圃學刀馬旦，又從朱蓮芬和朱洪福學崑曲戲。出科後搭入三
慶班。陳德霖的演唱風格，師法於時小福和余紫雲。他與譚鑫培、孫菊
仙、俞菊笙、劉鴻聲、楊小樓等合作，一直到1930年逝世前，從未間斷
過舞台生活。他是繼梅、時、余之後，王瑤卿之前，京劇青衣的代表性
人物。有「老夫子」之稱。對「四大名旦」及後世旦角藝術發展影響深
遠。

百順胡同的妓院殘跡。

據了解,百順胡同一帶在2006年之後將成為戲曲民俗展示區。2004年10月攝。

這是49號院的木製樓梯。攝於2002年8月

　　百順胡同39號的「四箴堂」是京劇老生前三傑之一程長庚的「堂號」。他的堂號代表了他本人。據說當年他演出時的戲報就寫「四箴堂」，不寫他的名字。

程長庚（1811－1880），譜名程聞檄，乳名長庚。祖籍安徽省潛山縣河鎮鄉程家井，為程氏五十一代裔孫。清嘉慶十六年農曆辛未十月初七日生人，道光年間入京，曾先後居住石頭胡同和百順胡同，寓所名「四箴堂」。同治、光緒年間曾掌三慶班，同仁尊稱其「大老闆」。工文武老生，能戲300餘齣，善演《群英會》、《華容道》、《戰太平》、《捉放曹》等，他與春台班余三勝、四喜班張二奎，為京劇第一代演員的三位老生傑出人才，雖比余、張享名較晚，但其威望極高，名列「三鼎甲」之首。

　　據瞭解，百順胡同一帶今後將成為戲曲民俗展示區。

　　當年從胡同西口依次排列的妓院有瀟湘館、美錦院、新鳳院、鳳鳴院、鑫雅閣、蒔花館、蘭香班、松竹館、泉香班、群芳院、美鳳院等十幾家一等班子與幾家北方班子。日本侵華時日本人開的6家妓院。這兒還有尚元膏大菸館、白麵房、日本酒館。

　　1949年封閉各妓院時曾在這兒設有幾個婦女生產教養院。從這條街上的遺存你還可以看出當年一等妓院房屋裝修之精良。由於它專為上流社會提供服務，所以相應的飯莊與賭場也一應俱全，現在的49號院，是個由四面都是樓圍起來的院落，每面上下各4間房，樓上共32間，每間房均10平方米大。有樓梯通到樓上，現在老樓梯還在，樓上也還有雕花的欄杆。真是雕欄玉砌今猶在。

小力胡同

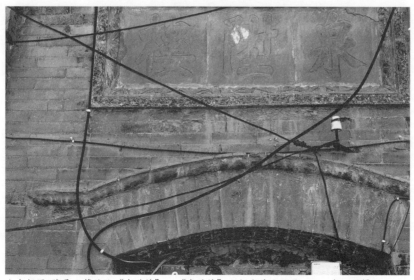

小力胡同3號是二等妓院"泉升樓"，"泉升樓"三個字清晰可見。2004年10月攝。

329

南口路西有一個寫有蕊香樓牌匾的二層磚樓，但查妓院記錄又沒有找到它的記載，現為一家旅館。

小力胡同27號破損。現為民居。

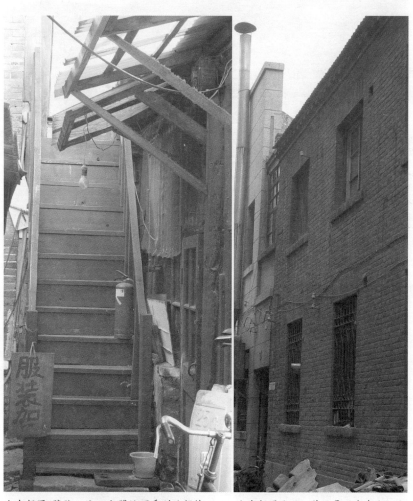

小力胡同7號院,進入大門就可看到這個樓梯。攝於2002年8月。

小力胡同北口,前面是現音寺街,右邊這個樓原是一家錢莊。攝於2002年8月。

本圖與下圖均為青風夾道中的一部分。2004年10月攝。

小力胡同，曾用名小李紗帽胡同。位於大柵欄地區東部，起於大柵欄西街止於大力胡同，南北走向，全長182米，均寬4米。

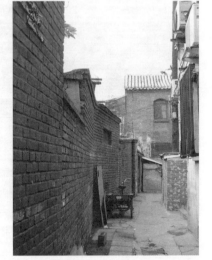

小力胡同原名小李紗帽兩條胡同，是「八大胡同」之一。這條胡同不大，總共有21個門牌號，但是在老北京，１６家妓院就佔了20個院子。這裡的妓院有二等也有三等，它們分別是：泉升樓、興春院、金美樓、天順樓、明春院、新美樓、新升樓、華賓茶室、鑫鳳院、清香院、雙鳳樓、德盛樓、青松閣、

鑫美院、永泉下處、雙寶堂。

泉升樓在胡同的中部路西，是小力胡同中保存最為完好的。

小力胡同10號原是小力胡同茶室，破損後重建，但結構並沒有什麼大變化，現為民居。

青風夾

青風夾道曾用名火神廟夾道，其全長152米，寬2.5米。

原為火神廟夾道，也叫三聖庵。青風夾道 1 號就是火神廟原址。火神廟夾道12戶：金福院、連升院、懷春堂、翔瑞院、鳳翔院、元福院、民升院、喜順樂戶、慶春、富升樓、春滿院、福全。因為巷子本來就不大，所以清末民初這裡基本上都是妓院。

現在的25號就是鳳祥院，也有人說還有永花店、天衣店、大和店等，估計是在不同時期因店名的更改而有此說法。現有住戶都是1949年之後或由住都局或是單位分配來的。

這條小巷現在有4 個彎，最窄處可與錢幣胡同相比，也只有40多公分。

如今的孩子們那管那些事情，他們的人生與幾十年前相比，彷彿跨越了一千年。2004年10月攝。

這個院門是後建的，它真正的老門在這個門的後邊。2004年10月攝。

青風夾道某號曾為一家二等妓
院,現為民居。2004年10月攝。

青風夾道中一家正在重新修造的房屋,你可以從中看出它與
傳統建築的傳承性。2004年10月攝。

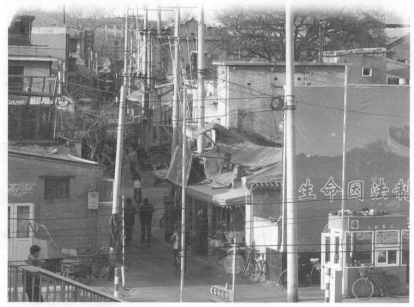

石頭胡同南口。2004年10月攝。

石頭胡同

　　石頭胡同，自明代至今均稱石頭胡同。1965年將增祿里併入。位於大柵欄地區中南部。基本呈南北走向。北起鐵樹斜街，南至珠市口西大街。東側從北向南與小楊茅胡同、燕家胡同、棕樹斜街相交；西側從北向南與小石頭胡同、萬福巷相交。上世紀70年代時全長448米，寬5.9米。門牌：1-129號，2-80號。現在因為修兩廣路拆除近30米。胡同內原有望江會館、孟縣會館、嚴陵會館、龍岩會館。

　　福建龍岩會館：座落在石頭胡同，有大小房屋18間。為龍岩一菸商捐助，是龍岩舉子晉京駐足之地。民國五年，因石頭胡同是妓院集中之

石頭胡同53號准提庵，現為民居。2004年10月攝。

地。以議員連賢基為代表的會館委員會，提出集資賣舊買新遷館別移。此主張得到了龍岩中學、龍岩商會等70餘家的支持，購得賈家胡同房屋一處共42間，龍岩會館遂遷至新址。

　　清嘉慶年間，安徽嵩祝戲班進京後曾駐此胡同內。舊時胡同裡五行八作俱全，從北向南有大北照相館、西醫診所、大陸戲園、三合成書茶館、祥聚公餑餑舖、大昌油鹽店和酒館、大菸館、白麵房、當舖、棺材舖等，南口路東是恆慶澡堂子。清代至1949年，這條胡同還是二等妓院的集中地。關於這些妓

石頭胡同55號三合成書茶館。2004年10月攝。

337

石頭胡同28號，原是一座廟宇，後曾作為國民黨的27軍偵緝處，現為石頭胡同房管所。除北面一排為新建房屋外，在院子的東南角尚保存原樣。左下圖為它的房門。2004年10月攝。

石頭胡同37號，門框上部為走馬板，是寫字號或吉祥語的地方。2004年10月攝。

院的名稱有兩種說法，一種是金福院、連升院、懷春堂、翔瑞院、鳳翔院、富升樓等12戶；一種是桂香班、貴連班、品樂茶室、榮華樓、玉樂茶室、慶華茶室、三福班、天升樓、蕊芳園、豔春班、貴福茶室、元春班。不過後者較可信。

曾有著名藝人回憶說：「我們師徒三人去串妓院賣唱，從天橋福長街二條到石頭胡同，進南口串起來。每到一家，先從背上將師兄放下，老師拉京胡，師兄拉二胡，我打板，拉個‘小開門’或是‘夜深沉’。接著，我拿著劇碼到各屋裡問問：‘老爺，您聽哪段二簧嗎？’每個院都是這樣。從石頭胡同中間往東，經王廣福斜街、博興

石頭胡同某號，為兩層灰磚樓，曾是一家二等茶室，但樓內由於搭建了許多小房，已看不出原貌，整體結構完好。2004年10月攝。

胡同、大李紗帽胡同、小李紗帽胡同、火神廟夾道，再往西往返石頭胡同，一直串到午夜回家，基本上每天如此」。

94號是評劇公會的所在地。1956年，撤銷「評劇公會」，成立「北京市評劇工作者聯合會」，會址遷至櫻桃斜街。

94號後來又改為旅店業公會。現為民居。

1952年在這條胡同中還成立過北京實驗評劇團，有演員95人。現已改建它用。

余三勝故居，位於石頭胡同61號，三進院落，前院東房3間，大門道直通北遊廊，西房3間；中院上房（西房）3間半，帶前廊，北房、南房各2間；南跨院設南房3間。現為市文化局所

石頭胡同61號曾是余三勝故居。2004年10月攝。

這是61號大門洞的北面牆，由此牆還可看出當年的一片榮華之氣。2004年10月攝。

石頭胡同37號可能與39號為同一個院子。2004年10月攝。

有的民居。

　　余三勝（1802-1866）是著名京劇老生演員，名開龍，湖北羅田人。原唱漢調老生，於清道光中期繼著名漢調老生王洪貴、李六之後進京，搭徽班演出。後為「四大徽班」之一春台班的台柱，時京城觀眾評論王、李二人給京城工曲舞台帶來了「楚調新聲」的西皮調，而余三勝的來京，在聲調上於漢調皮簧和徽戲二簧調腔基礎上，吸收崑曲、秦腔演唱之長，還將青衣小腔融於老生唱腔之中，吐字以湖北音為主，創造出抑揚婉轉、優美動聽的京劇唱腔；在念白上，他將漢調語言特點與北京地區語言特點相結合，形成了易於京城人聽得懂又具京劇舞台語言的念法。因其創造的唱腔、念白富於漢劇特色，時稱「漢派」。

　　余三勝戲路寬，文武皆佳，擅長劇碼有《定軍山》、《當□賣馬》、《魚腸劍》、《碰碑》、《捉放曹》、《打棍出箱》、《牧羊

石頭胡同39號，張二奎故居。2004年10月攝。

石頭胡同某號是一座二進的四合院，前院為平房，後院為三圍的磚木樓，保存極為完好，原為一家二等茶室，現為民居。2004年10月攝。

這座旅館已有很多年了，20幾年前還是磚面的老式磚樓。現在已貼上了灰磚面。2004年10月攝。

石頭胡同81號，原是一家大煙館，一元錢一泡。院子很大，建築有精緻的細部。2004年10月攝。

圈》、《楚莊王》、《烏盆記》等。道光、咸豐年間與程長庚、張二奎並稱「老生三傑」、「京劇三鼎甲」，系京劇形成之初的代表人物。其子余紫雲，乳名字昭兒，是「同光名伶十三絕」之一。其孫余叔岩為京劇「余派」老生創始人。

張二奎在北京的故居有兩處，一處位於永定門大街路東之忠恕里；另一處就在石頭胡同39號，院內有東、西房各2間及南房1間，大門坐西朝東，現為民居。

張二奎（1814-1860）是著名京劇老生演員。又名士元，原籍河北衡水，幼時隨父經商來京，嗜愛戲曲。二十餘歲時曾任工部都水司經承。常以「票友」身分在和春班客串演出。張二奎因觸犯規定而被革職，為了生計，他正式下海搭和春班演出，後入四喜班。

"聚寶茶室"大門之上的寶頂。2004年10月攝。

1845年成為四喜班主演和領班人。咸豐年間自組雙奎班。

　　張二奎嗓音寬厚洪亮，唱腔樸實，不尚花腔，咬字堅實，以高亢激越、平穩沉煉練著稱。時稱「奎派」或「京派」。他與余三勝、程長庚並稱京劇形成初期的「老生三傑」、「京劇三鼎甲」。曾當選為精忠廟會首。因其扮相雍容大方，擅長演帝王貴胄一類角色，以「王帽戲」著稱。常演劇碼有《打金枝》、《金水橋》、《上天台》、《迴龍閣》等。宗奎派唱法者有許蔭棠、常九峰、周春奎、劉景然等，聲名顯赫，時有「年少爭傳張二奎」的詩句。其舞台生涯不長，咸豐十年據傳因其母病逝，治喪大擺排場，「以優伶潛用官宦排場舉動」而定發配罪，死

磚雕"聚寶茶室"的細部。2004年10月攝。

對胡同旅遊的客人在聽三輪車夫講關於八大胡同的故事。如今這兒住的都是平常的居民。2004年10月攝。

於通州。門下弟子有楊月樓、俞菊笙，時稱「文武雙璧」。

朱茅胡同

朱茅胡同原名豬毛胡同。

朱茅胡同位於大柵欄地區的中部,全長240米，寬2.3米。共有1號到49號，約定49個院落。

胡同北起大柵欄西街，南止燕家胡同南部，西面是燕家胡同與它並行，東面則是朱家胡同，在它的

下圖為朱茅胡同北口，出此口就是大柵欄西街，也就是舊稱觀音寺的街。2004年10月攝。

北部有一條東西方向的橫街（西楊茅胡同）穿過，南部與燕家胡同併入一處，總稱為燕家胡同，它處於八大胡同的包圍之中。1949年前統計有妓院11戶，他們是：忠福院、富桂堂、清華院、會友茶室、銀香茶室、銀香、春香院、豔福茶室、興華園、華美樓、魁順。最知名的則是今天的9號院，這是一座二層的小樓，實際上也是由南樓北樓與西樓組成的帶天井的一個院落，其上下共有28間房，每間只有8-10平米。它有一個拱形的樓門，上有磚雕的「福祿」二字。在這兩個字的上方則是磚雕「聚寶茶室」的牌匾。

在朱家胡同的北出口東面還有一座二層小樓，但原用途不可考，現為旅館。西面上世紀80年代是一家國營的小吃店，今天則是幾家小商店與一家旅館所在。但它的歷史不可考。

棕樹斜街

棕樹斜街，位於大柵欄地區東南部，東北至西南走向。北起大力胡同，南至石頭胡同，全長310米，寬7.8米。門牌1-

棕樹斜街上的老店，在它的周邊地區有十幾家二等與三等妓院。2004年10月攝。

位於樹斜街上的保存最完好的"一品香"澡堂,原來上有一個寶頂,1976年地震時震落。2004年
10月攝。

這是一家書館，書館與茶館一樣常是女藝人們受辱之處。2004年10月攝。

棕樹斜街42號小花園賓館，原為大煙館。2004年10月攝。

103號，2-80號。

　　清代稱王寡婦斜街，後改稱王廣福斜街。1965年將廣福巷、口袋胡同併入，改為現名。明末清初妓院較多。當時有王姓寡婦在此開設妓院很有名氣，故得此街名。清《京師坊巷志稿》就稱王廣福斜街。1965年，定名棕樹斜街。目前棕樹斜街還有一條二條兩條街道。清末民

棕樹斜街89號，民國時期為一家浴池，有人說它一度只接待來八大胡同中的有頭有臉的人物。現正在整修中。2004年10月攝。

初，街內曾先後建有山西汾陽會館、江西新建會館等。另有一品香浴池、蔣記飯館、落子館和演唱河南墜子和大鼓的娛樂場所以及當舖、酒館等。舊時這裡是三等妓院的集中地，為「八大胡同」之一，之所以這麼多的三等妓院集中在這兒主要是由於，原在韓家胡同的一等與二等妓院中的北方妓女被南方新來的妓女擠壓到此。歷史上有名的有久香茶室、聚千院、貴香院、雙金下處、全樂下處、月來店下處等20多家。另有一品香浴池、落子館、酒舖、店舖等。有妓院20餘處。現均為民居。街中部有棕樹斜街小學。解放前統計時計有妓院9戶：廣興院、金鳴院、寶順茶室、文華院、連升茶室、雙福茶室、萃湘茶室、榮鑫樓茶室、同義樓。

　　元興堂飯莊的原址也在這條街上，元興堂飯莊係牛街廚子馮金軒創建於清咸豐年間。當時服務對象主要是清廷王公大臣、紳商富賈。民國

初年也多為軍閥政客，北洋政府的袁世凱、黎元洪、馮國璋等常至用餐待客，曾鼎盛一時，1932年倒閉。

朱家胡同

　　朱家胡同一直叫朱家胡同，其北口在今天的大柵欄西街，中部轉彎後向東與大力胡同相接。其原名留守衛。留守衛是遼金時之禁兵營衛故址。朱家胡同，早年曾分為留守衛胡同和羊毛胡同。它全長220米，寬4米。

　　這條胡同有三等妓院20多家，歷史上有名的有怡春樓、陸生院、洪順下處等，1949年前統計時還有妓院9戶：迎賓樓、瑞福院、名花樓、美源樓、兩順下處、金生樓、民樂院、久香茶室、全合。與朱家胡同相連的有清風巷、清風夾道、朱茅胡同、燕家胡同、西羊茅胡同等。在這條胡同中也住過不少名人。另還有江西高安會館等。

朱家胡同11號原為二等茶室，現為民居。2004年10月攝。

朱家胡同45號樓梯轉彎處。2004年10月攝。

韓家胡同

　　韓家胡同原名韓家潭，位於大柵欄地區西南部，東西走向，東起陝西巷，西至五道街，其東口在陝西巷西口與鐵樹斜街、堂子街、五道街匯合相通。全長360米，均寬5.7米。門牌1-57號，2-82號。明代此處地勢低窪，涼水河一條支流在此積水成潭，故名寒葭潭。清代因內閣學士韓元少在此居住，改稱韓家潭。1965年改為現名。

韓家胡同7號原為一等小班，封閉妓院時曾做為妓女教育院。2004年9月攝。

韓家胡同20號，原是一家賭場，現為民居。2004年10月攝。

韓家胡同36號，梨園公會所在地。這兒可是對中國京劇產生了重要影響的地方。四大徽班進京後，三慶班曾設在韓家潭，老北京的梨園公會就設在這個院內。2004年10月攝。

清康熙初年，戲劇評論家李漁寓居於此，建芥子園，後改為廣州會館。這條胡同還有浙江上虞會館、梨園公會等。

清乾隆五十五年（1790）四大徽班進京。其中以程長庚、徐小香、盧勝奎、楊月樓為主的三慶班住在韓家潭。後有很多劇團和京劇名家也寓居於此。時有「人不辭路，虎不辭山，唱戲的不離百順韓家潭」之說。1949年以前是「八大胡同」之一。

20世紀50年代，以譚富英為團長、裘盛戎為副團長的太平京劇團駐在韓家潭。老北京的梨園公會就設在韓家胡同36號院。

最初，八大胡同是伶人活動的地方。清朝禁止官員嫖娼，於是人們就找變童，變童大都出梨園的旦角，其寓所就集中在韓家潭一帶。庚子之亂以後，朝綱紊亂，官方已不管嫖娼之事，此時才有了真正的妓院。之所以私寓集中在這兒，就因為「徽班進京」。「徽班進京」

從"徽班進京"到相公堂子，再到私寓，之後是男妓，這一切都有內在的聯繫。這是一家舊時的相公堂子。2004年10月攝於韓家胡同某號。

對京劇的形成起著決定性的作用。

　　1790年清高宗弘曆為舉辦八十大壽，命浙江鹽務大臣承辦皇會。閩督伍拉納命其子親率安徽二慶徽戲班進京祝禧演出，便下榻在韓家潭。

　　齊如山先生在《齊如山回憶錄》中所説：

韓家胡同32號院內。這個院有北南兩個小樓構成。北樓4間，南樓4間。沿這個樓梯上去可分別到達。據院中居民講這兒經常被人說成是妓院，實際上是一家餐館。因為它處於胡同的中部，周圍都是大妓院，我們可以設想，就是這樣一個餐館也是熱鬧非凡。2004年10月攝。

「私寓又名相公堂子。在光緒年間，這種私寓前後總有一百多處。光緒二十六年以前四五年中，就有五六十家之多。可以説都是私寓。」這私寓指的就是變童居住之所。

韓家胡同某號，原為二等妓院，現為民居。2004年10月攝。

這是韓家胡同21號，"清吟小班"的所在地，圖為進入樓門後的情景，除顯零亂外，基本上保持著原狀態。

寫於嘉慶十五年（1810年）的《聽春新詠》曾載：「小慶齡、三慶部。色秀貌妍，音調體俊，寓居櫻桃斜街之貴和堂。」（櫻桃斜街與李鐵拐斜街、韓家潭、五道廟交會）這貴和堂「座無俗客，地絕纖塵。玉軸牙籤，瑤琴錦瑟。或茶熟香清，或燈紅酒綠。盈盈入室，脈脈含情。花氣撩人，香風扇坐。即見慣司空，總為惱亂。擬諸巧笑之章，當嫌未盡」。《燕京雜記》：「優童之居，擬於豪門貴宅。其廳事陳設，光耀奪目，錦幕紗廚，瓊筵玉几，周彝漢鼎，衣鏡壁鐘，半是豪貴所未有者。至寢室一區，結翠凝珠，如臨春閣，如結綺樓，神仙至此當跡矣。」

這條胡同多為「南班」妓院，歷史上有名的有環采閣、金美樓、滿春院、金鳳樓、燕春樓、美仙院、慶元春等20多家。

1949年前統計有7戶：滿春院、星輝閣、美仙院、環萃閣、春豔院、留香園、明花院。1949年在韓家潭和百順胡同設有8個婦女生產教養院。

「清吟小班」在現在的韓家胡同

２１號。這裡院子比較寬暢，只有南北兩面有兩層樓房，每面都是樓上
4間，樓下4間，兩面共16間房，房子比二等妓院要好一些，每間約有
10平方米。

這是21號門口上面的牌匾，還可看到"慶元春"三個殘字，寫字的人是李鐘豫，李鍾豫
是什麼人我們已不得而知了。2004年10月攝。

這是20號內部，頭頂上還是原來的罩棚、欄杆、樓梯上都沾滿了油污。你可以想像當年
的人們在從對門的妓院出來後再上這兒賭上一下的情景。2004年10月攝。

韓家胡同15號原是一家茶室，已破損，現為民居。

韓家胡同32號，所有的資料都認為這是一家茶室，我在確認時，一位在這兒住了幾十年的大媽說，這兒其實是一家飯館。當然也主要是供給妓院的人們。院內已很破敗。居民們不知道保護與生活兼顧的出路在哪兒。

韓家胡同茶室在現在22號的地方，現在是一個公廁。　我們沒有找到。

博興胡同

博興胡同原名柏興胡同。博興胡同只有200米長，其北面有大力胡同，南面有小椿樹胡同相平行，從棕樹斜街的中部向東一拐，就是博興胡同西口。在這200米之內就有妓院13家。

現在保留下來的老院子還有10座左右。

博興胡同北口某號，樓下部分還是原有樓座，只是上面的二層做了改動。2004年10月攝。

1949年前的"芙蓉館"妓院舊址,現為博興飯店,它位於博興胡同8號,飯店南樓建於1975年5月,北樓3層建於1980年。2004年10月攝。

蔡家胡同

　　蔡家胡同一直叫蔡家胡同,這條街上肯定原有一家姓蔡的大戶。

蔡家胡同與王皮胡同一樣暗娼多,而且多集中在胡同的兩頭。2004年10月攝。

　　蔡家胡同東口在前門大街，西口在煤市街，其北有王皮胡同，其南有施家胡同與之平行。胡同全長279米,寬2.7米,

　　蔡家胡同的主要特點是有許多精巧的老宅。施家胡同中的大宅的後牆也在這條胡同中。在八大胡同的另一種說法中蔡家胡同也是八大胡同之一，根據它所處的位置以及老人們的回憶，我們可以說當年這兒也有相當多的二等與三等妓院，另有不少暗娼存在其中。

大百順胡同

　　大百順胡同，曾用名百順胡同前河、後河。位於大柵欄地區的南部。起於韓家胡同止於小百順胡同，東北走向，全長250米，均寬5米。它位於百順胡同的西端，其西側與五道街相鄰。

　　大百順胡同的特點是彎多而

大百順胡同只有二、三家三等妓院與暗娼。2004年9月攝。

窄，呈一個U字型。其中老宅保持得
比較好。我認為也比之其他胡同更有
味道。

　　明代稱河南營，因涼水河從其北
邊流過。清初改名為百順胡同後河。
1965年，改稱大百順胡同。

　　在12號院1952年成立了新民劇團，
有演員23人。

　　大百順胡同40號是俞振庭的故居，
1917年曾於此院創辦斌慶社科班。該寓
所坐南朝北，共分三層院落。前院北
房3間，兩側半間闢為門道。南房為上
三間帶前廊。西房3間。原無東房，順
牆根建有遊廊通往後院，現3間東房為
後建。後院北房兩間半，南面為一座
兩層青磚小樓，上下共有房11間。樓梯
建於西端，欄杆為木雕裝飾。東跨院
僅有兩間半北房。1939年俞振庭病故於
此宅院。

　　大百順胡同西口40號，是「斌慶
社」。「斌慶社」是北京著名的京劇
科班之一，1917年由著名「俞派」武生
俞振庭與果湘林合作於俞宅院內，當
年振庭姐夫、名旦孫藕香亦為股東，

大百順胡同40號，俞振庭故居。2004年
10月攝。

正前方就是百順胡同40號院的樓梯
間。2004年10月攝。

曾任該社社長,其子幼承家學亦帶藝搭入此班。此班學生,以「斌」、
「慶」、「永」三字排名。

　　從百順胡同西口向左一拐就是大百順胡同,右側是18號。正前方就
是百順胡同40號院的樓梯間,我還是第一次看到老宅上有專用的樓梯
間。

大力胡同3號原茶室舊址,已拆除。2004年10月攝。

大力胡同

　　大力胡同,曾用名大
李紗帽胡同。位於大柵
欄地區的東部,起於煤市
街止於棕樹斜街,東西
走向,全長110米,均寬

最有名的幾家飯館就集中在這個房子中,在它的對面
就是3號二等茶室。2004年10月攝。

這家餃子館在上世紀70年代末80年代初曾人滿為患。現在已改行賣起了米麵。2004年10月攝。

5米。

　　大力胡同其東口在煤市街西口與朱家胡同、棕樹斜街相接，小力胡同南口也開在這兒，大柵欄辦事處就是這條街上。

　　在這裡已沒有妓院的殘存。據記載現在的3號、　17號　就是原有的二家妓院改建的。現在這個3號也在拆除之中。這條胡同倒是有許多飯莊，最有名的是同福居飯莊、同順居飯莊，這兩個飯莊主要賣鍋貼與餃子肉。西口還有幾家小飯館，我們還可以看到20幾年前的「新興餃子館」。有許多房子在不同的時期做過不同的用途，我在拍攝這條胡同時就看到不同時期的商號牌匾字跡的重疊。

　　大力胡同東口店鋪:大力胡同2、4、6、8、10、12號　破損，現為民居。

　　新中國電影院也在這條街上。

　　從2號到12號，門面上面有不少不同的商號，細看之下有照相、洗

浴、清真館之類。這座小樓雖屬許多不同的商號，但可以看出它是一座完整的小樓，可能是房主外租或幾家商號聯合建造。

　　大力胡同茶室17號，已破損現為民居,淹沒在一片小房之中，已找不到了。

大外廊營胡同

　　大外廊營胡同，曾用名外廊營。位於大柵欄地區的中西部。起於韓家胡同止於鐵樹斜街，南北走向，全長215米，均寬4.2米。明代稱外郎營。至清代逐漸形成兩條胡同，並轉化為大、小外廊營。1965年，分別改為大、小外廊營胡同。民國時這條巷子中常有暗娼出沒，有老居民講，她們常到百

在這條胡中，只有幾家暗娼，她們往往隱於民居之中。2004年10月攝。

順胡同、韓家胡同拉客人來這兒，但是沒有公開的。

　　據說陳端生的故居也在這兒，但是不是也在 1 號，現沒有找到根據。我們只知道陳端生是乾隆年間的人，《再生緣》的作者。郭沫若說他可比史考特、司湯達。陳的作品就是在大外廊營寫的。所以他的唱詞裡邊多次提到大外廊營。後來他搬山東，又過了14年，也就是乾隆四十九年，寫了第十七卷。十七卷一開頭就是：「搔首呼天欲問天，追憶閨中幼稚年。姊妹聯床聽夜雨，椿萱分韻課詩篇。隔牆紅杏飛晴雪，映榻高槐覆晚菸。」陳寅恪說，那就是外廊營的景兒。

　　6號院是1952年新華京劇社的所在地。

　　民國初年創辦的《大陸報》就在此胡同。

　　這條胡同中還有會館6處：廣東潮州會館、廣東瓊州會館、陝西涇陽會館、浙江嚴州會館、甘肅涼州會館、廣東鎮平會館。陝西涇陽會館，在京有兩處，其中一處在本地大外廊營路31號。這所會館建館時間較早，約為明天啟年間，籌建人許國翰，官為內府侍讀。會館原為一所私宅。

　　甘肅涼州會館，座落在大外廊營，建於雍正年間，有房7間。是甘肅在京興建最早的會館。至同治年間，涼州進京趕考的舉子漸少，會館多租給

位於大外廊營胡同北口的譚鑫培故居。2004年10月攝。

廣東商人居住。數年後，更名廣東潮州會館。

　　大外廊營1號是譚鑫培故居。譚鑫培系清光緒年間著名京劇老生演員。當年的老宅有6套院子，共有房子46間半，此外在老宅的西部還蓋了一幢二層的西式小樓。這座小樓是民國六年，譚鑫培找人設計的，他對蓋這座小樓非常上心，演戲之餘，每天到施工現場監工。譚家從清末咸豐年間便在此居住，直到「文革」期間從老宅搬出，前後住了六代人，長達130多年。此宅分東西兩院。東院正門在大外廊營胡同，現有北房3間，南房3間，東西廂房各兩間，北房東側跨院有北房3間。西院大門在鐵樹斜街，（現在為大外廊營1號旁門）北房3間為上房，譚富英居住，南房3間，西側建有中式南北相對二層小樓一幢，這是譚鑫培在民國六年找人設計的，北側上下各2.5間，南側上下各3.5間，東西為走廊，全部為磚木結構，平房均為合瓦蓋頂。這座樓最出色的設計是在一層與二層中的樓梯的西牆上開有一窗，可以使下午的陽光從南面射進來，又使整個院有了特殊的靈性。現在院裡住著二十幾戶人家。

　　1917年5月15日上午八時，一代京劇宗匠伶界大王譚鑫培病逝於大外廊營寓所，享年71歲。

大柵欄西街

　　大柵欄西街，呈東北至西南走向。東起煤市街，西至鐵樹斜街，

大柵欄西街17號的大煙館。2004年10月攝。

由於它處於八大胡同的北部也就是八大胡同的「綱」的位置，所以其本身主要是為八大胡同服務的，如它有許多大菸館、旅館、飯店等，但也有茶室，只是因為小，所以沒什麼名氣，如70號就是原觀音寺茶室。大柵欄西街全長295米，寬8米。門牌1-93號，2-114號。明代稱觀音寺，清代稱觀音寺街，民國初期又稱觀音寺，1965年又改為觀音寺街，因街西端原有觀音寺而得名。1965年整頓街巷名稱時，因其在大柵欄以西，改為現名。該街一直是較為繁華的商業街區，現除少數民居外，多為商店、餐館、旅店。

1945年國民黨的《中國廣播電台》就設在路南。1949年10月25日關閉。

大柵欄西街17號。這座民國式的建築就是當時的大菸館。大菸館與茶室往往相伴左右。

東壁營胡同某號，原為二等妓院，由四面的木樓圍合而成，天井只有十幾平米，保存完好，現為民居。2004年10月攝。

東壁營胡同8號原為二等妓院。已拆改為新樓，但是還保持了原有的體量與結構。2004年10月攝。

東壁營胡同

東壁營胡同原名東壁營、東皮條營、皮條胡同。它位於大柵欄地區的南部，全長75米，寬3米。東壁營胡同與西壁營胡同實際上是一條胡

同，胭脂胡同從中穿過，由此分成了兩條胡同，它的東口在陝西巷。民國時在這條胡同中最多的就是暗娼，清末時有幾家半公開的妓院。這條胡同主要是從百順胡同爭奪一些客源。

東壁營胡同8號，原為一家茶室，後拆建。現院內約住有20多家居民。

東壁營胡同3號外門與內門。

青風巷

青風巷原稱青龍巷，曾用名有青風巷、朱家胡同橫街。

青風巷東是青風夾道，西是朱茅胡同，長97米，寬3米。15號過去是正大膏館，周圍全是二等與三等妓院，嫖客則在附近各條胡同中遊走。

青風巷1號，在本圖的前方是一座小樓，原是煙館與妓院所在。後拆改為民居。2004年10月攝。

陝西巷67號，原是日本人開設的妓院，這是67號的內部二層走廊。2004年10月攝。

陝西巷

陝西巷的北口是鐵樹斜街，南口是兩廣路。其南口有德壽堂南堂。由南向北依次有東壁營胡同、百順胡同、韓家胡同。

它位於大柵欄街道轄區南部。南北走向。北起鐵樹斜街，南至珠市口西大街。東、西兩側自北向南分別與榆樹巷、陝西巷頭條、萬福巷、陝西巷二條、韓家胡同、百順相同、東壁營胡同相交。全長

陝西巷南口的某號樓，原為二等妓院，現為民居。2004年10月攝。

小鳳仙所在的妓院"雲吉班"的"上林仙館"。2004年10月攝。

389米，寬5.7米。門牌1-97號，2-98號。

　　此巷明代已成街，屬正南坊，稱陝西巷，沿用至今。1965年將陝西巷頭條、褲角胡同、褲堆胡同併入，中段路東的褲藏胡同改名為陝西巷頭條，中段路西的小死胡同改名為陝西巷二條。清乾隆五十五年（1790年）四大徽班進京，其中四喜班就住在陝西巷。從清代中葉以後，巷內妓院漸多，清末民初巷內妓院多達14家，為「八大胡同」之一。賽金花開辦的怡香院在此巷內。支持蔡鍔反袁護國的小鳳仙也曾在此搭班。巷內多飯館、酒館、當舖、水果

陝西巷南口路西的某號樓，原為二等妓院，現為民居。2004年10月攝。

店等店舖，其中有名的是楊家飯館。曾有濟州會館和四川東館。1949年政府封閉妓院，改造街巷。原妓院和會館均闢為民居。巷南口有德壽堂藥店。

從史料記載，陝西巷應該是眾多一流妓院的所在。上世紀30年代初的時候，這裡曾經建有上等妓院十餘家，陝西巷在晚清時有名妓賽金花。現在這所妓院的房屋建築和佈局保存較好。在賽金花之後，雲吉班中又出了小鳳仙，這兩人都對中國的歷史有所影響。

「四大徽班」之一的四喜班曾設在這條胡同裡。

這裡還有楊家茶館與一家車場以及各種店舖等。

1965年拆了半條胡同擴街，上世紀80年代改下水道有大的改動。

這是陝西巷中的飯館、酒館舊址。2004年10月攝。

鐵樹斜街55號原為潤身女浴現為旅館。攝於2004年8月。

鐵樹斜街

　　鐵樹斜街原名李鐵拐斜街、李鐵鍋斜街。後將升官巷、棚舖夾道併入。其全長551米寬約11米，呈東西走向，其東接大柵欄街，西連五道街、堂子街等。《宸垣識略》載稱李鐵拐斜街，後諧音李鐵拐斜街。1965年，改名為鐵樹斜街。

　　鐵樹斜街是大柵欄最有名的一條街，也是最重要的一條大街。它也

是綱目中的綱。鐵樹斜街是八大胡同與其北面商店與居民區的分界處，因為八大胡同統統在其南面，其本身有一些大菸館與妓院，但不是特別多，它與大力胡同與煤市街一樣多為八大胡同提供服務。如這條街上有很多出名的飯店與浴池，鐵樹斜街4處：廣東肇慶會館、廣東肇慶西館、延定會館、山西襄陵會館。

這條街上還有不少名人故居。

朱筠：（1729-1781），字竹君，一字美叔，號笥河，大興人。乾隆時著名學者，好學重士，善獎拔人才。好金石、書法，尤長敘事，對當時學風頗有影響。歷任編修，侍讀學士，安徽福建之學政官，方略館總裁，《日下舊聞》、《四庫全書》纂修等官，著有《笥河文集》、《詩集》等。曾住李鐵拐斜街。

梅巧玲故居，位於鐵樹斜街101號。梅蘭芳祖父梅巧玲的住宅。為南北長38米，東西寬13米的二進院落，均由正房和配房組成。第一進院落北房面闊5間，五檁進深，加前廊一步。此房原為一明兩暗過廳，明間可通往後院。東西廂房各2間，東廂房貼南山牆建有磚影壁。第二進院落格局與前院基本相同。後院西次間宅門鄰櫻桃斜街。現保存完整。

清光緒八年農曆十一月初七，梅巧玲享年41歲，因病故於此宅，當年四喜班同仁與梨園界人士，為其舉行了隆重的送葬，曾轟動京城。梅蘭芳之父竹芬，時年僅8歲。梅巧玲病故後，譚鑫培因感激當年搭四喜班時甚得梅巧玲之關照，故每逢年節必仍至梅宅拜望。清光緒二十年（甲午）農曆九月二十四，京劇大師梅蘭芳誕生於東廂房內，其母為楊隆壽長女長玉。梅蘭芳3歲時，不幸其父竹芬因患大頭瘟症故此老宅內，年僅23歲。庚子年，梅蘭芳六歲時，此房產變賣，舉家遷至離此不遠的百順胡同居住。

萬福巷街景。2004年8月攝。

萬福巷

位於萬福巷13號的萬佛寺的一部分。2004年8月攝

　　萬福巷，曾用名萬佛寺灣。位於大柵欄地區的南部，東起於石頭胡同西止於陝西巷，東西走向，全長80米，均寬2.5米。在其中部有一個向北的分支，也有三四個門口，萬佛寺就在這個分支的15號，已破敗。

　　民國以前這兒是最為熱鬧的地方，因為要從陝西巷及百順胡同，韓家胡同到石頭胡同、棕樹斜街除了要繞珠市口大街外，最近的路就是走這條小巷，小巷中有幾家妓院，但格局都不大。也有幾家小飯館。

373

王皮胡同10號，民國時期所建的二等妓院，現為民居。2004年8月攝。

王皮胡同

王皮胡同，位於大柵欄地區的東部，俗稱王八胡同。起於前門大街止於煤市街，東西走向，全長279米，均寬2.7米。據當地的老人回憶，馬長禮曾住在這條胡同。它的北面是大齊家胡同，南面是蔡家胡同。

由於王八胡同說起來很難聽，有人問起你住什麼地方，被問的人就只得說在施家胡同那邊。

王皮胡同18號約建於上世紀30年代，原是一家二等茶室。攝於2004年8月。

五道街6號原為一家很大的當鋪。2004年8月攝。

五道街

　　五道街，位於大柵欄地區西南部，東北至西南走向。南起南新華街南端，北至鐵樹斜街、櫻桃斜街、堂子街、韓家胡同的交會處。全長238米，寬10米。門牌1-21號，2-80號。此街明代稱五道廟，因有五道廟得名。五道廟建於萬曆三十五年（1607），明兵部尚書王象乾曾撰文，立「交龍碑」，稱此地為正陽、宣武

五道街1號日本人的藥房“化風錠”。2004年8月攝。

從6號院看五道街上的眾生。
2004年10月攝。

二門之「龍脈交通車馬輻輳之地」，應以廟鎮之，故建五道廟。另稱此廟是明代太監為宦官魏忠賢所建，此廟今尚存。1965年將五道廟頭條、二條併入，改為現名。

五道廟廣場在歷史上曾號稱「京城龍脈的起點」，是北京獨有的斜街及五條街巷的交會處。

從八大胡同的位置看，五道廟位於其所有胡同的最西端，再向西就到了南新華街上。可以說這兒是八大胡同的起點也是終點，所以這兒集中了飯店、賭場、藥舖等，今天還可以在其北口路西看到日本人開的藥舖上的牌匾。

據老人講，這條街因為緊靠百順胡同、鐵樹斜街、韓家胡同、堂子街，所以商業興隆。我們現在看到的老宅院基本還保持著原樣。但是這兒很快將是一個小廣場了。

可是五道廟並不在這條街上，它實際上是在不遠處的鐵樹斜街149號。

五道街25號為麵粉業公會。

光緒２６年《京報》、《中華日報》、《京話日報》、《芻言報》就在此辦公。

五道街2號原是陝西三原會館、山西襄陵會館。

五道街最南邊的店舖群，這兒也是為八大胡同服務的集中區域。2004年8月攝。

從兩廣路進胭脂胡同就可看這條街景。2004年8月攝。

西壁營胡同

　　西壁營胡同曾用名西皮條營。此條胡同，其全長125米，寬3米。東、西半壁街　，過去是一條街，明代時稱此街為半邊街。清時叫成半壁街。因為街道一邊有房一邊無房，因此得名。

　　與東壁營胡同一樣，胭脂胡同從中穿過，由此分成了兩條胡同，它的東口在胭脂胡同。從「西皮條營」這個名字上就可以看出它當年的特色。

　　10號院據説是做臭豆腐聞名的王致和的家。相傳王致和康熙年間進京趕考，科舉未第，做起了豆腐生意。小院不大，也算不上氣派，卻透著人的氣息。其大門上的對聯是「春踩碧海騰龍甲，花滿天池起鳳毛」，院內南房廊柱上還有對聯「威鳳祥麟瞻氣象，渾金璞玉具精神」。

西壁營胡同10號，可以看到門板上的對聯：「春踩碧海騰龍甲，花滿天池起鳳毛。」

小百順胡同

　　小百順胡同位於大柵欄地區西南部,起於百順胡同,止於韓家胡同,南北走向,全長58米,均寬7米。它也是百順胡同到韓家胡同最方便的捷經。小百順胡同本身只有一家公開的妓院,暗娼較多。

小百順胡同8號原是一家茶室,現已破損,改為民居。2004年10月攝。

小椿樹胡同

　　小椿樹胡同，位於大柵欄地區的東南部,起於煤市街,止於元興夾道，東西走向，南與培智胡同，北與博興胡同平行。全長160米，均寬4.8米。

　　在這兒我們沒有找到茶室的痕跡，但它也在「八大」這個大致範圍之中，據在胡同中住了70多年的一位老人講，這兒主要住的是大茶壺(妓院中的男侍)，所以我們一併列入。

這是小椿樹胡同1號，為民國時期在大柵欄經商人之住宅，現已拆除。2005年3月攝。

　　小椿樹胡同3號是「武旦泰斗」閻嵐秋（1882-1939）、藝名　「九陣風」的故居。

　　這兒還是福建漳浦會館的原址，它後來遷到了宣武門外校場二條舊門牌20號。

　　這條胡同的東部保存較好，西部改建較大。在胡同中部路南，現大明眼鏡公司用地，曾屬晨光眼鏡公司，再早為內蒙人販賣菸土之地。沒有誰同意或不同意就改建成了現在這個樣子。

這是小石頭胡同中的一座兩層磚木小樓,當年為二等茶室。進入院內後所看到的北屋,還依然可以想像當年的盛景。2004年10月攝。

小石頭胡同

　　小石頭胡同,曾用名石頭胡同後河。位於大柵欄地區中部,起於石頭胡同,為一條不通行小巷。小石頭胡同像是石頭胡同的一個附件,先是東西走向,走後20幾步後再向南拐,全長81.5米,均寬3米。

　　胡同中部有一家百年老妓院,後為民居。保存相當完好。

小外廊營胡同

　　小外廊營胡同，曾用名外廊營、小外廊營，後將西大院併入。位於大柵欄地區的中南部，起於大外廊營胡同，止於韓家胡同，東南走向，全長120米，均寬2.5米。曾有暗妓。

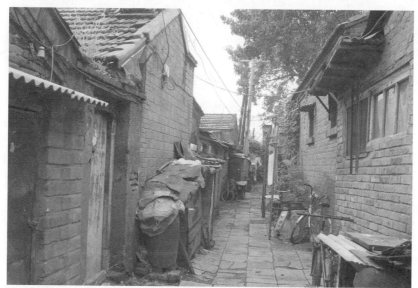

小外廊營胡同中部。2004年10月攝。

胭脂胡同

胭脂胡同原名胭脂巷，全長100米 ，寬約5米。胭脂胡同北口開在百順胡同，南口開在兩廣路上。胡同呈南北方向，其中部有東壁營與西壁營從中穿過。現殘存長僅有三四十米，胡同雖小，但常被列入八大胡同之中。在這幾個胡同裡最短，但一等妓院有十多家。巷裡有個蘇家大院，三進院落。有人考證過，說是明朝名妓玉堂春蘇三住過的地方。

此地曾有店舖製售胭脂粉，主供「八大胡同」茨花女施用，故名胭脂胡同。

明代小說《警世通言》及京劇中流傳很廣的王景隆（金龍）與蘇三（玉堂春）的故事，有人考證就發生在胭脂胡同內的「蘇家大院蒔花館」。它是一處三進四合院。其大門開在百順胡同。

據史載這條胡同在咸豐年間就：香車絡繹不絕、妓風大熾、呼酒喚客徹夜震耳。

胭脂胡同南口，由此再向南側是兩廣路，由於修路占用此胡同現只有不足60米。2004年12月攝。

燕家胡同

　　燕家胡同，名稱來源已不可考。

　　燕家胡同全長257米，寬4米。共有1號到49號，約有49個院落。它北起大柵欄西街，南止石頭胡同，西面石頭胡同與它並行，東面則是朱茅胡同，在它的北部有一條東西方向的橫街（西楊茅胡同）穿過，南部與朱茅胡同併入一處，但還是稱為燕家胡同，它處於八大胡同的包圍之中，其本身也有不少妓院。

燕家胡同10號，原為百貨鋪。現為民居。2004年12月攝。

圖片的右邊就是燕家胡同的北口，如今已淹沒在一片商店之中，從"打印、掃描"這個店進入就是了。2004年10月攝。

　　1952年在24號成立了山海曲藝社，有演員24人。

榆樹巷

　　榆樹巷是陝西巷中的一條小巷，在陝西巷的東側，長約60米，寬不過2米。原名榆樹大院。

　　我平常走過陝西巷，只注意到陝西巷一條與二條，怎麼也沒有看到這條小巷，但是這天無意間走近了它。

　　榆樹巷1號。根據《燕都叢考》和一些

榆樹巷1號是賽金花重開張處，單從柱頭的花雕上就可看出整棟樓的建築風格。2004年12月攝。

史料記載，清末民初的賽金花，在北京第二次重開的妓院就在此樓。此樓為民國初期的建築，兩層紅磚木樓，坐東向西，每層有7間房，每間房面積有15平米，二樓房門前是貫通全層的木雕走廊，這就是當年賽金花頭牌最富盛名的南班一等妓院「怡香園」。樓下有一小院，現在朝北開院門，門框上釘有「榆樹巷1號」門牌，但現在院內密密麻麻地擠滿了十多間簡陋的窩棚小屋，應是各戶自建的雜物房、小廚房。小院的前面也是一座老院子，其後窗就開在這院。

元興夾道全景。此夾道長不過60米，只幾個門牌。2004年12月攝。

元興夾道

元興夾道，曾用名元興堂夾道。位於
大柵欄地區的中南部，起於培智胡同，止
於棕樹斜街，南北走向，全長60米，均寬
2米。

元興夾道是一條由棕樹斜街通往培英
胡同的小夾道，其中部向東有一條叫小椿
樹的胡同。

這條胡同主要有一個殘存的「一品香
浴池」的門臉，這個門臉的正面在棕樹斜
街上，背面在這個夾道中，

元興夾道南口，出南口是培英胡
同。2004年12月攝。

這也是我在大柵欄地區看到的唯一一個最為精緻的石質門臉。

實際上這條小巷中只住了二、三個門牌號。

385

延壽街

延壽街南起琉璃廠東街東口
北側，北起大耳胡同，南北走
向。東側由南向北與炭兒胡同、
笤帚胡同、茶兒胡同、耀武胡
同、三井胡同相交；西側與百合
園胡同、泰山巷、劉家胡同、佘
家胡同相會，全長360米，均寬
5米。門牌1-89號，2-140號。該
街形成於明代，屬正西坊。街北
口西側舊有延壽寺，街以寺廟得
名。寺院始建於遼代，是建制規
模很大的古寺。最早，西南琉璃
廠都是延壽寺的轄地。因為其地
多寺空曠，遼攻北宋時破汴京，
所掠獲的車輦全放在延壽寺中。
當時被掠的宋欽宗囚於法源寺，
其後妃就囚於延壽寺。後延壽寺
被毀，明朝正統年間重建，現已
無存，只留有一條街名。1965年整
頓街巷名稱時，將花枝胡同、隆

這是大柵欄地區較早的街區之一，建於明
代，屬正西坊。2004年12月攝於延壽街中
部路西。

延壽街上的宣傳畫。2004年10月攝。

源興夾道併入，定為現名。清代街內曾建有江蘇吳縣會館、廣西平樂會館。街南口南側有王致和南醬園。20世紀60年代，該店並廠遷走，其舊址成為延壽寺糧店。

延壽街在清末與民國的不同時期都存在過公開的妓院與暗娼，因為它不在八大胡同的區域，所以在提到八大胡同時少有提及。

位於延壽寺原廟址東側，以廟為街名，延續幾百年。1965年，改稱延壽街。延壽街有會館4處：江蘇松江會館、江蘇長元吳會館、廣東潮州會館、廣西平樂會館。

我在找那古老的遺留時只看到了延壽街上的送煤工。2004年10月攝。

八大胡同及周邊相關胡同的現用名與曾用名

現用名	曾用名

大力胡同　　　　大李紗帽胡同

大百順胡同　　　百順胡同前河、後河

大外廊營胡同　　大外廊營、外廊營

小力胡同　　　　李紗帽胡同

小石頭胡同　　　石頭胡同後河

現用名	曾用名
小百順胡同	小百順胡同
小椿樹胡同	小椿樹胡同
小外廊營胡同	小外廊營、外廊營
王皮胡同	王八胡同
石頭胡同	石頭胡同增祿里併入

現用名	曾用名
東壁營胡同	東皮條營、皮條胡同
西壁營胡同	西皮條營、皮條胡同
百順胡同	柏樹胡同
朱茅胡同	朱毛胡同、豬尾胡同
朱家胡同	朱家胡同（留守衛併入）

現用名	曾用名
胭脂胡同	胭脂胡同
博興胡同	柏興胡同
韓家胡同	韓家潭
蔡家胡同	蔡家胡同
燕家胡同	燕家胡同
萬福巷胡同	佛寺灣

後　記

　　我四十多年的歲月中的某幾個時段就是在大柵欄這個地區生活的，每天上班為了走近路，我就蛇行在這些胡同之中，對於它每天發生著的或已經發生過的微小變化沒有任何感受。而巨大的變化又是在每天的微變中形成的，這種變化是從裡到外的，就像一個小孩突然成了一個老頭，你說不清他是哪一天開始變成老頭的，但他現在就是老了。

　　原來房外沒有的小房子是因上世紀70年代人口增加而新蓋出來的「違章」房屋，這些新蓋出的房子之外又蓋了一層小煤棚，小煤棚最低，「違章」小房在中間，使得胡同如同梯田樣呈現出三級跳的樣子。院內各家又在住房前再搭出一間小房，而現在對原有結構破壞最為嚴重的也就是這種院內外的小房，下起雨來，雨水直接濺落在原有建築上。但不管怎樣說，這些深宅大院或小院落，都淹沒在一片小房中。

　　三十年來，北京的胡同在人們的印象中就成了今天這個樣子，也似乎它生來就是這個樣，但是當你認真地尋找你記憶中的某一個具體商舖時，找不到，再問當地居民，他才會告訴你，它早就不在了。就連上世紀六七十年代的遺蹟也離我們漸漸遠去，那個陝西巷南口的國營的副食品店變成了洗浴

這是大森裡向東的民壽街上的西洋式樓房的局部，日本侵華時曾作憲兵隊。

店，那個建於民國初期的經典西式的珠市口電影院變成了馬路，那個胡同口的小吃店變成了外地人的居室，那個後街的修車舖的老頭已在十三年前離開人世，那個一起長大的夥伴也只在記憶中彷彿見過面。幾十年就彷彿是迷迷糊糊的一個長久的夢。這時你才會說「他變了」。

現在，劇烈的變化開始了。

對這些古建築最大的破壞來自於幾個方面：一是原有私房歸還個人後，個人開始拆改，這種拆改沒有任何人指導。房管部門的拆改是微循環式改造的一部分，他的辦法也是拆掉老的蓋成新的而已，二是成片

在八大胡同中建於民國時的二層磚樓曾有幾十座，但現在經過拆改，只剩下十餘座。現在這些小樓大部分為民居或旅店。2004年10月攝於百順胡同。

的遷建，但問題是遷建或重建卻與保護越來越遠，重建起的假四合院、假古都風貌，會將人們對歷史的認識引向「虛幻的」、「庸俗的」的方向。這樣一來就產生出了新的建築垃圾與假古董，假古董造得再好，原來附在這些老房子身上的歷史資訊卻被拉到了垃圾場。我發現有很多掛有保護院落牌子的「院落」牆上寫有一個大大的「拆　」字，真的不明白。三是不拆、不修、不管不問，任其「經風雨見世面」。多少年來對古建築的拆除與再複建，教給我們這樣一個道理：今天我們認為是障礙是破爛的，要

不了多久又成了我們到處找的珍寶，像北京的老城牆，像永定門城樓，永定門城樓從拆到復建也不過四十幾年，重要的是它不是真的那個永定門城樓，真的那個永遠死了。現在則是對古老街區大片地、有計畫地讓它消失。雖然這種消失有時也很無奈，因為北京的房屋並不像西方的建築多為石、磚與水泥所建，而是多為外表整磚內為爛磚與泥的混合物的土木建築體，一百多年已到它們壽終之年，再者應當說自房屋改歸房管局管理後，就沒有經過大的修築，現在已是破敗不堪。所以改改也是大勢所趨，我要說的是要認真的加以選擇，遷出人口，只對那些殘破的院落加以整修，這樣才可以成片的保護，因為只有成片的保護才能呈現出

它原來的生態環境，也才有意義，而不是像現在的成片的商業動作式。商業的本質是不管祖先的，公司要利潤是一個公司存在的天職，我們不能將希望放在商業開發帶動保護上。

位於八大胡同東側的煤市街105號，原為日偽時的警所，主要管理這一帶的戲院、煙館與商鋪。目前已拆除一半，上圖為此院的西房。攝於2005年3月。

　　還有幾種形式的破壞則是以某些單位的名義進行的，如在棕樹斜街頭條與二條之間，原有一個給孤寺，但是被改建成了新樓，外貼白瓷磚，在一片以灰瓦為背景的老民居中就像一個外來的暴發戶的形象。再如某知名飯店原建於上世紀40年代，青磚灰瓦與它周圍的建築很是合諧，但是他們卻花了上千萬元貼上了玻璃與白瓷磚，就像一個小縣城裡的招待所。

　　人稱「職業的胡同保衛者」的華新民說：「這兒到處都有故事，牆外有鄰居的故事，地下有先人的故事。胡同人踩在胡同裡走時，可以深深地感受到深埋於地下的自己的根，胡同人站在胡同的牆邊時，也可以深深感受到彌漫在牆與牆之間的空氣中的人情味兒。」

　　但是北京的一家報紙卻是這樣報導：「北京城市建設也迎來了前所未有的發展速度。老城區的改造計畫相繼啟動。從南城到北城，從城鎮到郊區，到處都有建築工地。多條道路被拓寬，大片的舊房和老區被新樓、花園和寬敞的馬路所取代。越來越多的人們將陸續告別居住多年的低矮窄小的舊房和傷痕累累的胡同，搬進寬敞明亮的新樓房……而回首那消失或即將消失的胡同生活，那濃得化不開的親情將永遠留在人們的記憶中。」

　　可見無論怎樣，一個老北京的消失是指日可待的了。

　　八大胡同也排在改、遷、重建的佇列之中，實際上也就是進入了徹底消失的佇列。

　　在老北京的風月場特別是八大胡同的建築中不光是妓院、菸館，也有會館、名人故居、商舖等，這種混居的的情況在北京的歷史上就一直存在。如嘉靖二年（1523年），就將處於教坊之地的宅院賜給蕭皇后之父陳萬言，也就是當年黃華坊的地方，黃華坊有本司胡同，本司即教坊

司。附近又有勾欄胡同、演樂胡同、馬姑娘胡同、宋姑娘胡同、粉子胡同等「下賤」之地。皇親的住宅居然也可以被賜在這裡，可見貴賤所居是相當混雜的。在400多年的時間中，這些老宅又經多次易手，誰又說得清在它身上發生了多少歷史故事呢？所以說問題不是要不要保護八大胡同的問題，而是要不要保護這片在中國的歷史上也扮演過重要角色的地方。

老北京的風月場與其他行業一樣零星分布於各城，大部集中於某幾個地方，它的形成有著深度的歷史原因，絕不是像現在先建場，再引市。像磚塔胡同，它是北京尚存的最古老的胡同之一，有著700多年的歷史，始建於元代，這兒曾是元大都戲曲活動的中心。這裡大小勾欄「瓦舍」林立，演出時人聲鼎沸，鑼鼓喧天，大人帶著小孩，男人領著女人，年輕人帶著老太太來這兒看戲。可以說這種情景一直到清代。而近代又有很多名人，特別是戲曲界人物居於此間，就是在它的周圍的幾條胡同中也有戲曲界人物的故宅。我來到它身邊時，它已英雄斷臂，西端已有幾十座院落化成了一片空地。某名人的老宅雕花門上的雕花磚被人以幾千元的價格賣掉。我知道文物一旦離開了它所處的位置，使我們不知道它的出處，它的價值也就大大降低了，這樣的門在這條街上比

比皆是，但是，不久之後整條胡同也要在我們的眼前消失。我知道，已經有太多的胡同與街區再也不會出現在我的鏡頭之中了。

有時嫖客逛妓院時並不願碰見熟人，就要從側門進出，這是位於陝西巷 ×號的幾間西房的東側牆。

　　再如八大胡同這一帶，從清中期就有戲曲界的人士在此居住。戲劇界的「老理論家」，寫過《閒情偶記》及大量劇本的李漁，具有戲劇大家的歷史地位。他康熙初年寓居韓家潭，也就是今天的韓家胡同，在他的大門上曾貼有幽默的對聯，「老驥伏櫪，流鶯比鄰」，也就是說他與妓女或優伶為鄰，這也說明康熙初年就有妓女與優伶的存在，先有優伶的存在也才會有後來民國時期的八大胡同之盛。同樣的傳承關係在每一條胡同中都存在。

　　整理與記錄這一切成了我們這一代人當然的使命。

　　上世紀80年代之前，我們這一代人沒有人知道八大胡同一帶是風月場，成人也很少講到它的存在與歷史，我每次經過朱茅胡同的茶室時只知道它建造得很漂亮，是喝茶的地方，誰又知道它身上隱藏著的那段歷史。

當時三等以下的妓院與民居在外形上並無大的區別。這是一個老居民大院，可以看出當年它的門樓是一座"鷹不落"式，這也是很多平民採用的建築格式，1999年攝於八大胡同中的棕樹斜街。

　　重新審視它是在2001年，那一年，因修兩廣路，我從海澱區的居住地來到我小時生活了十幾年的地方，才發現我找不到石頭胡同南口，好在有陝西巷口的德壽堂做為參照物才從陝西巷經萬福巷再到石頭胡同再從石頭胡同中部向東到燕家胡同。

　　我想起我看過的一本書上的話，大意是：我見證過人的出生，也見證過人的死亡，更見證過人類的苦難。從那時起我拿起了相機，我想記錄下正在變化中的北京，我想記錄與見證一個老北京的消失，就像記錄我慈愛的爺爺緊握的手突然鬆開，我看見灰白色的魂靈與白雲合會一處，那幻化出的是我們陌生的家園。

　　我想記錄下老北京還有一個起因是因為我在寫一篇文章時想找一張老北京的照片，發現有關老北京的照片分兩太類，一類是外國人拍的品質最好，最系統。一類是無論是什麼人拍都注重那些故宮、王府、後花園，而關於民間的，用中國人的眼光看北京的則少之又少。我想用四年的時間完成記錄老北京民間的遺存與現態的紀錄。於是我先從我知道的石頭胡同拍起，石頭胡同在清中期時妓院並不多，多是些庵、廟、會館；說書唱戲與賣小百貨的。在拍攝與調查這條胡同時八大胡同這片區域才漸漸地清晰起來。

拆除中的棕樹頭條的民國建築，八大胡同正盛時這兒曾是煙館，攝於2002年3月。

　　人有一生，國有一史。每一條街都有它自己的街史，街史又是由很多人與事組合起來的，事有大小，但是我想真正的歷史正是在那些民間的、不起眼的胡同中的老百姓中

釀成的。

　　找到七八十歲以上的老人，老人們在回憶那些往事時眼看天空，久不出聲，他們像在問天：世事瞥態而過，轉眼人就老了。但最困難的是他們中的大多數不是去世就是離開了這個地區。於是開始對照資料一個院落一個院落地查對。

　　到2004年，八大胡同的胡同遊開始熱起來，有公司組織的也有私人的，在他們騎的三輪車車頭上掛著的是一張張彩色照片，上寫遊八大胡同，於是四方遊客才有機會看到這片深藏了上百年的老街區。但是這些「三輪導遊」們往往將不是「茶室」的地方說成是「妓院」，將原是茶室的地方說成是飯館，我在百順胡同路南拍攝時，就有本院的老人說：「一定要說清楚，這個院子原來是一家飯館，雖然也給那些妓院送飯，或那些嫖客來吃，可是怎麼說也是飯館啊。」也不怨這些「三輪導遊」，因為他們沒有可以對照的資料。

　　我對攝影情有獨鍾，上世紀80年代的很多晚上就是在自製的暗室中度過的。在攝影中有一個說法：「發現和捕捉」，這條原則多用於拍攝你認為很美的事物上，而從事攝影記錄則更多的要用「記錄與發現」，首先要從兩個角度記錄，一是從建築學的角度，它是什麼結構，是平房還是樓房，帶不帶前廊，是一進院還是二進院，是清晚期還是民國時的建築風格。樓梯的扶手是什麼樣，罩棚是什麼樣。二是從民俗的角度記錄，記錄下一個個事件發生之後的遺存，記錄下各種人物在「建築場」中活動的狀態。發現的過程充滿了美感，就像尋找一個多年未見的故舊，當你終於看到他還活在人間的時候，你內心經歷了好奇、激動最終才回復平靜。因為，那些遺物往往深藏在大院深處。藏在那些小房後面，它在等我走近它，我知道它等了我很多年。摸著她們就像摸著老祖

先的臉，你看她要上路了，最使你心痛的是你沒有能力留住她。

在所有的記錄方式中我認為只有照片最為真實。我沒有更多想從什麼角度拍才讓它顯出建築意義上的美，沒有更多想拍得更美，不是不想，所以有的照片看起來還是透出了它美的那一面，我更多的是想在它消失之後，我們的後人怎樣從這些圖像中解讀，從而還原它。以這個想法作為出發點，於是我不但拍它的整體也拍它的細部，讓讀者可以透過鏡頭找到那些細部，如門樓、樓梯、扶手、雕花、罩棚並從中體會到那個年代的特有的風情。對於一切現實中的存在物都不加干涉，是我的一個拍攝原則，所以鏡頭中雖顯零亂，但這就是北京平民的生活現實態。

八大胡同及相鄰地區有許多胡同在５５年前是妓院相對集中地或是為這些妓院提供相關服務的。我之所以拍了那些不在名單之中的胡同，主要因為雖然有的胡同沒有「茶室、下處」，但它裡面也住了大茶壺、老鴇或直接為八大胡同提供了服務等。

「妓院」的產生是一個複雜的人文現象，有它深刻的社會背景，所

以我們的目光不能只限於這些「妓院」本身。再者，這些「妓院」也不是突然在某一天興盛起來的，必然有它的來龍去脈。

所以我要同時關注以下幾個方面：

1. 它的傳承脈系。

2. 全盛期。

3. 它的伴生物。

4. 它現在的狀態。

5. 它的將來。

它既有一條線，也有一個面。它既有一個面，也有一種多層面的社會結構。

明確這幾點對我的拍攝起了很大作用，原來只是到處找八大胡同中的茶室，查閱有關資料。在這個過程中我才明白，這是毫無意義或只有一點點意義的。所以實際的工作是又重新拍攝一遍，這一次就不只拍這些「茶室」的外表，也拍它的內部，不只拍它的內部，也拍它的周邊。不只拍它的周邊，也拍生活在其中的人。不只拍它的過去，也拍它的現

在，不只拍它的現在，也關注它的將來。

整個大柵欄地區真的是一個大的民俗博物館，它是輝煌的，它有大的輝煌，真是「天下有大美」。它藏在一個個小民居的建築形式中，它藏在深宅大院的精雕細刻中，這兒幾乎包含了北方民居的各種建造形制，一磚一瓦都有那個時代的主人對生活的美好嚮往與理解。

我喜歡小宅門，它簡單，像一個小孩子頭上蓋個小布片。只三兩下就搭起來，它有一種田園詩的風尚。我面對那龐大的院落也驚惶失措，因為它太大、太深、太精緻、太古老、太無人知曉了。我走進百順胡同的一個大院，就被眼前的場景驚呆了，看到遠處有一座二層小樓，我認為它在另一條胡同中，可是一位住在這兒的居民說，它就在後院，後院是另一片天地，既有小樓又有平房。木樓梯因為年齡被磨下去一個個大坑，但它寬大、精美。沿樓梯上去，二樓有房四五間，屋外有欄杆，倚欄遠看，一大片青磚灰瓦組成一個個小院，院中的大樹在風中搖擺。真是好一片古都風光。

要強調的是在這一片區域中的名人故居，我放在這兒只是想說明這兒的人文環境，並無它意。

有相當一些院落你並不能簡單地說它是妓院或是什麼會館，因為歷史是流動的，它在某年是私寓，某年又成了會館，某年又成了菸館或茶室，現在不就成了民居了嗎？我只是想說最盛時這些街上的妓女多達幾千人，為她們服務的更要多達上萬人，可想而知，在這一地區有多少宅院曾是與這一職業有關。

拍下來的只是這些事件發生後留下來的物像。但它所承載的資訊之多，我真的無法表述。這就是為什麼我不想讓讀者誤讀為通俗、低級讀物的根本原因。當然你可以認為它有很多「老妓院的照片」，如果真的

如此，又有什麼閱讀的意義呢？因為現代社會還有很多的圖可看。

我不想將這樣一個放在整個中國歷史上看本是平常的事件的發源地拍成或說成一個更適合「俗人」閱讀的「那麼一本書」，因為「那麼一本書」的結果就只會讓人覺得它與我們民族自身的缺點無關，它與中國近代史甚至當代史無關。八大胡同在這個時期的興盛不是沒有它深層的原因的。所以一本俗的讀物只能使我們在患健忘症的時候再吃一點「助忘劑」。這是一本適合人們懷有獵奇心理閱讀但有用的讀物，因為我想用這種方式講述在這個空間所發生的事也許會對您有一點啟發，如果您得到了什麼，那是因為它本身所具有的，我只是替您先看到了，如果您認為沒有得到什麼，那是我沒說清楚，是我的過錯。

　　最後感謝為此書出版做了大量蒐集資料、核對並提出諸多修改意見的友人。

主要參考書目

《試論清代色情業的發展與政府應對》　佐松濤著

《北京市志稿》　吳延燮等著

《帝京歲時紀勝》　潘榮陛編著

《日下舊聞考》　於敏中著

《八大胡同》　李金龍著

《淪陷時期北京清吟小班見聞雜記》　張文鈞著（李宜琛整理）

《北京清吟小班的形形色色》　張文鈞著（李宜琛整理）

你的行銷人員還在找消費者嗎？

鎖定 Livinfo 雜誌書讓你輕輕鬆鬆將目標消費者一網打盡

SPA相關商品

居家 SPA 指南 99元
Livinfo
小林麻美《保養革命美人書》精華內容重點收錄！

享受「生活SPA」輕鬆自己來
- 建立自己的 SPA 家廊
- SPA「食」尚美學
- 增強體能健康 SPA
- 全身性的 SPA 美容術
- 健康樂觀的無毒人生

品味「心靈SPA」隨時與人分享

2005年日本革命性肌膚美顏液 IQ Medira 完全解析

某暢銷雜誌與Livinfo雜誌書 流行資訊內容比例 大比較

某暢銷雜誌某期流行資訊內容與比例

內容	比例
汽車	3.1%
3C	3.9%
保健	3.1%
旅遊	5.5%
飾品	2.3%
美食	3.1%
房地產	3.1%

Livinfo雜誌書流行資訊內容與比例

內容	比例
單一主題	100%

消費客層鎖定精準度

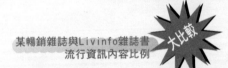

全系列 Livinfo，持續好評熱銷中

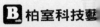
柏室科技藝

出版部平均年齡30歲，
卻創造出30萬本的銷售神話！！

風水＋3D　狂銷 300,000冊

法醫＋偵探小說家　狂銷 10,000冊

ㄅㄆㄇ＋日文　狂銷 20,000冊

生理調養＋瑜珈　狂銷 20,000冊

如果你的想法老是被大出版社的陳舊、保守或固執所壓抑，

如果你喜歡你的作品讓更多人看見，

歡迎加入柏室科藝的外發文字與美編行列，

我們的編輯部成員都不是出版業出身，

而是來自唱片公司、廣告公司、影視製作公司、劇團，以及各大專院校，

短短一年卻已吃下一半的藝人工具書市場，

觸角更伸向工具書、雜誌書、小說、藝術書籍、DVD製作(潘若迪 funky dance)、電視製作(緯來綜合台—好運旺旺來)

每月出版量超越十萬本，通路遍及便利商店與各大實體虛擬書店，

一般退書率維持兩成以下。

我們擁有完整的企畫架構、圖文創意、印刷出版、通路行銷與媒體宣傳能力，

你的創意不僅新鮮，更不會沈沒。

如果你想加入柏室科藝外發文美編的行列，
請來電02-2722-2230分機134出版部

Both 柏室科技藝術

型男達人李明川繼「型男補習班」再次開班授課！

20項化妝髮型必勝攻略+8項保養秘技＋10項服裝造型精神＝美女保證！

本書分為【化妝髮型篇】、【保養篇】、【服裝篇】三大單元，並以專業易懂的命題式介紹，「市面上所有化妝書都沒教到的事」、「讓妳上班不遲到的彩妝術」、「我要跟日劇女主角一樣甜美動人」、「讓妳桃花朵朵開的彩妝術」、「讓妳不花錢的整型術」、「再也不用擔心脫了衣服會怎樣」…等，輕輕鬆鬆，徹底實現妳成為美女的夢想。

李明川「四不一沒有」讓妳掌握完全美女精華，「不用整型、不需浪費、不必羨慕、不可思議，沒有瑕疵！」

美女保證班

作者／李明川
書系／專家製造 b02021
價格／320元

2005突破禁忌最完整美容瘦身書！

本書將介紹臉部4大部位、身體5大方向的全方位模造美容術重點！

本書三大提示：

- 流行相貌介紹—
  挑一張適合的臉吧！

簡介近年相貌流行趨勢，並描述原因。

- 運動、節食與吃藥—
  慢工出細活最自然

以何好玟瘦臉經驗為例，介紹市面上主力瘦臉產品、方法及口耳相傳的偏方。

- 打針與開刀—
  削足適履只是搏君一望

一切「整形前」應事先知道的事，「整形中」該注意的事，以及「整形後」所需的保養維護。

模造美人書

作者／何好玟
書系／藝人製造 b01010
價格／289元

夢‧遊趣

作者／徐尚懿
書系／藝人製造b01026
價格／249元

對心理學有透徹體悟的徐尚懿，此回大談夢的成形及其中之象徵意義，以精闢理論切入生活化命題，譬如夢境所產生的困惑，又或者如何作一個安穩的夢？

受制於時間高度壓縮的現代社會，我們往往顯得無所適從，因為工作，因為太多不可抗的外力，使自己停頓、憂愁…作者用輕盈的筆觸，疏通所有已遭阻塞的腦神經，放鬆一點，沒有比美夢更好的了。

鬼王聖經3

作者／陳為民
書系／藝人製造 b01036
價格／220元

鬼王陳為民，三度遞來通往靈界的號碼牌！

〈牌房〉、〈異色旅館〉、〈醫院鬼話〉、〈錄音室的聲音〉、〈戰鬥營〉、〈金山夜總會〉、〈熱水器的窗口〉、〈奪魂鍊〉、〈走不完的公路〉…全新的異世界，全新的恐懼！

提起精神，謹慎閱讀！

每一字句，將挑戰你精神緊繃的極限…直到尿失禁！

百分關節瑜珈氣功

作者／趙美芳；趙心如
書系／專家製造 b02022
價格／289元

本書以瑜珈奶奶自行學習瑜珈氣功來醫治女兒的感人故事為〝經〞，過程中的瑜珈氣功技術為〝緯〞，加上當時瑜珈奶奶與女兒的對話書信，交織成特別的〝故事工具書〞。

本書將教導現代人，如何藉由簡單的瑜珈氣功，以及按摩、中藥、食療等方法，達到強筋健骨以外，更能避免或化解許多關節的毛病。

居住空間規劃風水

作者／陳正倫
書系／專家製造b02025
價格／289元

以室內設計師的眼光，擺設風水大師的格局，讓風水也有設計感！

本書就居家細部空間逐一探究，〈大門〉、〈窗戶〉、〈牆、樑、柱〉、〈廁所〉、〈佛堂〉…等，堪輿大師陳正倫，以專業經驗告訴你生活不順的原因，並列舉排解之道，想維持好運，或扭轉霉運，只要輕鬆動手做。

蔣家五兄弟

作者：竇應泰
書系：文化製造 b03012
價格：360元

- 超過七八十張蔣家鮮為人知的家族照片大公開
- 蔣氏神秘的家族面紗首次揭露
- 蔣家政權的皇朝步向衰敗之途又是如何的曲折迂迴

蔣孝文、蔣孝武、蔣孝勇為蔣介石之孫、蔣經國之子；章孝嚴、章孝慈也是蔣介石之孫、蔣經國之庶出。台灣蔣氏三兄弟作為蔣家王朝的第三代卻並未繼承蔣介石政權，箇中頗多曲折。

章孝嚴、章孝慈兩兄弟，雖然在台灣蔣經國的蔭庇下生存，但漫漫的認祖歸宗道路使他們兄弟的人生價值也發生了變化，兄弟倆致力於兩岸的統一，出力頗多。

看蔣家五兄弟如何在政治與家務中周旋，終究在時代的漩渦中四分五裂，銷聲匿跡。

導演生涯60年

作者／彭行才
書系：專家製造 b02030
價格：300元

- 彭行才導演宛若近代戲劇史的璀璨一生。
- 精闢透析，獨到見解，多篇章劇場學專論與作品探討。
- 六十餘幅珍貴圖照，真實記錄了舞台演出經驗。

由彭行才導演親自陳述的戲劇人生書，從初啟時的戰亂時代，以至遷居來台後全心投入劇界，過程中如何克服重重困難，而實現自幼嚮往的夢想，文中皆有完整的歷程記載。此外，他亦貢獻畢生之所學，分就劇場美學、導演理論、觀眾心理與多重嘗試等幾個面向，各別詳盡探討，並以多年經驗充作例證，為有志從事此一行業的新血，提供了最佳助益。

姓名學寶典

作者：黃達逸
書系：專家製造 b02027
價格：249 元

十年運勢全披露。

不用天格、地格或八字，只要會算筆畫，你也可以解讀自己的流年。

只要有名字，就可以知道人生的運勢！人的姓名，會產生屬於自己的流年，而這流年就如同太極一樣十年一個循環，本書帶你解讀自己姓名的天機，順時全力衝刺、逆時保守觀望，讓你永遠贏在機先。

冷鋒孤狼

作者：馬季
書系：文化製造 b03010
價格：249元

- 世界狙擊歷史首度公開！
- 世界傳奇狙擊手名人榜全收錄！
- 世界各大戰役狙擊傳說全記錄！

沒有經歷過那樣的生死對峙，任何人都沒有資格責備狙擊手的殘酷血腥、沒有資格批判狙擊手的冷血無情。戰爭要求他們，要面對死亡不動聲色，即使瞄準鏡後對手的腦漿飛濺、即使同袍甚至親人在身邊倒下……

居家SPA指南

作者／柏室編輯部
書系：生活製造 b04005
價格／99元

SPA是指人們利用天然水資源結合沐浴、按摩和香薰來促進新陳代謝，透過視覺、味覺、觸覺、嗅覺和思考，達到身心靈暢快的享受。

柏室科藝編輯部為您製作的「居家SPA指南」，不只身體物理上的SPA美療法，更有身心健康SPA舒療，還有能替你帶來美麗的SPA貼心小秘訣！保證讓妳成為SPA達人！

完全貸款指南

作者／柏室編輯部
書系／生活製造 b04007
價格／99元

貸款是一般常見的民間融資方式，然而民眾對於貸款知識接近零，因此常被牽著鼻子走，更有些民眾因採用不當貸款方式，發生多付利息的情形。

本書列出20種常見平民貸款方式與情境，以及對應的貸款途徑與相關資訊，選擇適合自己的方式，以提高民眾的貸款理財能力。

Both Books　柏室科藝書系

藝人製造

書系編號	書名	作者	定價
b01001	百分魔體瑜珈	楊麗菁	269
b01002	旅遊保養美人書	胡晴雯	269
b01003	重點快瘦美人書	侯湘婷	269
b01004	E.D.S.享樂減肥術	劉爾金	269
b01005	我在明星身邊的日子	胡景評	219
b01006	流行日語教室	葛西健二	249
b01007	愛在星光燦爛時	柏室編輯部	269
b01008	百分魔體雙人瑜珈	黃仲崑、LuLu	269
b01009	關mic夜未眠	傅薇	219
b01011	温泉鄉的吉他	黃品源、柏室編輯部	289
b01012	衣系魔法美人書	丁小芹	269
b01013	終極西門	導演／王毓雅	269
b01014	愛情食譜	孫興、林美貞	269
b01015	保養革命美人書	小林麻美	289
b01016	香水賞味誌	徐尚懿	99
b01017	百分魔體雙人功夫	李卓恩、徐尚懿	269
b01019	ㄅㄆㄇ遊日本	佐藤麻衣	289
b01020	生子食譜	侯昌明、曾雅蘭、柏室編輯部	289
b01021	釀愛	霍建華	360
b01022	鬼王聖經1	陳為民	220
b01026	夢•遊趣	徐尚懿	249
b01033	鬼王聖經2	陳為民	220
b01034	蘋果姊姊ㄩˋ兒記	蘋果姊姊	250
b01036	鬼王聖經3	陳為民	220
b01039	PARTY QUEEN	楚瑾	289
b01045	魔胸upup美人書	唐林	289

專家製造

書系編號	書名	作者	定價
b02001	百分魔體肚皮舞	李宛儒	269
b02002	BMI仇恨減肥術	張嘉麟	249
b02003	睡眠保養美人書	莊佩玲	269
b02005	你也可以訓練自己的可魯	謝庭智	269
b02006	居家設計師DIY養成書	王維妮	269
b02007	百分魔體28生理瑜珈	LULU	269
b02008	謝沅瑾財運風水教科書 －居家個人篇	謝沅瑾	350
b02009	謝沅瑾居家風水教科書修訂版	謝沅瑾	320
b02010	女人獲水美人書	田維莉	269
b02011	謝沅瑾居家風水教科書進階版 －外煞篇	謝沅瑾	350
b02012	總裁週記	李其英	299
b02013	LOGO開運風水設計寶典	陳正倫	269
b02014	型男補習班	李明川	280
b02015	四季彩妝DIY美人書	Keiko	289
b02015	秒殺英文快速解題	許涓娟	320
b02016	百分魔體游泳術	吳念平	289
b02017	中西命理學苑	李昭穎	289
b02018	姓名學寶典	黃逢逸	249
b02019	抗憂鬱氣功療法	楊舒姍	289
b02020	金艷印度	文字 黃依藍；攝影 蘇軒禾	289
b02023	美女保證班	李明川	320
b02029	百分關節瑜珈氣功	趙美芳、趙心如	299
b02023	劉序浩格鬥健身術－總合格鬥篇	劉序浩	289
b02025	居家空間規劃風水(上)	陳正倫	289
b02029	職場金庸	沈威風	299
b02030	導演生涯60年	彭行才	300

Both Books　柏室科藝書系

文化製造

書系編號	書名	作者	定價
b03001	府城物語	王黛影	220
b03002	南方移民村	濱田隼雄 著；黃玉燕 譯	220
b03003	重返刑案現場	高大成、既晴	320
b03004	台灣縱貫鐵道	西川滿 著；黃玉燕 譯	250
b03005	臥底記者	石野	360
b03006	性愛進化史	劉達臨	499
b03007	RxC檔案	馬克戈萬	299
b03008	同性戀性史	劉達臨、魯龍光 主編	499
b03009	禽獸X臭婊子紀實	記述 康素珍；編著 李書宇	249
b03010	冷鋒孤狼	馬季	249
b03012	蔣家五兄弟	竇應泰	360

Livinfo

書系編號	書名	作者	定價
b04001	抗曬美白大作戰	柏室編輯部	99
b04002	東京血拼99	柏室編輯部	99
b04003	夏日沐浴保養	柏室編輯部	99
b04005	居家SPA指南	柏室編輯部	99
b04006	結婚完全指南	柏室編輯部	99
b04007	完全貸款指南	柏室編輯部	99

藝術製造

書系編號	書名	作者	定價
b05001	鳳凰來儀 楊英風紙上雕塑展	楊英風	350
b05002	女相	梁慶富	3800

虎穴秘密客

書系編號	書名	作者	定價
b06001	情色失禁	翁世恆	220
b06002	暴力失禁	翁世恆	220
b06003	記者遺書	石野	360
b06004	逃	石投	220

e識流小說

書系編號	書名	作者	定價
b08001	少年查必良傷人事件	李海洋	199
b08003	創漫大亂鬥	創意漫畫大亂鬥	119

文化構成 bc03001
・書名：八大胡同的故事
・作者—張金起
・發行人—王翎芳
　總經理—王翎芳
　副總經理—徐堯鵬
　管理部經理—郭沛澄
　管理部行政助理—林立婷
　業務部主任—趙偉文
　出版部總編輯—歐秉瑾
　出版部編輯主任—劉雅芳
　出版部企劃—王傳勝
　出版部編輯—劉家魁、董秉哲
　視覺創意部總監—王珮瑩
　視覺創意部主任—蔣志誠
　公關部主任—陳先齊
　影視部編導—黃光華
　影視部執行製作—簡維宏
・出版發行— 柏妝行銷整合股份有限公司
　地址—台北市忠孝東路四段512號10樓之4
　聯絡電話—02-2722-2230《代表號》
　傳真—02-2723-4394
　電子信箱—service@bothtechart.com.tw
　創意統籌— 柏妝行銷整合股份有限公司

・製作群
　責任編輯：劉雅芳
　封面設計：蔣志誠
　美術設計：Yamanashi
・製版印刷—鼎易印製企業有限公司
　2005年9月初版一刷
　定價—360元
・總經銷—大眾雨晨實業股份有限公司
　金石堂經銷—啟宏文化事業有限公司
・本書保留所有權利，欲利用本書全部內
　容或部分內容者，須先徵求柏妝行銷整合
　股份有限公司同意或書面授權。請洽柏妝
　行銷整合股份有限公司出版部（電話：
　02-2722-2230#134）
・法律顧問：萬國法律事務所
・本書由北京齊物秋水圖書有限公司授權在
　台灣獨家出版，發行中文繁體字版本

八大胡同的故事 / 張金起著. -- 初版. --
臺北市 : 柏妝行銷, 2005[民94]
面；　公分. -- (文化構成 ; bc03001)
ISBN 986-81538-4-0(平裝)
1. 娼妓 - 中國
544.7692　　　　　　　　94015528

寄件人：＿＿＿＿＿＿＿＿＿＿＿＿＿＿＿＿＿＿

地址：□□□＿＿＿＿＿＿＿＿＿＿＿＿＿＿

廣　告　回　信
台北郵局登記證
台北廣字第 000683 號

柏妝行銷整合股份有限公司 啟

110　台北市信義區忠孝東路四段512號10樓之4

☞ 請對折裝訂，免貼郵票，直接投入郵筒寄回即可

謝謝您購買我們出版的書籍！請您費心填寫此回函卡，
我們將不定期寄上柏妝最新的出版資訊

姓名：＿＿＿＿＿＿＿＿＿＿＿＿＿＿＿＿

性別：□男　□女　生日：　　年　　月　　日

地址：□□□＿＿＿＿＿＿＿＿＿＿＿＿＿＿

＿＿＿＿＿＿＿＿＿＿＿＿＿＿＿＿＿＿＿＿＿＿

聯絡電話：＿＿＿＿＿＿＿＿＿＿＿＿＿＿

傳真：＿＿＿＿＿＿＿＿＿＿＿＿＿＿＿＿

E-Mail：＿＿＿＿＿＿＿＿＿＿＿＿＿＿＿

職業：＿＿＿＿＿＿＿＿＿＿＿＿＿＿＿＿

您從何種方式得知本書消息？
＿＿＿＿＿＿＿＿＿＿＿＿＿＿＿＿＿＿＿＿＿＿

您通常以何種方式購書？
＿＿＿＿＿＿＿＿＿＿＿＿＿＿＿＿＿＿＿＿＿＿

您喜歡閱讀哪些類別的書籍？
＿＿＿＿＿＿＿＿＿＿＿＿＿＿＿＿＿＿＿＿＿＿

您購買的書名稱是？您最喜歡一部份：
＿＿＿＿＿＿＿＿＿＿＿＿＿＿＿＿＿＿＿＿＿＿

您寶貴的意見：